KB060747

비행운

김애란 소설집

# 비행운

초판  1쇄 발행  2012년 7월 18일
초판 52쇄 발행  2024년 3월 27일

지은이  김애란
펴낸이  이광호
펴낸곳  ㈜문학과지성사
등록번호  제1993-000098호
주소  04034 서울 마포구 잔다리로7길 18 (서교동 377-20)
전화  02)338-7224
팩스  02)323-4180 (편집)    02)338-7221 (영업)
전자우편  moonji@moonji.com
홈페이지  www.moonji.com

ISBN  978-89-320-2315-1 03810

지은이는 서울문화재단 2009년 문학창작활성화지원사업기금을 수혜했습니다.

# 비행운

김애란 소설집

문학과지성사
2012

# 차례

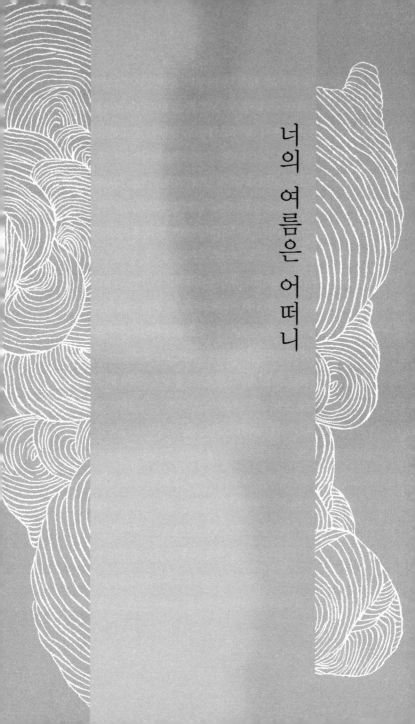

너의 여름은 어떠니

선배로부터 만나자는 연락이 왔다. 2년 만이었다. 오늘은 일이 있다고 했다. 선배는 선배답지 않게 물었다. 몇 시에? 저녁때 고향에 가봐야 해요. 뭉그적 휴대전화를 만지작거리다 덧붙였다. 친구 장례식이 있어서요. 선배는 "아……" 하고 대꾸한 뒤 꾸물대다 물었다. 그럼 오후는 어떠니?

서랍장을 뒤지다 내친김에 옷 정리를 했다. 6월인데도 밖은 몹시 무더웠다. 책장 위 수납 상자를 내려 방바닥에 쏟았다. 집 안 가득 지난해 먼지가 풀썩였다. 서랍 안의 것도 전부 꺼냈다. 겨울옷을 상자로 옮기고 여름옷을 채울 생각이었다. 옷의 크기는 제각각이었다. 체중이 자주 왔다 갔다 해서였다. 가장 말랐을 때와 지금의 차이는 20킬로그램. 반년 전, 두번째 직장을 관두고 몸이 급속도로 불었다. 한동안 방바닥에 엎드려 노트북만 들여다봤다. 군것질거리를 쌓아두고 인터넷을 하거나 미국 드라마를 보는 식이었다. 선배 역시 누군가에게 내 소식을 전해 듣고 연락한 듯했다. 그렇지 않고서야 평일 대낮에 그렇게 갑작스러운 부탁을 하진 않았을 거다. 무거운 옷에 싫증이 나 있던 터라 설레는 맘으로 여름옷을 샀다. 작년에는 정말 많은 옷을 샀다. 계절별로, 유행 따라, 기분대로. 그만한 경제력이 있었고 새삼 예쁘게 입는 즐거움을 발견해서였다. 옷 사면 사람 만나야 하고, 사람 만나면 술 마셔야 되고, 술 마시면 실수하고, 실수하면 후회하게 되리란 걸 알았지만. 그런 패턴조차 내가 사회적인 문법에서 크게 벗어나지 않은 삶을 살고 있다는 안도감을 주었다. 그리고 그땐 내 몸이 마음에 들었다.

지금보다 몸무게가 더 나간 건 고3 때밖에 없었다. 어느 날, 썰지 않은 식빵을 껴안고 통째로 뜯어 먹고 있던 내게, 티브이를 보던 아버지가 갑자기 소리친 적이 있다.

"그만 좀 처먹어라!"

평소 대화가 드문 집안이라 모두 어리둥절한 표정으로 아버지를 쳐다봤다. 아버지는 점잖고 순하기로 소문난 사람이었다. 그 전에도 또 그 뒤에도 아버지와 대화를 해본 적은 거의 없다. 그러니까 살면서 아버지가 내게 거의 유일하게 그리고 진지하게 건넨 말은 '그만 좀 처먹어라'가 된 셈이다. 반면 엄마는 내가 무얼 먹든 격려하는 사람이었다. 지금도 명절 때면 친척들 앞에서 "쟤는 아침에 일어나자마자 물도 안 마시고 떡부터 먹어요"라고 자랑하는 여자. 내가 48킬로그램이든 70킬로그램이든 지금이 딱 좋다고 얘기하는 '엄마' 말이다. 나는 부모님의 반응에 덤덤한 태도를 보여왔다. 그때까진 나도 내 살이 젖살인 줄 알았다.

여름옷은 기대만큼 예쁘지 않았다. 보자마자 모두 흥분해서 산 것인데 이상했다. 유행은 왜 금방 낡아버리는지. 약간의 시간이 지났을 뿐인데, 쭈글쭈글 함부로 쌓인 옷더미가 내 남루한 취향과 구매의 이력처럼 느껴져 울적했다. 지난해 내가 우쭐한 기분으로 걸치고 다닌 것은 무엇이었을까 하고. 어쨌든 장례식에 입고 갈 옷을 골라야 했다. 바지와 스커트 사이에서 고민하다 무릎까지 오는 검은색 에이라인 치마를 택했다. 다행히 같은 색 블라우스가 있어, 간절기 조문 복장으로 나쁘지 않을 듯했다. 검은 옷이라면 사실 얼마든지 있었다.

선배는 나를 처음 야구장에 데려가준 사람이었다. 홍대 인디 문화가 뭔지, 대학로 소극장의 서늘함이 얼마나 기분 좋은 건지 알려준 사람. 어느 집단에나 있는 친절하고 인기 많은 남자 말이다. 나는 지금껏 선배처럼 이상적인 남자를 본 적이 없다. 존경도 하고, 말벗도 하고, 괜찮다면 잠도 같이 자고 싶은 사람. 혹 요사스런 성적 취미가 있다 해도 '남들은 자유를 사랑한다지만 나는 복종이 좋아요' 라고 말하며 눈 딱 감고 따라가보고 싶은 그런 상대 말이다. 당시 나는 사내들에 대한 근거 없는 편견을 갖고 있었다. 세상엔 두 종류의 남자가 있는데, 착하고 재미없는 남자와 재밌지만 나쁜 남자가 전부라는 생각이었다. 세계가 그렇게 납작하게 만들어지지 않았다는 건 나중에 알았지만. 사실 내가 좋아하는 사람은 착한 사람도 나쁜 사람도 아닌 인간의 복잡함과 울퉁불퉁함을 잘 헤아릴 줄 아는 남자라는 것 역시 뒤늦게 깨달았지만. 그땐 선배가 착하면서도 유쾌할 수 있는 유일한 이성처럼 느껴졌다. 면면의 시원찮음과 별개로, 내 또래 남자애들은 다 멍청하다 생각하며, 스스로 조숙하다 자부하는 대학생의 오만도 한몫했다.

선배를 만난 건 신입생 환영회 때였다. 그때 나는 너무 많은 사람, 몹시 나쁜 공기, 엄청 많은 상품들 사이에서 갈팡질팡하고 있었다. 물론 교정의 초목과 잘 식은 봄밤 공기는 가슴을 떨리게 하기 충분했다. 지금도 나는 나무가 뿜어내는 '피톤치드' 라는 식물의 방어 물질에 사랑의 묘약이 섞여 있다고 믿는 편이다. 그렇지 않고서야 신학기의 그 많은 청춘이 그렇게 동시에 상기된 채 해롱댈 수는 없는 일이다. 번식기의 젊음이 내뿜는 에너지는 은근하며 서툴렀고 노골적인 동시에 싱싱했다. 나는 스무 살을 새로운 도시에서 맞는 게 좋았다. 철학과 사람들의 눈빛과 말투, 안색에도 호감을 느꼈다. 하지만 그 나이엔 의당 그래야 하는 듯 알 수 없는 우울에 싸여 있었고, 내 우울이 마음에 들었으며, 심지어는 누군가 그걸 알아차려주길 바랐다. 환영식 날, 잔디밭에 모인 무리에서 슬쩍 빠져나온 것도 그 때문이었다. 내가 거기 없다는 걸 통해, 내가 거기 있단 사실을 알리고 싶은 마음. 나는 모임에서 이탈한 주제에 집에도 기어들어 가지 않고 인문대 주위를 서성이고 있었다. 스스로 응석을 부리며 뭔가 흉내 내는 기분이 못마땅했지만. 숨은 그림 찾아내듯 누군가 나를 발견하고, 내 이마에 크고 시원한 동그라미를 그려주길 바랐다. 그런데 거기, 어두운 인문학관 통로에 선배가 있었다. 복도 끝 굽이진 곳에 길고 흐린 실루엣으로. 화장실에 들른 건지, 사물함을 확인하러 온 건지 알 수 없었다. 중요한 건 선배가 나를 알아봤다는 거다.

"너, 미영이지? 서미영."

"예? 예."

나는 선배가 내 이름을 안다는 사실에 놀랐다. 동시에 슬며시 불안한 마음이 들었다. 내가 뚱뚱해서 눈에 띄었나 싶고, 조금 전 진실게임에서 아주 지저분한 농담 하나를 실패하고 온 참이어서 그랬다.

"운산에서 왔다며. 우리 아버지 고향이랑 같아서 기억했어."

"아, 네."

"왜 혼자 있니?"

"아, 저, 그냥, 뭣 좀 생각하느라고요."

형편없는 핑계 때문인지, 내가 눈을 심하게 깜빡여서 그랬는
지 선배가 조그맣게 웃었다.

"없어서 찾았어. 이따 보자."

나는 엉거주춤 목례한 뒤 그와 반대 방향으로 걸어갔다. 딱히
목적지는 없었지만 그래야 할 것 같아서였다. 그는 잔디밭으
로 향하다 몇 발짝 안 가, 돌아서며 한마디 했다.

"고개 좀 들고 다녀라, 이 녀석아."


아마, 그래서였을 거다. 훗날 누군가 내게 사랑이 무어냐고
물어왔을 때, '나의 부재를 알아주는 사람'이라 답한 것은.
정색하고 말하는 바람에 술자리를 썰렁하게 만들어버렸던 것
은. 그런 뒤 나조차 어색해져 마구 마셔버렸던가. 흥이 올라
진실게임을 하자고 선동하는 과장님께 "저기요, 제가 세상에
서 제일 싫어하는 게 진실이고, 두번째로 싫어하는 게 게임이
거든요?"라고 주정해버린 밤. 그날도 아마 신입사원 환영회
였을 거다. "하하하, 서미영 씨 왜 그래?"라는 대리님 말에,
나는 「말죽거리 잔혹사」의 주인공처럼 "대한민국 진실 다 족

구하라 그래!"라고 장렬하게 외치며 테이블 위로 쓰러졌다. '대한민국 학교 다 좆 까라 그래'란 영화 대사를 응용한 거였다. 그러곤 투피스 차림으로 의자에 앉아 다리를 벌리고 잤다던가. 그 후 직장 생활 내내 나는 '진실포비아' '게임포비아'라는 놀림을 받았다.

'고개 좀 들고 다녀라, 이 녀석아.'

이 녀석아, 이 녀석아…… 친근한 표현인지, 애써 상대의 성(性)을 지워버리려는 노력이었는지는 알 수 없다. 선배는 곧잘 나를 '녀석'이라 불렀다. 그런 뒤 그가 커다란 손바닥으로 머리칼을 마구 헝클어줄 때면, 뭉클하니 아늑해져 까치발을 든 채 '더요! 더요!'라고 외치고 싶어지곤 했다. 어쨌든 1분도 안 되는 시시한 순간이었지만, 준이 선배는 그날 자기도 모르는 새 중요한 일을 하나 해내고 있었다. 내 머리에 붉은 동그라미를 그려준 거였다.

약속 장소는 꽤 멀었다. 나프탈렌 냄새 밴 여름옷을 세탁기에 넣어 돌리고, 밥을 물에 말아 통조림 참치를 얹어 먹은 뒤 일찌감치 집을 나섰다. 지하철에선 벌써 에어컨이 작동하고 있었다. 오랜만의 외출. 유리창 안으로 순한 연두색 풍경과 햇빛이 쏟아졌다. 눈을 감고 깊은 숨을 쉬었다. 유리벽을 뚫고 투명한 피톤치드 입자가 방울방울 스며오는 느낌이었다.

'좋은 거구나 이거. 좋았던 거구나, 요즘 공기……'

숨을 내뱉자 허리에 바로 부담이 왔다. 아까부터 배에 힘을 주고 있던 터라 속이 더부룩했다. 스커트 호크가 뜯어질까 불안했다. 예전에도 소개팅 자리에서 쫄티를 입고 숨을 참다 상대 앞에서 신트림을 한 적이 있었다.

오전에 전화를 받고 처음에는 나가지 않겠다고 결심했다. 내 근황을 설명하기 싫었고, 예전보다 뚱뚱해진 모습을 보여주고 싶지 않아서였다. 선배는 내가 가장 말랐을 때의 모습을 본 적이 없다. 선배를 막 좋아할 무렵부터 살을 빼, 입사할 무렵에야 건강한 몸매가 잡혔다. 선배가 혹 내 얼굴에서 낙오자의 안색을 발견하면 어쩌나 조바심도 났다. 광합성을 하는 사람에게는 광합성의 빛이, 전자파를 먹고 사는 사람에게는 전자파의 빛이 얼굴에 드러나기 마련이니까. 하지만 선배의 '도와달라'는 한마디가 마음을 흔들었다. 폐 끼치기 싫어하는 성격에, 오죽하면 내게 연락했을까 싶었다. 한편으론 선배가 어려울 때 나를 찾아줘서 고맙고 기뻤다. 상갓집엔 늦어도 상관없었다. 버스 터미널 근처에 있는 병원이고, 부모님 댁에서 잘 계획이라 막차만 놓치지 않으면 됐다.
　—어디쯤이니?
　휴대전화 진동음에 놀라 나도 모르게 몸을 떨었다.
　—가고 있어요. 1시 전에 도착할 듯해요.
　—로비에서 전화 줄래. 와줘서 고맙다.

나는 '고맙다'는 글자를 엄지 손가락으로 가만 훑었다. 그러곤 멍하니 창밖을 보다 입속 단내가 걱정돼 가방에서 껌을 꺼내 씹었다.

선배도 알았을까? 내가 선배를 오래 바라봤다는 걸. 동경했지만 좋아도 했다는 걸. 그럴 수도 있고 아닐 수도 있다. 어느 쪽이라도 상관없다. 어차피 선배에겐 여자친구가 있었으니까. 나는 그들이 쌓은 시간을 이길 수 없다고 생각했다. 얼굴 한 번 본 적 없는 여자인데도 분명 나보다 나은 사람일 거라 확신했다. 아무렴, 선배가 고른 여자인데 그렇고말고. 기분 같아선 그 여자까지 사랑해버리고 싶은 마음이었다. 처음에는 나도 욕심이 없었다. 내게 준이라는 선배, 그리고 친구가 생겼다는 데 감사했다. 살면서 진심으로 말이 통하는 사람을 만나기란 어려운 일이니까. 다만, 티브이도 없고 컴퓨터도 없는 음습한 자취방에서 이따금 확인하는 선배의 문자가 참 반가웠던 기억은 난다. 한밤중 메시지 도착을 알리는 조그만 불빛을 따라 내 마음도 빨갛게 깜빡거렸다는 것과, 그 나이에만 쓸 수 있는 순수하고 유치한 문장들에 내가 퍽 의지하고 있었다는 사실도. 선배는 내 이야기를 잘 들어줬다. 쉽게 판단하거나 충고하지 않았고, 범박하고 산뜻한 농담도 잘 해줬다. 상대에게 수치심을 주지 않으면서 위로하는 방법을 알았다랄까. 얼마 뒤 나는 자연스럽게 선배가 주도하는 시 모임에 들어갔다. 선배는 내 글이 좋다고 했다. 나는 내 글을 좋아하는 사람은 당연히 나도 좋아할 거라고 생각했다. 그래서 엄마가 불 때라고 준 돈으로 술 사 먹고, 꽁꽁 언 방에서 파카만 입고 자도 행복했다. 왜냐하면 그날은 선배가 처음으로 내게 뭘 사달라고 한 날이었으니까. 어느 때인가 자취방서 뒹굴거리다, 제법 친해졌다고 느낀 선배에게 연락을 한 적이 있다. 찬물에 너무 오래 담가두어 얼어버린 청바지를 손빨래한 뒤, 종일 낮잠을 잔 일요일이었다. 수면 중에도 내 폐는 육지로 나온 물고기처럼 가쁘게 펄떡였다. 불규칙한 생활과 매연, 음주로 몸이 약해진 탓이었다. 그 시절, 나는 어딘가 아프고 피곤하면 무턱대고 긴 잠을 자는 버릇이 있었다. 어느 때는 기면증 환자처럼 이틀 내내 곯아떨어져 있기도 했다. 그날 역시 눈을 떴을 땐 이미 해가 지고 있었다. 나는 습관적으로 선배가 선물해준 '어떤 날'을 카세트에 넣고 틀었다. 뒷면에 건전가요가 들어 있는 오래된 테이프였다. 방 안 가득 「오후만 있던 일요일」이 잔잔하게 퍼졌다. 그러자 문득 선배에게 말을 걸고 싶은 마음이 들었다.

　— 선배, 나는 야구장에 꼭 가보고 싶어요.

반응이 없어 시무룩해질 즈음, 늦은 답신이 왔다.

　— 왜?

나는 휴대전화를 쥔 채 방바닥에 엎드려 방긋 웃었다.

　— 그냥, 야구장에 가서 크게 소리 질러보고 싶어요.

곧이어 메시지 도착을 알리는 진동음이 들렸다.

　—너는 뭐 야구장이 소리 지르는 덴 줄 아니?

　—그럼 뭔데요?

얼마 뒤 선배의 의젓한 대꾸.

　—야구장은 신전이야.

나는 '아!' 하고 감탄했다. 그건 한 사람이 다른 한 사람에게 반하는 순간 심장에서 울리는 효과음이었다. 그렇게 몇 번 쓸데없는 문자를 주고받다, 우리는 야구장에 가자는 약속까지 해버렸다. 나는 엄마에게 또 책값을 속여, 발목까지 오는 하얀 원피스를 샀다. 지금 생각하면 촌스럽고 우스꽝스러운 치마지만. 그걸 자취방 벽에 걸어놓고 일주일 내내 쳐다봤던 기억이 난다. 선배가 혹 고백이라도 하면 어쩌나 걱정하며. 내가 가진 가장 예쁜 '빤스'는 뭔가 헤아리기도 하면서. 첫 관계에 보여주기엔 너무 큰 빤스가 아닌가 긁적이며 말이다. 그리고 토요일, 두근거리는 걸음으로 마침내 잠실에 도착했을 때—매표소 앞에는 우리 과 시 모임 여자애들이 왁자지껄 떠들며 개떼같이 모여 있었다. 홍대에서도 대학로에서도 마찬가지였다. 선배는 나를 보고 환하게 웃었지만 나는 그 상냥함이 때로 야속했다.

　하지만 선배가 진심으로 좋아진 계기는 따로 있었다. 선배가 나를 알아봤듯 나도 선배를 알아본 순간이었다. 선배가 4학

년, 내가 2학년이던 여름밤. 전국적으로 유례없는 열대야가
지속되던 때. 나는 메리야스 차림으로 밤새 헐떡이고 있었다.
내 방 창문은 건넛집 벽면과 바싹 붙어 있어 환기가 잘 되지
않았다. 선풍기를 틀어놨지만 눅눅하고 미지근한 바람이 불
어와 도리어 숨이 막혔다. 몇 번씩 욕실로 뛰어가 샤워를 해
도 마찬가지였다. 나중에는 너무 더워서 울고 싶은 심정이었
다. 새벽에 결국 방에서 뛰쳐나왔다. 피시방이나 찜질방에서
열을 식힐 요량이었다. 그러다 문득 학교 생각이 났다. 우리
과방엔 국내 굴지의 대기업에 입사한 선배가 기증한 소형 에
어컨이 있었다. 과실에 에어컨이 놓인 건 역사상 처음 있는
일이라 한동안 모두 입을 모아 선배를 칭찬했다. 과방에 쉬러
오는 사람도 부쩍 늘고, 어수선히 놓여 있던 물건들도 정리되
는 분위기였다. 집에서 학교까지는 걸어서 10분이었다. 지금
은 아무도 없을 테고, 에어컨을 틀고 소파에 누우면 쾌적한
숙면을 이룰 수 있을 듯했다. 온몸의 땀이 순식간에 휘발되는
상상을 하자 설레기까지 했다. 차고 보송한 바람을 기대하며
과실 문을 열었다. 그런데 거기 누가 있었다. 기다랗고 흐린
윤곽. 내가 아는 실루엣이었다. 그는 신문지를 뒤집어쓴 채
소파에서 새우잠을 자고 있었다. 이윽고 그가 인기척을 느끼
고 부스스 일어났다.

"어?"

"선배 웬일이에요?"

"너는?"

나는 망설이다 솔직하게 답했다.

"방이 너무 더워서요. 선배는요?"

선배가 목덜미를 만지며 쑥스러운 듯 말했다.

"차를 놓쳤어."

선배에게 살짝 술 냄새가 났다.

"근데 여기 모기 있다. 게다가 추워."

선배는 몸 여기저기를 긁어댔다. 에어컨을 오래 틀어놓아 으슬으슬한 모양이었다. 나는 인터넷이나 좀 하고 가겠다며 컴퓨터 책상으로 향했다. 선배는 '나도'라고 말하며 잽싸게 내 옆에 와 앉았다. 내게서 두어 자리 떨어진 곳이었다. 선배도 나도 굳이 불을 켜지 않았기 때문에 주위는 꽤 어두웠다. 한동안 둘 사이로 딸깍딸깍 어색한 마우스 소리만 들렸다. 나는 습관대로 자주 가는 철학과 커뮤니티에 접속했다.

"음악 틀어도 돼?"

고개를 끄덕이자 선배가 한 번 만지면 손에 세균 3만 마리는 붙을 것 같은 고물 스피커의 볼륨을 올렸다. 내게 메일로 보내준 적 있는 이병우의 기타 연주곡이었다. 분위기는 한결 편안해졌다. 마침 철학과 커뮤니티 회원 창에 선배의 아이디가 떠 있는 게 보였다. 나는 바로 쪽지를 보냈다.

── 신기해요. 어떤 음악을 들으면, 그 곡을 제게 처음 알려준 사람이 생각나요. 그것도 번번이요. 처음 가본 길, 처음

읽은 책도 마찬가지고요. 세상에 그런 게 있다는 걸 알려준 사람이 떠올라요. '이름을 알려준 사람의 이름'이라고 해야 하나? 그런 건 사물에 영원히 달라붙어버리는 것 같아요.

나는 '아니, 내가 이렇게 멋있는 말을 하다니!' 하고 혼자 감탄했다. 하지만 선배의 쪽지는 더 근사했다.

— 우리가 신을 잊을 수 없는 이유도 아마 그 때문일 거야.

내 속에서 한 번 더 '아!' 하는 소리가 들려왔다. 그러자 내친 김에 뭔가 더 얘기하고 싶어졌다.

— 예전에 신입생 환영회 때, 선배가 나 안 보여서 찾았다고 한 날 있잖아요. 여기 복도에서 만난 날. 그때…… 고마웠어요.

선배는 생각이 안 난다는 듯 고개를 갸웃거렸다. 그러곤 "아!" 하며 빠르게 타자를 쳤다.

— 아아, 그거? 형들이 너 찾아보라고 해서 그런 거야. 형들이 시켰어.

— ……

나는 과방 유리창을 방망이로 다 때려 부수며 '대한민국 형들 다 족구하라 그래!'라고 외치고 싶었다. 한참 똥 씹은 표정으로 앉아 있는 나를 아랑곳 않고 선배가 천진하게 말했다.

"이것 좀 봐."

선배 자리로 다가갔다. 선배는 앉아 있고, 나는 허리를 굽힌 채 선 모양새였다. 컴컴한 과실, 두 사람의 얼굴 위로 모니터

의 약한 빛이 얼비쳤다. 그는 컴퓨터 바탕화면 위 폴더 하나
를 가리켰다. 철학과 사람들의 사진을 모아둔 거였다. '철학
인의 밤'이나 스승의 날 행사, 엠티와 오티 사진이 많았고,
사진이 취미인 친구들이 아무 때고 자연스럽게 찍은 풍경도
보였다. 모니터 위로 느릿느릿 사람들 모습이 지나갔다. 선
배와 나는 친근한 얼굴이 보일 때마다 품평을 하고 낄낄댔다.
그러다 내 사진이 나왔다. 벚꽃을 배경으로 학교 옥상에서
찍은 독사진이었다. 카메라를 들고 있던 친구가 맞은편 건물
안에서 셔터를 눌러, 창문 주위의 네모난 어둠이 액자처럼
봄을 감싸고 있는 모습이었다. 그리고 그 봄 한가운데에 내
가 있었다.

　"이 사진 좋다."
선배가 '일시 정지' 단추를 눌러 슬라이드 쇼 상태에서 자동
으로 넘어가는 사진을 멈추게 했다.

　"난 싫은데."
　"왜?"
　"이 가방 때문에요. 옷이랑 너무 안 어울리잖아요. 다리도
굵게 나오고."
나는 황토색 인조가죽 가방을 가리키며 투덜댔다. 당시 내게
하나밖에 없던 가방이라 아무 옷에나 줄기차게 들고 다닌 거
였다.

　"난 저 가방 때문에 이 사진이 좋은데."

선배가 모니터를 응시하며 말했다.

"에? 왜요?"

선배가 나지막하게 중얼거렸다.

"이 여자의 '생활'이 보여서."

"……"

나는 푸른 불빛에 얼비친 그의 옆얼굴을 가만 바라봤다. 그리고 이제부터 이 사람을 본격적으로 좋아해야겠다고 다짐했다. 세상에 내 사진을 보고 그렇게 얘기해줄 수 있는 사람은 선배밖에 없을 거란 확신이 들었다.


— 미영아 오늘 몇 시에 올 거니? 시간 맞으면 현대약국 앞에서 만나자.

미희에게 문자가 왔다. 초등학교 동창 중 지금까지 연락하는 몇 안 되는 친구였다. 사실 병만의 부음을 알려준 사람도 그녀였다.

—9시 넘어 갈 것 같아. 출발할 때 전화 줄게.

고향 친구들을 볼 생각을 하니 긴장됐다. 젊어, 친구를 잃은 경험이 없는 까닭에 식장에는 많은 동창들이 모일 예정이었다. 주로 고향에 남아 장사를 하거나 인근 화학 단지에 다니는 녀석들일 터였다. 병만이도 거기 공장에 다녔다. 병만이는 초등학교 시절 나와 두어 번 짝꿍이었는데, 처음으로 나눗셈을 배우던 날 귀찮게 말을 걸어 내 산수 점수를 엉망으로 만

들어놓은 녀석이었다. 나는 지금도 그 애가 수(數)를 향한 내 집중력을 흩뜨려놓던 순간을 기억한다. 조바심과 짜증이 일면서도 짝의 기분이 상할까 내색 못 하고, 선생님께 혼나면 어쩌나 불안해하던 복잡한 찰나를 말이다. 문제는 그 뒤로 내 산수 점수가 계속 바닥을 쳤다는 건데, 살면서 셈을 망칠 때마다 왠지 그게 다 병만이 탓인 것처럼 느껴져 억울하곤 했다. 어쨌든 우리는 자주 모여 놀았다. 대부분 장사를 하는 부모님 밑에서 자라, 해거름까지는 어떻게든 밖에서 시간을 때우다 들어가야 했다. 당시 신나는 폐활량을 떠올리면 지금도 개운한 기분이 든다. 편을 가르고, 규칙을 익히고, 보잘것없는 어휘력으로 열심히 말싸움을 하고, 토라져 집에 가기도 했지만. 언젠가 최대한 멀리 나가려 도움닫기 해 올라탄 그네 위에서, 터질 듯한 가슴을 안고 깨달았더랬다.

'자란다는 것, 기분 좋은 일이구나.'

병만이도 그랬을까? 아마 그랬을 거다. 그 애는 정말 많이 뛰어다녔으니까. 회사 근처에서 무슨 사고를 당했다는 것 같은데. 교복 차림으로 읍내 터미널에서 담배를 피우던 녀석과 가끔 마주친 적을 제외하고 병만을 본 적은 거의 없다.

선배의 근황을 알려준 사람은 형만 오빠였다. 그는 준이 선배의 동기이자 시 모임 회원이었다. 시는 안 쓰고 만날 술만 먹던 오빠지만, 입담이 좋아 분위기를 잘 띄우는 사람이었다.

준이 선배는 4학년이 되자 시 모임에 나오지 않았다. 취업 준비 때문에 바쁜 듯했고 원서를 넣는 곳마다 떨어져 여자친구와도 헤어졌단 소식이 들렸다. 우리는 이따금 '메리 크리스마스'라든가 '새해 복 많이 받아요!' 따위의 문자를 주고받았다. '언제 술이나 한잔'이라는 얘기도 했지만 실제로 그러지는 않았다. 선배는 학교 사람들을 거의 만나지 않는 눈치였다. 고시 공부나 입사 준비를 하는 동안 인간관계가 끊기는 사람은 여럿 봤지만, 선배가 그러는 건 좀 의외였다. 나는 내가 생각한 것보다 우리 관계가 얕다는 사실에 시무룩해졌다.

형만 오빠는 술자리에서 끊임없이 다른 사람 얘기를 했다. 누가 연봉이 얼마더라, 누가 월급 삭감 동의서를 강제로 썼다더라, 그걸 과장이 줄줄 불러주고 사원들이 다 받아썼다더라 하는 말들이었다. 사람들은 저마다 '내가 더 힘들게 산다' '내가 더 더럽게 산다'라는 식의 대화를 이어나갔다. 동기 녀석 하나는 고향이 합천인 부장님 앞에서 무심코 전두환 욕을 했다가 줄곧 미움받는다는 하소연을 했다.

"야, 그래도 준이보다는 낫다."

나는 안 듣는 척 '준이'라는 말에 귀를 세웠다.

"걔, 뭔 납품 회사 다닌 적 있잖아. 잠깐 하고 때려치운 데. 거기가 성 접대가 장난 아닌데, 준이가 거래처 사람 그 짓 하는 동안 계산하고 추운데 문밖에서 벌벌 떨며 기다렸단다. 끝나고 대리 불러 보내려고."

누군가 우스갯말을 했다.

"그걸 뭘 기다리냐. 같이 하면 되지."

몇몇은 같이 웃고 나머진 그러지 않았다. 선배 하나가 여자들 눈치를 보며 말을 돌렸다.

"근데 걔 피디 되고 싶어 하지 않았나?"

형만 오빠가 오징어를 뜯으며 말했다.

"응, 최종까지 가서 몇 번 떨어졌대. 최근 어디 케이블 갔다던데?"


아침에 전화를 받고 제일 먼저 든 감정은 반가움이었다. 선배가 방송국에 얼마나 들어가고 싶어 했는지 알고 있어서였다. 선배는 내게 어떻게 지내는지, 아직도 그 동네에 사는지 자잘한 안부를 물었다. 그러고는 친하지도 않은 사람들의 소식을 전하고 엉뚱한 이야기를 늘어놓았다. 어딘가 초조하고 불안해 보이는 목소리였다. 그러곤 곧 대화의 소재가 끊기자 머뭇대며 물었다.

"미영아, 오늘 혹시 시간 있니?"

얘기인즉 자신이 맡은 프로그램에 잠깐 출연해줄 수 없냐는 거였다. 누군가 펑크를 냈는데, 그걸 자기가 메꿔야 하는 상황이라고. 일반인 중에 구해야 하는데 아는 사람이 없고, 입사한 지 얼마 안 돼 애를 먹고 있다고 했다.

"선배 피디예요?"

"어? 아니, 에이디야."

"아, 그렇구나. 선배, 근데 정말 미안한데요……"

"그냥 배경 같은 거야. 가짜 배경. 카메라에 자주 잡히지도 않고. 엑스트라라고 생각하면 돼."

선배는 계속 난처해했다. 그러면서 넌지시 하루짜리 아르바이트라고 여기면 어떻겠냐며 출연료가 나쁘지 않다는 얘길 덧붙였다. 내가 돈이 궁한 상태란 걸 아는 눈치였다.

"저 오늘 장례식도 있고요."

"응, 그랬지?"

선배의 목소리에 힘이 빠졌다.

"좀 창피하기도 하고요."

"그래, 그럴 수 있어."

"……"

"안 되겠니? 안 되겠지?"

"……"

잠시 어색한 침묵이 흘렀다. 참다못해 말을 꺼낸 건 내 쪽이었다.

"그냥 앉아만 있음 되는 거예요?"

선배가 지나치게 반색하며 말했다.

"응? 으응. 그럼, 그럼. 이번 건 재촬영도 없어. 금방 끝나."

이내 후회가 물밀듯 밀려왔지만 늦은 상태였다.

"뭐, 게임도 하고 그러는데 괜찮아. 어려운 일 아니야. 고

28

맙다 미영아, 정말 고마워."

'네? 뭐라고요? 게임이라고요?' 마음속 다급한 외침이 전해지기도 전에, 선배는 서둘러 전화를 끊었다. 그래서 나는 내 별명이 한때 '게임포비아'였단 사실을 밝히지 못했다. 통화가 길어졌어도 아마 못 했을 거다. 그러기엔 선배가 너무 기뻐하고 있었다.


선배는 로비에 나오지 않았다. 대신 작가라는 여자가 헐레벌떡 달려왔다. 앳된 인상의, 입사한 지 얼마 안 돼 보이는 아가씨였다. 출입증을 받아 방송국 안으로 들어갔다. 선배는 지금 정신없이 바빠 못 온다고 했다. 엘리베이터 안에서 그녀가 대뜸 물었다.

"안 더우세요?"

내 검은색 정장을 보고 하는 말이었다. 그녀는 발랄한 줄무늬 티셔츠에 오렌지색 스와치 시계를 차고 있었다.

"저녁에 조문 갈 일이 있어서. 괜찮아요."

말은 그렇게 했지만 등줄기에 땀이 흥건했다. 여자는 방송국 내에서도 좀 후미진 곳에 속하는 일반인 대기실로 나를 안내했다.

"들어가세요."

"아니요. 우선 여기 있을게요."

나는 복도에 놓인 플라스틱 의자를 가리켰다. 낯선 공간에 모르는 사람들과 함께 있고 싶지 않아서였다.

"그러실래요? 조감독님 곧 올 거예요. 최 선배가 되게 고마워하던데. 아침부터 엄청 깨지고 지금 또 혼나고 있는 중이거든요. 오늘 잘 좀 도와주세요."

그녀는 중요한 정보를 건네듯 속삭였다.

"우리 피디가 좀 사이코라서요."

그러곤 촬영장 쪽으로 급히 이동했다.

"저, 잠깐만요. 근데 프로그램 이름이 뭔가요?"

여자는 그것도 모르고 왔냐는 듯 심드렁하게 대꾸했다.

"한국의 달인이요."

그녀가 떠나고 나는 불편한 의자에 홀로 오도카니 앉아 있었다. 케이블 방송을 비롯해 티브이 자체를 잘 안 보는 나로서는 그게 무슨 프로그램인지 알 수 없었다. 작가 말로는 시작한 지 얼마 안 되는 코너라 했다. 선배는 한참 동안 오지 않았다. 대기실 앞 복도는 서늘하고 적막했다. 의자에 기댄 채 고개를 숙이고 있는 내 앞으로 조선시대 무관 복장을 한 사내가 뒤뚱뒤뚱 지나갔다.

스튜디오 안은 생각보다 어수선했다. 「한국의 달인」 무대를 제외한 주변 공간은 온갖 잡동사니들로 채워져 있었다. 주위에서 퀴퀴한 지하실 냄새가 났다. 하루에도 몇 번씩 세트를 세웠다 부순다 하니 그럴 만했다. 발소리를 죽여 녹화장 안으로 들어갔다. 입구 한쪽에 뜬금없이 방치된 그리스 신전 기둥이 보였다. 그리스 철학을 배우며 겸사겸사 공부한 바로는 끄트머리가 구부러진 게 이오니아 양식이 틀림없었다. 기둥은 조악한 스티로폼으로 만들어져, 얕게 파인 홈마다 때가 끼어 있었다. 배경화면을 크게 인쇄해 붙인 판자와 비닐에 싸인 이불 보따리도 눈에 띄었다. 벽면에는 '금연/사장 백' '불조심' 등의 표어가 붙어 있었다. 그래도 가장 압도적인 건 천장 위에 달린 수백 개의 조명이었다. 그것은 내가 뭔가 전문적인 공간에 와 있다는 느낌을 주었다. '아, 선배는 이런 데서 일하는구나, 이런 곳이었구나.' 멀리, 청바지 뒷주머니에 대본을 구겨 넣은 선배의 모습이 근사했다.

무대에선 대충 동선과 조명, 음향 등의 큐를 맞춘 '드라이 리허설'이란 게 막 끝난 참이었다. 내가 있을 자리에는 보조 작가가 서 있었다 한다. 낯은 익지만 이름이 잘 생각나지 않는 개그맨도 보였다. 선배 말로는 그가 진행을 볼 거라 했다. 나는 그를 힐끔거리며 의식하지 않으려 했다. 개그맨 역시 나를 신경 쓰지 않았다. 하지만 내가 자길 의식하지 않으려 애쓴다는 사실을 의식하고 있는 듯했다. 피디라는 사람은 의자에 앉아 대본을 확인하고 있었다. 사이코라기엔 허우대가 멀쩡했다. 입이 걸어 툭하면 아무에게나 욕을 한다던데. 아니나 다를까 나와 눈이 마주치자 대뜸 소리부터 질렀다.

"야! 쟤 뭐야?"

나는 움찔 놀라 그 자리에 얼어붙었다. 선배가 급히 변명을 했다.

"그 장염 걸린 출연자 대타인데요, 바로 준비시키겠습니다."

선배는 잠시 나를 외진 곳으로 데려갔다. 조금 전 세트장보다 훨씬 산만하고 을씨년스러운 장소였다. 우리는 조그마한 인공 연못이 그려진 가짜 배경 앞에 섰다. 그래서 우리가 대화하는 모습은 마치 연극의 한 장면처럼 보일 것 같았다. 나는 말똥말똥 선배를 쳐다봤다. 질문과 불안이 섞인 얼굴로. 그러나 예쁘게 비칠 만한 표정을 꾸며내는 일도 잊지 않았다. 분장도 하고 마이크도 달고, 대충 준비가 끝났는데 뭐가 문제인지 알 수 없었다. 선배는 진지하게 나를 바라봤다. 뭔가 중요한 말을 하려는 얼굴이었다.

"미영아, 너한테 얘기하지 못한 게 있어."

온몸이 딱딱하게 굳었다. 당장 자리를 박차고 나갈까 싶었지만 발이 떼어지지 않았다.

"안 돼요, 선배."

"미영아."

"못 해요, 저."

분장실을 향해 빠르게 걸어 나갔다. 선배는 종종걸음으로 나를 쫓아왔다.

"잠깐만."

선배가 다급히 내 팔뚝을 잡았다. 손바닥이 땀으로 축축하게 젖어 있었다.

"너 안 보이도록 최대한 편집할게. 너 말고도 같은 옷 입은 사람 많아. 그렇게 눈에 띄지 않을 거야."

선배는 손에 계속 힘을 주고 있었다. 얼마나 세게 쥐었던지 팔뚝이 아릴 정도였다.

"또 뭘 먹어야 된다면서요?"

선배가 떨리는 목소리로 설명했다.

"오늘 주인공이 푸드파이터라 그래. 먹기 대회 우승자 알지? 다른 사람들은 양껏 조금만 먹으면 돼. 미영아 이렇게 부탁할게. 나 이거 펑크 나면…… 미리 말 못 한 거 미안해. 나도 의상이 그럴 줄 몰랐어. 이번 한 번만 도와주라. 한 번만."

"……"

천장 위 환풍기가 시끄럽게 돌아갔다. 원망하듯 선배를 빤히 쳐다봤다. 선배는 눈을 마주치지 못하고 고개를 떨구었다. 선배가 찬 헤드셋에서 희미한 소리가 새어 나왔다.

"야이 씨바라, 빨리 안 와?"


푸드파이터는 뜻밖에 여자였다. 게다가 늘씬하기까지 했다. 그녀는 몸에 딱 붙는 탱크탑에 치어걸들이나 입는 노란색 미니스커트를 입고 있었다. 그녀를 보자 선배가 왜 나를 불렀는지 그리고 왜 그렇게 간절하게 잡았는지 알 수 있었다. 주위에 뚱뚱한 사람을 세워둔 뒤 그녀를 더 돋보이게 하기 위해서였다. '이렇게 마른 여자가 저렇게 비만인 사람들보다 잘 먹는다'라는 걸 알리려고. 나는 의상 담당자가 준 옷을 입고 한동안 밖에 나오지 못했다. 제작진이 일부러 한 치수 작게 준비한 레슬링 복이었다. 꽉 끼어 불편한 옷에 가까스로 몸을 구겨 넣자, 옆구리 살과 뱃살이 볼품없이 드러났다. 누가 봐도 초라하고 우스꽝스러운 모습이었다. 망설이다 작가의 재촉을 받고 분장실에서 나왔다. 사람들에게 알몸을 보이는 것 같아 몸을 바싹 웅크린 채 두리번거렸다. 군살을 감추려 끊임없이 옷을 잡아당겼다. 케이블이라 보는 사람이 별로 없을 거라고 스스로를 다독였지만, 마음 같아선 지금이라도 당장 그만두고 싶은 심정이었다. 선배는 아무렇지 않게 나를 타이르며 격려했다. 하지만 그 말은 내게 상처가 됐다.

"미영아, 그냥 평소 너 먹는 대로만 해. 긴장하지 말고. 알았지?"

나는 왜 내가 자리를 박차고 일어나지 못하나 고민했다. 이유는 단순했다. 선배를 돕고 싶어서였다. 하지만 선배를 도우면서, 선배가 하자는 대로 하면서, 선배를 벌주고 싶었다. 부모에게 상처를 주기 위해 일부러 자해를 하는 청소년처럼.

"자, 한 번에 갑시다!"

순식간에 정신이 멍해질 정도로 환한 조명이 시야를 가렸다. 카메라 렌즈는 낯설었고, 사람들은 밝음을 가장한 이상한 파티를 하고 있는 것처럼 보였다. 큐카드를 든 개그맨이 주인 공을 소개했다. 세계 핫도그 먹기 대회 우승자이며, 미모의 재미 교포 여성인 '수잔 리'라고 했다. 화려한 조명 아래 팡파르 소리와 함께 그녀가 등장했다. 햇빛에 적당히 그을려 건강해 보이는, 서구적인 인상의 미인이었다. 그녀의 얼굴엔 묘한 자신감과 자족감이 서려 있었다. 나는 오른쪽 맨 끝에 엉거주춤 섰다. 그녀를 위시해 좌우로 둘씩, 모두 네 명이었다. 한 명은 여자 유도 선수, 나머지 둘은 남자 역도 선수였다. 나는 평범한 직장인으로 소개됐다. 사회자는 얼마간 수잔 리와 상식적이고 시시한 대화를 이어나갔다. 언제부터 먹는 데 소질이 있었냐, 주위 반응은 어떠냐, 평소 식사량은 얼마냐는 식의 얘기였다. 많이 먹기 게임은 재촬영이 불가능하기 때문에 실수가 있어선 안 됐다. 스태프들은 미리 정해진 약속과 규칙에 따라 신중하게 움직였다. 곧이어 소품팀이 기다란 테이블을 갖고 왔다. 그 위에는 보기만 해도 토할 것 같은 엄청난 양의 핫도그가 쌓여 있었다. 관건은 10분 안에 누가 가장 많은 양을 해치우는가였다. 승자는 이미 정해져 있었다. 하지만 보조 출연자들의 체구도 만만치 않아 시청자들의 호기심을 자극하기에 충분했다.

차임벨이 울렸다. 운동선수들이 허겁지겁 핫도그를 입에 쑤셔 넣기 시작했다. 그렇게 먹어줘야 시청자들이 즐거워한

다는 듯. 그렇게 먹기 위해 그 자리에 존재한다는 듯. 반면
수잔은 여유가 있었다. 그녀는 폭식도 기술이라는 듯 노련하
고 우아하게 핫도그를 집었다. 그녀는 먼저 빵과 소시지를 분
리했다. 그리고 소시지부터 오물오물 먹어치웠다. 그다음엔
빵을 물에 적셔 삼켰다. 동작 하나하나가 정확하고 신속했다.
마른 여자가 탐식하는 모습에선 왠지 모를 색정적인 분위기
마저 났다. 반면 보조 출연자들의 모습은 두서없고 어리석어
보였다. 역도 선수가 챔피언의 요령을 보고 이내 따라 했다.
하지만 수잔의 속도를 따라잡기엔 무리였다. 나는 고개를 푹
숙인 채 핫도그를 소극적으로 우물거렸다. 그래도 할 수 있는
한 최선을 다할 계획이었다. 그림이 안 좋았는지 피디가 뭐라
소리치는 모습이 보였다. 선배는 헤드셋을 만지며 이쪽으로
달려왔다. 나는 테이블에 고개를 처박고 열심히 핫도그만 먹
었다. 되도록 카메라에 얼굴을 비추고 싶지 않아서였다. 선배
는 스케치북을 가져와 뭐라 급히 갈겨썼다. 그러고는 내 쪽으
로 와 종이를 들고 흔들었다. 나는 선배에게 과식하는 모습을
보이는 게 창피해 머리를 더욱 수그렸다. 선배는 안절부절못
하는 눈치였다. 얼마 뒤 물을 마시려 시선을 돌리는 순간, 선
배가 들고 있는 도화지 속 글씨가 눈에 확 들어왔다.

　　—고개 좀 들어, 이 녀석아.

　　'……'

순간 머리가 멍해졌다. 나는 핫도그를 든 채 그대로 멈춰 있

었다. 양손 아래로 끈적끈적한 케첩과 겨자 소스가 주르륵 흘러내렸다. 제작진에서는 난리가 났다. 피디가 어떤 신호를 보내는 듯했고, 선배는 창백해진 얼굴로 다시 도화지에 뭐라 열심히 썼다. 그러곤 울 것 같은 표정으로, 구조 신호를 보내듯 종이를 번쩍 들어올렸다.

— 고개 좀 들어, 미영아. 고개 좀 들어, 제발.


녹화를 어떻게 마쳤는지 기억나지 않는다. 나는 도망치듯 촬영장을 빠져나왔다. 허둥지둥 옷을 갈아입고 엘리베이터 앞에 섰다. 선배에겐 인사 없이 갈 생각이었다. 출입증을 반납하고 방송국을 나왔을 때 주위는 벌써 어둑해져 있었다. 가방 속 휴대전화가 끊임없이 울렸다. 나는 가방에 손도 대지 않은 채 진동음을 무시하고 걸었다. 온몸이 매 맞은 듯 후들거렸다. 그곳에서 최대한 빨리 벗어나고 싶었다. 그런데 지하철역 앞 횡단보도에 섰을 때, 누군가 애타게 내 이름을 부르는 소리가 났다.

"미영아."

나는 돌아보지 않았다.

"미영아."

신호등 불이 바뀌었다. 나는 잰걸음으로 달아났다.

"잠깐만."

선배가 내 팔을 움켜잡았다. 그는 땀을 뻘뻘 흘리며 헐떡이고 있었다.

"저 갈게요."

손을 뿌리치자 그가 나를 더 완강하게 잡았다. 팔뚝 위로 삼십대 사내의 강한 완력이 느껴졌다.

"분장실에 가봤는데, 이미 가고 없길래."

그는 여전히 숨을 몰아쉬고 있었다.

"오늘 고생했어. 피곤할 텐데 가서 좀 쉬어. 참 상갓집 간다고 했나? 미영아, 오늘 정말 고마워. 참 그리고 너 편할 때……"

나는 물끄러미 땅바닥을 쳐다봤다. 그리고 선배의 다음 말을 기다렸다.

"문자로 계좌번호 좀 넣어주라. 주민번호랑……"


신을 벗고 쓰러지듯 방바닥에 누웠다. 방에서 눅눅한 빨래 냄새가 났다. 조립식 2단 옷걸이 위로 온갖 여름옷들이 허물처럼 대롱 매달려 있었다. 미희에게서 '안 오냐'는 문자가 왔다. '잘 가고 있니'란 선배의 메시지도 보였다. 휴대전화 액정의 불빛을 멀거니 바라보다 배터리를 뺐다. 그러고는 불을 끈 채 바닥에 대자로 누웠다. 천장 위 형광등이 불안하게 몸을 떨었다. 이 집 등은 이상하게 스위치를 내려도 한 번에 꺼지지 않고 한참 동안 희미하게 빛나곤 했다. 전원이 차단된 뒤에도 유리관 속에 잔여 물질이 남아 자체 발광하는 탓이었다. 어느 때는 몇 시간이고 이렇게 완전히 꺼지지 않은 채로 깜빡이며 아른거렸다. 나는 검은색 정장 차림 그대로 자리에 누워 똑바로 천장을 바라봤다. 바닥이 찼다. 날씨 탓인지 빨래 탓인지 습기로 꽉 찬 원룸에 누워 있자니 물속 깊이 내려앉은 기분이었다. 한동안 꼼짝 않고 유리관을 오가는 수은의 운동을 바라봤다. 그러자 오래전 고향 친구들과 함께한 그곳, 포강에서 본 빛의 형상이 떠올랐다.

여덟 살, 여름방학 때의 일이다. 나는 동네 아이들과 학교 뒷산께서 물장구를 치며 놀고 있었다. 시내라고 하기엔 깊고 저수지라 하기에는 또 너무 작은 웅덩이가 풀숲에 싸여 오목하게 펼쳐진 곳이었다. 사람들은 그곳을 포강이라 불렀다. 늪도 강도 아닌데 다들 그렇게 불렀다. 그때 나와 같이 논 친구는 대략 다섯 명이었다. 반에서 공부를 제일 잘한 민수, 훗날 나의 산수 실력을 망쳐놓은 병만이, 그리고 나의 단짝 미희와 다른 몇몇 아이들이었다. 그날 나는 민수와 티격태격 다투고 있었다. 민수가 먼저 내게 물을 확 끼얹었고 원피스를 버려 울상이 된 내가 그 아이에게 물세례를 퍼부었다. 민수는 더 큰 물보라를 만들며 내게 다가왔고 복수의 복수가 이어졌다. 그런데 그때 병만이가 애들한테 이상한 소리를 했다.
"야, 쟤네 연애한다!"
나는 두 눈을 흘기며 턱을 치켜들었다.

"야! 아니거든?"

병만이 손바닥에 주먹을 대고 여러 번 치며 더러운 농담을 해댔다.

"야, 니네 이것두 하냐?"

민수가 발끈했다.

"뭐 이 새끼야?"

병만이 계속 성행위를 묘사했다.

"이거. 이거."

민수는 지고 싶지 않은 듯 씩씩대다 한마디 쏘아붙였다.

"너는, 뭐, 그렇게 잘나서 니네 엄마 이혼했냐?"

순간 병만의 얼굴이 사납게 굳었다. 아이들은 아무 말도 못한 채 눈치만 봤다. 공부는 민수가 잘했지만 싸움은 병만이 나았다. 나는 병만이 곧 민수를 쓰러뜨리며 코피를 터뜨릴 거라 믿었다. 하지만 병만은 민수를 한참 쏘아보다 그냥 돌아섰다. 그러곤 강물에 대고 '캬악, 퉤!' 침을 뱉은 뒤 물속 깊이 잠수해 어디론가 사라졌다. 민수는 신경 쓰지 말자며 친구들을 다독였다. 그래서 한참 뒤 누군가 내게 손을 내밀었을 때 나는 그게 민수의 손인 줄만 알았다.


얕은 데서 놀고 있다 방심했는데 어느 순간 땅이 푹 꺼지더니 몸이 쑥 빨려 들어갔다. 곧이어 입과 콧구멍 안으로 비린 물이 울컥울컥 들어왔다. 손발이 따로 놀고 숨이 찼다. 하지만 내가 물에 빠진 사실을 알아채는 친구는 없는 거 같았다. 몇몇은 나무 그늘에 누워 잤고, 또 몇몇은 물고기에 관심이 쏠려 있었다. 도움을 청하고 싶었지만 간신히 수면 위로 올라와도 숨을 쉬느라 소리칠 수 없었다. 깊은 물에서 둔하게 찰방이는 걸로는 주의를 끌기도 어려웠다. 내가 할 수 있는 일이란 그저 조용히 떠올랐다 가라앉기를 반복하는 것뿐이었다. 지금도 나는 그때 물속에서 느낀 아주 기이한 고요를 기억하고 있다. 가까스로 물 밖에 머리를 디밀었을 때 매미 소리가 무척 시끄럽게 들려왔던 것도. 어려서 그랬는지 몰라도 그 순간 누가 보고 싶다거나 지난 일이 주마등처럼 스쳐 지나간다거나 하지는 않았다. 다만 나는 그 상황에서 빨리 벗어나고 싶었다. 그리고 좀 외로웠다. 아무도 내가 죽어가고 있다는 걸 모른다는 고립감. 그리고 그걸 누구에게도 전하지 못한다는 갑갑함이 밀려왔다. 수면 위로 아른아른 조용하게 빛나는 여름 햇빛이 보였다. 손 내밀면 닿을 것 같은 거리에서 유혹하듯 화사하게 출렁이던 차안(此岸)의 얇고 환한 막. 나는 그 빛을 잡고 싶었다. 하지만 손에 걸리는 거라곤 쥐자마자 이내 부서지는 몇 움큼의 강물이 전부였다. 생전 처음 겪는 공포가 밀려왔다. 아득하고 설명이 안 되는 두려움이었다. 나는 물 아래로 점점 가라앉았다. 더 이상 버티기가 힘들었다. 그런데 그때 누가 내 손을 잡는 게 느껴졌다. 순간 있는 힘을 다해 그 팔을 잡았다. 어디서 그런 힘이 나오는지 알 수 없었다.

나는 내 손을 잡을 이가 아플 거란 걸 알았지만 손에서 힘을 뺄 수 없었다. 아니, 그럴수록 그 팔을 더욱 세게 잡게 되었다. 내 완력에 놀란 누군가가 나를 아주 놔버리면 어쩌나 싶어서였다. 그리고 가까스로 뭍으로 나왔을 때 물에 흠뻑 젖은 채 창백해진 병만의 얼굴을 보고 말았다. 누군가의 손톱자국을 따라 깊게 홈이 파인, 살짝 핏물이 맺힌 채 시퍼렇게 멍이 든 그 애 팔뚝도……

　집으로 돌아가는 길, 병만은 퍽 들떠 있었다. 나를 구한 사실에 으쓱해서였는지 바람에 몸이 마르는 느낌이 좋아서였는지 모르겠다. 젖은 신을 끌고 산길을 내려오며 병만은 민수와의 일은 까맣게 잊은 듯 씩씩하게 말했다.
　"느이들 사람들이 사막에서 뭐로 제일 많이 죽어나가는 줄 아냐?"
민수가 한 손으로 안경을 치켜 올리며 자신 있게 답했다.
　"거야 열사병이지."
병만이 그럴 줄 알았다는 듯 코웃음을 쳤다.
　"아니야. 익사야, 익사."
아이들이 일제히 '뭐어?' 하는 표정을 지었다. 쟤가 또 무슨 말도 안 되는 뻥을 치나 하는 얼굴이었다. 하지만 병만의 말은 뜻밖에 청산유수였다. 사막에는 비가 잘 안 오지만 한 번 오면 엄청나게 쏟아지기에 사람들이 갑자기 변을 당하게 된다고. 일반인들은 보통 사막에 비가 올 거라 생각지 못할뿐더러 비를 피할 곳도 마땅찮기 때문에 속절없이 당하게 된다는 말이었다. 민수가 바로 삐죽댔다.

"치이, 누가 그래?"

그러자 병만이 망설이다 조그맣게 답했다.

"우리 엄마가."

미희가 물이 찬 한쪽 귀를 후비며 물었다.

"병만아, 근데 그 얘기 왜 해?"

병만이 당황하며 아무렇게나 둘러댔다.

"어? 어. 그러니까, 음. 우리가 사막에 가게 되면 다 같이 조심하자고. 하하."


발인은 내일 새벽이었다. 막차를 타지 않았으니 나는 아마 내일 거기 없을 터였다. 그 아이, 잠수를 참 잘했는데. 물속 깊이 사라졌다 어느새 저쪽에서 싱싱한 물고기처럼 튀어 오른 병만의 매끈한 몸이 떠올랐다. 우리 모두 그 애가 보이지 않으면 초조해하다 어느 순간 몸을 털며 짠— 하고 나타나면 감탄하곤 했는데. 한쪽 팔로 이마를 짚었다. 천장에선 여전히 형광등 불빛이 불안하게 아른거리고 있었다. 그것은 오래전 내가 물속에서 본 빛처럼 사라질 듯 말 듯 아득하게 가물댔다. 길게 손 뻗으면 정말 잡힐 것만 같은 자리에 있던 밝고 투명한 막 같았다. 갑자기 오른쪽 팔 어디께가 몹시 아려왔다. 가만 보니 팔뚝 안쪽에 멍이 들어 있었다. 아마 아까 나를 붙든 선배가 남긴 자국인 듯했다. 팔뚝 위로 선배 손의 완력과 축축한 여운이 느껴졌다. 환한 봄날 한가운데에 어두운 옷을 입고 서 있던 내게 '이 여자의 생활이 보여 좋아' 라고 말하던 선배의 아름다운 옆얼굴도…… 그러자 고향의 병만이가 떠올랐다. 살면서 내가 가장 세게 잡은 누군가의 팔뚝이…… 갑자기 목울대로 확 뜨거운 것이 올라왔다. 사막에서 만난 폭우처럼 난데없는 감정이었다. 곧이어 내가 살아 있어, 혹은 사는 동안, 누군가가 많이 아팠을 거라는 생각이 들었다. 나도 모르는 곳에서, 내가 아는, 혹은 모르는 누군가가 나 때문에 많이 아팠을 거라는 느낌이. 그렇게 쉬운 생각을 그동안 왜 한 번도 하지 못한 건지 당혹스러웠다. 별안간 뺨 위로 주르륵 눈물이 흘러내렸다. 재빨리 한 손으로 눈물을 닦아냈다. 하지만 눈물은 그치지 않고 계속해서 나왔다. 결국 나는 두 손으로 얼굴을 가린 채 크게 울어버리고 말았다. '손톱으로 그렇게 눌리면 아팠을 텐데……' '많이 아팠을 텐데……' 하고. 천장 위 형광등은 여전히 꺼질 듯 말 듯 불안하게 흔들렸다. 아직 상복을 벗지 못한 채 울고 있는 나를, 여름옷을 주렁주렁 매단 2단 옷걸이가 무심히 그리고 오랫동안 굽어보았다.

벌레들

장미빌라는 낮은 언덕을 깎아 만든 절벽 위에 지어졌다. 멀리서는 밋밋한 직육면체 형태로 보이지만 실제로는 십자 구조로 되어 있다. 지하와 옥탑을 합해 6층. 대략 30여 가구가 산다. 언젠가 녹슨 우편함 개수를 세어보고 그 사실을 알았다. 내 발소리가 너무 크다고, 아래층에서 두 번이나 찾아온 총각을 빼고, 이웃을 만난 적은 거의 없다. 일상의 부스러기처럼, 창문을 통해 들어오는 작은 단서로만 각 세대의 사정을 짐작해볼 따름이다. 한번은 아래층에서 이상한 기척이 들려온 적이 있다. 한밤중 경상도 사내가 뭐라뭐라 중얼대는 소리였다. 정신을 집중한 끝에 그가 누군가를 때리고 있다는 걸 알았다. 나직하고 야비한 음성. 철썩, 툭, 퍽 하는 울림. 사내는 잘 알아들을 수 없는 말투로 뭔가 반문하고 다그치고 빈정대길 반복했다. 술에 취했거나 분노에 찬 소리는 아니었다. 그는 충분한 여유를 갖고 상대를 괴롭히고 있었다. 어깨를 움츠린 채 창가로 가 동정을 살폈다. 밖은 어두워 아무것도 보이지 않았다. 까치발을 들어 몸을 기울였다. 4차선 도로의 소음이 사내의 말을 자꾸 잡아먹었다. 남편을 깨울까 하다 그만두었다. 정확히 몇 호에서 나는 소린지 알 수 없었고, 괜한 낭패를 당할지 몰라서였다. 사내의 웅얼거림은 한 시간가량 계속됐다. 맞는 쪽에서는 어떤 대꾸도 하지 않았다. 단 한 번의 신음, 단 한 번의 비명, 흐느낌조차 없었다. 마치 그곳에 없는 사람처럼. 애초에 없던 사람인 양. 이부자리로 돌아가 남편 뒤에 달라붙었다. 남편에게서 익숙하고 달콤한 땀 냄새가 났다. 나는 그 체취에 집중했고, 사내의 목소리가 멎어들 즈음 깊은 잠에 빠져들었다. 물론 그런 일은 아주 가끔 일어났다. 보통 장미빌라를 맴도는 공기는, 저녁 무렵 생선 굽는 냄새나 국가대표 축구경기가 있는 날 한꺼번에 '와아' 하고 터져 나오는 함성, 창가에서 햇볕을 쬐고 있는 화분의 고요, 옆집 아기의 울음과 택배가 무사히 도착했음을 알리는 경쾌한 초인종 소리 같은 것이다. 물론 최근에도 이곳 지하에서 비명이 새어 나온 적이 있다. 새벽 1시쯤이었을까. 누군가 갑자기 악— 하고 절규했다. 억울한 게 있는지 분에 못 이겨 혼자 내지르는 소리였다. 깜짝 놀라 몸을 일으켰는데, 그 뒤로 아무

기척이 나지 않았다. 그는 그날 4시쯤 다시 악, 악, 아악—
하고 연달아 세 번 발악했다. 그리고 그게 다였다.

　장미빌라의 십자 구조는 방마다 다른 전망을 선사한다. 싱
크대 위 책받침만 한 창문을 제외하고, 실내에 난 창은 현관
맞은편에 난 것 하나뿐이다. 창문은 한쪽 벽면의 반을 차지할
만큼 크다. 이곳으로 이사 올 결심을 한 것도 사실 그 때문이
었다. 집 안 가득 황홀하게 쏟아지는 햇빛. 평수에 비해 싼
가격. 지하철과 가까운 거리. 미닫이로 된 허술한 방충망이
좀 걸리긴 했지만 그만하면 괜찮은 조건이었다. 우리는 집을
구하느라 꽤 애를 먹고 있었다. 낮은 금리 탓에 전세 매물이
거의 나와 있지 않아서였다. 어쩌다 전세가 있다 해도 우리가
가진 돈보다 기천만 원 이상을 웃돌았다. 방을 빼주기로 한
날은 다가오고, 조건에 맞는 집이 없어 초조하던 차에 장미빌
라를 발견했다. 우리는 경솔할 정도로 성급하게 계약했다. 이
동네가 재개발 구역으로 지정됐다는 건 이사 후 한 달이 지나
알았다.

　우리 집은 빌라 뒤편에 있는 낭떠러지와 바로 연결돼 있다.
절벽의 높이는 10미터가량 된다. 하지만 내가 사는 4층에선
더 까마득해 보인다. 절벽 아래에는 낡은 주택들이 다닥다닥
붙어 있다. 대부분 단층 건물로 붉은 기와를 얹은, 지은 지
30년도 더 된 집들이다. 딱 봐도 초라하기 짝이 없지만, 처음

이 땅에 대들보를 세운 이들의 가슴엔 긍지와 미래에 대한 기대가 출렁였을 거다. 화폐 정책이 바뀐 탓에 하룻밤에 백지가 된 1960년대 지폐처럼, 이제는 쓸모없어져버린 정착의 자부. 사람들은 그곳을 A라고 불렀다. 신림동에서, 상계동에서, 이문동이나 구로동, 삼청동 어디에서도 그런 집들을 본 적이 있다. A구역은 길가에 있는 모텔촌과 절벽 위로 늘어선 빌라촌에 의해 둥글게 포위되어 있다. 크기로 치면 중학교 운동장의 두 배 정도쯤 될까. 올여름, 부직포로 된 가림용 천막이 세워지면서 그곳은 더 고립돼 보였다.

장미빌라와 A구역의 경계, 그러니까 절벽 아래에는 잡초가 무성하다. 오랫동안 아무도 돌보지 않은 땅에서 멋대로 자란, 집요하고 탐욕스러운 인상을 주는 풀들이다. 그곳에서 이따금 장미빌라로 생전 처음 보는 벌레들이 기어 들어온다. 파랗고 통통하고 꾸물거리는, 혐오감을 주는 어떤 것들이. 입주 후 석 달쯤 지나서였을까? 창가에 놓인 수납장 위로 손가락만 한 애벌레가 기어가는 걸 보고 기겁한 적이 있다. 발만 동동 구르다 차마 휴지로 집을 수 없어 살충제를 뿌렸다. 연두색 애벌레는 천천히 쪼그라들며 죽어갔다. 일전에 화장실에서도, 웬 시커먼 물체가 하수구 속으로 도망치는 걸 보고 비명을 지른 적이 있다. 딱정벌레만 한 크기의 바퀴벌레였다. 전에 살던 집에도 바퀴나 개미가 없던 건 아니었다. 하지만 그것은 태어나 본 것 중 가장 커다랬다. 욕실 바닥에 정신없이 산성 세제를 뿌리고 남편에게 전화했다. 출장차 대구에 있던 남편은 괜찮다고, 그런 건 집에 사는 바퀴가 아니라 지나가는 바퀴니까 걱정하지 말라며 나를 타일렀다. 바퀴는 그 후 몇 번 더 나타났다. 더 끔찍한 건 눈에 띄지 않는 작은 벌레들이었다. 어둠 속, 팔뚝 위로 느껴지는 미세한 꿈틀거림. 불을 켜고 봤을 땐 아무것도 없는. 느낌은 있지만 잡을 수 없는 어떤 것들 말이다. 창문을 통해 온 걸까? 에어컨을 연결하느라 뚫은 구멍과 미세한 틈들을 샅샅이 마감했건만. 그것들이 도대체 어디를 통해 들어오는지 알 수 없다.

전에 이 집에 살던 사람은 중국인이었다. 인근 대학에 교환학생으로 온 그는 이곳서 2년간 머물다 고국으로 돌아갔다. 그는 이 방을 쓰레기장처럼 사용했다. 괴팍하기로 소문난 주인 노파와 사이가 나빠서였는지, 어차피 떠날 집이라 그랬는지 모르겠다. 노파가 보증금을 주지 않아, 학생의 부모가 노발대발했고, 부동산 주인이 내게 잔금을 미리 치를 수 없냐고 부탁했던 기억이 난다. 우리는 이 방에 신을 신고 들어왔다. 401호 내부는 거의 썩어가고 있었다. 장판은 한 번도 쓸지 않은 듯 새카맸고, 화장실은 사방에 곰팡이가 피어 차마 들어갈 수가 없었다. 부동산 주인은 우리의 눈치를 보며 도배와 장판을 새로 해주겠다고 했다. 하지만 약속은 지켜지지 않았다.

이사 전날, 우리는 혼신의 힘을 다해 이곳을 청소했다. 장판을 새로 깔까 했지만, 이러저런 협상과 실랑이에 지쳐 있던 남편이 남 좋은 일 시키지 말자며 반대했다. 노파는 우리가 입주하기로 한 날에서 단 몇 시간만 남겨두고, 늦은 저녁 인부 둘을 불러 성의 없는 도배를 해준 뒤 20만 원을 챙겨 갔다. 방 한가운데에 온갖 도배 용품과 쓰레기를 놔두고서였다. 우리는 울며 겨자 먹기로 그것들을 치웠다. 당장 내일 아침 짐을 들여야 하는데 방법이 없었다. '그래도 집값이 싸잖아?' '하루쯤 품 파는 건 아무렇지 않아' 하고 서로를 다독이며, 불길한 징조가 우리의 앞날을 오염시키지 않도록 애썼다. 그날 동원된 세제는 다섯 가지가 넘었다. 분무기 형태의 곰팡이 제거제, 눈처럼 하얀 스펀지, 주둥이가 삐죽한 변기 세정제, 배수구를 뚫어주는 액상 제품, 기름 때 전용 세제…… 그 밖에도 철수세미, 행주, 걸레, 빗자루, 고무장갑, 키친타월, 마른 수건 등 청소에 필요한 모든 걸 준비했다. 그러곤 세계 어딘가 그렇게 세분화된 기능의 세제가 존재한다는 데 안도했다. 막상 모든 준비를 하고 나니 가슴이 설렜다. 집이 워낙 시원 찮아 오히려 근사하게 바꾸고 싶은 욕구가 일었다. 창문에 원색 롤스크린을 달고, 한쪽 벽면에 꽃무늬가 찍힌 포인트 벽지를 붙이고, 앙증맞은 화분 몇 개만 놓아도 분위기가 확 달라질 것 같았다. 청소는 생각보다 쉽지 않았다. 방바닥을 닦는데 네 시간 이상이 걸렸다. 모노륨 장판엔 나무 질감을 흉내

내느라 파놓은 미세한 홈들이 있었다. 그 홈 사이사이에 묵은 때가 가득 끼어 있었다. 고무장갑을 낀 채 고농축 세제를 압축해 만든 스펀지를 이용해 바닥을 청소했다. 무릎을 꿇고 앉아 스펀지로 한 번 닦고, 구정물을 휴지로 제거한 뒤, 다시 물에 빤 스펀지로 문지르고, 물걸레질을 하고, 마지막으로 마른걸레질을 하는 식이었다. 우리의 맨살이 닿을 데라 생각하니 대충 할 수가 없었다. 401호는 과다하게 뿌려진 산성 세제에 푹 절어 있었다. 걸레질을 하는 남편과 내 얼굴에서 콧물과 눈물이 쉴 새 없이 흘러나왔다. 냉장고와 싱크대 청소, 창문 닦기, 현관 정리 등 자잘한 일을 해치우고 나니 새벽 4시가 넘었다. 우리는 쓰레기봉투를 묶고, 손을 씻고, 물을 마셨다. 그러곤 극도의 피로감 속에서 약속이나 한 듯 싱크대에 몸을 기대 서둘러 몸을 섞었다.

일을 끝낸 뒤 창가에 서서 물을 마셨다. 어느새 곁에 다가온 남편이 뒤에서 나를 안았다. 웅덩이처럼 푹 꺼진 A구역에 가로등 몇 개가 뿌옇게 빛나고 있었다.

"나무네?"

"어디?"

남편이 손가락을 들어 한 곳을 가리켰다.

"저기. 저 집 마당에 있잖아. 애초에 심었을 땐 작았을 텐데. 봐봐, 마당을 다 차지하고 이웃집 지붕까지 덮었잖아. 나무가 집보다 크다, 야."

나는 남편의 팔뚝을 더듬었다.

"저 정도 크려면 얼마나 걸릴까?"

"글쎄 한 20년? 아니 30년인가? 꽤 큰걸? 이 마을이 생기기 전부터 있던 건지도 모르지. 뭐 한 3백 살쯤 먹었으려나? ……에이, 모르겠다."

나무의 이름은 알 수 없었다. 우리는 말없이 창밖을 바라봤다. 도심 한복판 홀로 서 있는 나무의 검은 실루엣이 바람을 따라 신성하고 아름답게 흔들렸다.


한동안은 행복한 나날이었다. 우리는 하나둘 화분을 사 모았다. 잎에서 음이온이 나온다는 산세비에리아에서 향이 좋은 로즈마리, 빨간 화기에 잘 어울리는 율마, 조그마한 선인장과 페퍼민트, 고무나무, 행운목까지. 그러고는 그것들이 가난한 신혼집을 초록으로 점점(點點) 푸르게 물들여주길 바랐다. 해가 뜨면 창을 열고 이불부터 개었다. 보일러를 온수에 맞춰놓고 하루를 시작하는 첫 오줌을 눴다. 욕실에 간 김에 걸레를 짜 나왔고, 물 온도가 적당히 데워지는 동안 비질을 했다. 매일매일 책상이며 장식장 위를 닦는 일도 게을리 하지 않았다. 가끔은 이 많은 먼지가 어디서 날아오는지 궁금했다. 날마다 쓸고 닦아도 결코 없어지지 않는, 이 세계를 구성하는 입자들의 행방이. 어느 날은 물걸레질을 하다 바닥에 가만 쪼그려 앉았던 적이 있다. 장판 위로 네모난 빛이 비스듬히 들어왔는데, 그 사각형 안에서 뭔가 희미하게 출렁이고 있는 걸 발견해서였다. 그건 방바닥에 비친 아지랑이 그림자였다. 내 발 아래서 신비롭게 출렁이는 봄기운. 나는 잠시 충만해져 '아, 보이지 않는 것에도 그림자가 있구나' 감탄했다. 청소를 마친 뒤엔 샤워를 했다. 뜨거운 물의 감각. 그리고 그 쾌락에 중독될지 모른다는 기분 좋은 염려. 장미빌라의 보일러는 오래돼 온수가 제대로 나오지 않았다. 처음에는 뜨거운 물이 나오다 미지근해지는 식이었다. 나는 오른손으로 샤워기를 잡고, 다른 손으로 수도꼭지를 쥔 채, 물이 식을 때마다 수도꼭지를 '온수' 쪽으로 조금씩 돌려가며 머리를 감았다. 오후에는 장을 보고 요리를 했다. 세탁소와 부식 가게, 정육점 주인과 안면을 트고 단골집을 개척해나가는 일도 잊지 않았다.

장미빌라는 우리의 첫번째 신혼집보다 넓고 환했다. 이사를 오고 나서야, 그간 내 몸이 제한된 동선에 꽤 스트레스를 받아왔다는 사실을 깨달았다. 얼마간은 내가 내 집에서 크게 움직여도 된다는 사실이 낯설었다. 시간이 지나자 집 안을 과감하게 거닐고 뒹굴며 편안해할 수 있었다. 남편은 늘 같은 평수면 투룸보다 원룸이 낫다고 주장해왔다. 이사 후 그 말에 따르길 잘했다고 생각했다. 문제는 소음이었다. A구역을 끼고 있다 해도, 장미빌라는 도로를 가까이 둔 편이었다. 우리가 맘에 들어한 큼직한 창문은 햇빛, 바람과 함께 먼지와 소음을 실어 나르는 통로가 됐다. 특히 거슬리는 건 차 소리였다. 너무 멀지도 가깝지도 않은 소문처럼, 무서운 속도로 달려왔다 딱 서너 발자국을 남기고 물러서는 파도처럼, 어디선가 떠나오고 또 떠나가는 자동차 소리들. 넓은 곳에 살고 싶다는 욕구는 어느새 조용한 곳으로 옮기고 싶다는 바람으로 바뀌었다. 조용한 곳에 있고 싶은 마음은 공기 좋은 곳에 살고 싶다는 욕심으로, 나중엔 또 괜찮은 이웃들이 모인 데 머물고 싶다는 욕망으로 변할 테지만. 서울엔 그 조건이 모두 충족되는 공간이 흔치 않았다. 나는 차 소리가 싫었다. 하지만 온몸으로 그 소리를 빨아들이고 있었다. 매일매일 도시를 들이마시고 있었다. 그것은 내 표정과 말투, 내장의 질서를 바꾸어놓았다. 한 날 참다못해 남편에게 하소연을 했다.

"여보, 나 저 소리들 때문에 미칠 것 같아."

이 집을 택하는 데 적극적으로 앞장섰던 남편이 시무룩한 표정을 지었다.

"왜 난 괜찮은데."

"당신은 주로 밤에 들어오잖아. 나는 종일 집에 있어야 된다고."

"라디오를 좀 들어봐. 그럼 괜찮아질 거야."

"내가 원하는 건 다른 소리가 아니라고. 그냥 아무 소리도 나지 않는 조용한 상태, 그뿐이라고."

정말 그랬다. 고요는 오존층처럼 우리 몸을 보호해주는 투명

한 막 같은 거였다. 물이나 햇빛처럼 사람이 사는 데 꼭 필요
한. 그런데 차 소리가 그걸 자꾸 찢고 들어왔다.

"흠 없는 집이 어디 있어. 조금만 참고 살아보자. 내 친구
는 30평대 아파트에 사는데 거기도 비행장 근처라 문을 못 열
어둔대."

남편의 무능을 탓하는 게 아니었는데 괜히 미안한 마음이 들
었다.

"내 말은……"

"나중에 좋은 데로 옮기자. 좀더 절약해서. 그땐 아이도 낳
고……"

남편은 슬며시 내 가슴을 더듬었다. 나는 뭐라 대꾸하지 못
하고 입을 다물었다. 남편이 손에 힘을 주자 젖멍울이 아려
왔다.

"할까?"

나는 몸을 완전히 빼지도 맡기지도 못한 채 머뭇댔다.

"싫어?"

남편이 눈치를 봤다. 그래도 눈동자엔 조르면 해주지 않을까
하는 기대가 서려 있었다.

"여보."

"응?"

"나 요새 생리를 안 해."

순간 남편의 얼굴이 잿빛으로 변했다. 뭔가 끔찍한 걸 목격한

듯 얼어붙은 표정이었다.

"왜 그래?"

남편이 떨리는 목소리로 말했다.

"저것 좀 봐."

고개를 돌렸다. 천장 위로 긴 더듬이를 가진 검은 물체가 스르르 기어가고 있었다. 지네처럼 다리가 여럿 달린, 사람들이 흔히 '돈벌레'라 부르는 그리마였다.

"아악!"

그것은 금방이라도 우리의 얼굴에 떨어질 것 같았다. 나는 남편 가슴에 바싹 매달렸다. 별로 겁이 없는 남편도 긴장하는 기색이 역력했다.

"어떻게 해? 응? 어떡하면 좋아?"

그것은 꾸물꾸물 유연하게 우리 머리 위를 활개치고 다녔다. 남편이 살충제를 찾아 일어섰다. 돈벌레는 천장 모서리 어딘가로 쏜살같이 사라져버렸다. 그게 이 집에서 본 첫번째 벌레였다.


아이는 우리가 싱크대 앞에서 몸을 섞은, 독한 세제 때문에 온몸이 얼얼하던 그날 밤 생긴 듯했다. 장미빌라에 들어온 첫날, 아이도 내 배 속에 입주한 셈이다. 우리는 어렵게 출산을 결심했다. 원래 계획대로라면 3년 후에나 가능했을 일이지만. 아이를 두 번이나 포기한 경험이 있어 결정이 쉽지 않았다.

결혼 전에 한 번, 결혼 후 한 번. 둘 다 경제적인 이유였다. 임신 사실을 확인하고 처음 든 생각은 '당분간 집을 사긴 글렀구나' 하는 거였다. 거의 다 왔다고 여긴 마라톤 코스가 한없이 늘어난 느낌. 내심 기다렸던 임신인데도 실망감이 들었다. 남편은 돈을 더 많이 벌어와야겠다며 순하게 웃었다. 쓸쓸하고 고단해 보이는 미소였다. 남편은 중소 제과업체에서 영업을 뛰고 있었다. 우리 집엔 그가 회사에서 가져온 과자 상자가 수북했다. 남편은 친구들에게 '필요하면 언제든 얘기하라'며 과자나 사탕, 초콜릿 등을 한 아름 안겨주곤 했다. 남편은 회사 얘기를 자주 하지 않았다. 재고나 수금 때문에 애를 먹는 일이 많았지만, 성격이 능청스럽지 못한 게 제일 힘든 모양이었다. 남편은 별 불평 없이 꾸역꾸역 직장에 나갔다. 그래도 제약회사 쪽보다는 낫다고. 어디를 가도 이 정도 고생은 안 하겠냐며 한숨을 쉬었다.

그즈음, A구역의 재개발 공사가 본격적으로 시작됐다. 남편은 출장이 잦았고, 나는 묵묵히 소음을 견디며 집안일을 했다. 주인이 떠난 집들은 오랫동안 방치되었다. 이상한 점은 그곳에 살던 이들이 이사 가는 모습을 한 번도 보지 못했다는 거였다. 그들은 순식간에, 그리고 한꺼번에 사라졌다. 이따금 창가에 서서 건물들의 뻥 뚫린 입 사이로 보이는 시커먼 어둠을 응시했다. A구역 주위론 기분 나쁜 정적이 맴돌았다. 연애를 하거나 담배를 피우는 고등학생들을 제외하고 부러 그곳에 들어가는 사람은 없었다.

날이 더워지자 A구역에선 점점 불쾌한 냄새가 났다. 오래
된 건물 자재와 쓰레기 더미가 폭염 아래서 썩어가는 냄새였
다. 그 속에는 거기서 오래 살았던 사람들의 체취도 섞여 있
었다. 나는 그게 빈곤의 냄새라고 생각했다. 악취는 장미빌라
안으로 고스란히 올라왔다. 덩달아 모기떼도 기승을 부렸는
데, 저 아래 서식하던 모기가, 뭍 사람이 없자 죄다 이리로
몰려오는 듯했다. 남편은 입주할 때부터 못마땅하게 여긴 방
충망을 살피며 투덜댔다.

"이게 좀 허술한가? 여기 이도 제대로 안 물리고 틈이 생
기잖아?"

"새로 하나 할까?"

"놔둬. 여름도 곧 끝날 텐데. 집주인 좋은 일 시키지 말자."
남편은 미닫이문으로 된 방충망을 열었다 닫았다 하며 세심
히 살폈다. 방충망은 불안하게 삐걱거리더니 곧 절벽을 향해
기울었다.

"어어?"
놀란 남편이 재빨리 방충망을 잡아챘다.

"휴, 하마터면 떨어뜨릴 뻔했네."
남편은 방충망을 제자리에 끼우려 애썼다. 남편의 손바닥에
시커먼 먼지가 묻어났다. 나는 남편 곁에 다가가 그의 허리를

안았다. 멀리, 유령 도시처럼 고요한 A구역이 보였다.

"공사가 정말 시작되려나 봐."

남편이 손을 털며 대꾸했다.

"한동안 꽤 시끄럽겠네."

잠시 침묵이 이어졌다.

"저게 다 헐리고 아파트가 들어서려면 얼마나 걸릴까?"

"요새 공사 속도가 워낙 빠르니까. 한 2년 정도 걸리지 않을까?"

"2년이면 딱 우리 계약 기간인데, 억울하다."

남편이 짓궂게 덧붙였다.

"2년 후 딴 데로 이사 갔는데, 거기서 또 저런 공사가 시작되는 거야. 그게 또 한 2년 걸리고."

나는 그 농담이 불길해 피식 웃었다.

"저기 살던 사람들 다 가난했겠지?"

남편이 실실 쪼갰다.

"너는 아닌 줄 아냐?"

"어떻게 우리가 저 사람들하고 같아?"

잠시 후 남편의 어깨에 머리를 기댔다. 남편이 새삼 진지하게 물었다.

"저 나무도 잘리려나?"

장마를 예고하는 초여름 바람을 따라 수백 장의 잎사귀가 우수수 흔들렸다.

"그렇겠지."

남편이 불룩하게 솟은 내 아랫배를 쓰다듬으며 딴청을 피웠다.

"그나저나 앤 잘 크고 있나?"

그러고는 창틀 위로 기어가는 깨알만 한 벌레를 라이터로 무심히 눌러 죽였다.

달이 차고 배가 부풀수록 공사도 박차를 가했다. 이른 아침부터 해 질 녘까지. A구역은 꽝꽝 소리를 내며 스러져갔다. 나는 종종 집이 흔들리는 걸 느낄 수 있었다. 공사는 A구역의 왼쪽 가장자리부터 시작됐다. 장미빌라와 가까운 집들은 오른쪽 끝에 있어 맨 나중에 철거될 터였다. 여름내 아랫동네가 사라지는 소리가 들려왔다. 구름 한 점 없는 땡볕 아래, 물을 찾아 온종일 앞발로 모래를 파는 짐승처럼 굴착기는 새된 소리로 울어댔다. 가림막 안에서 일하는 사람은 생각보다 많지 않았다. 굴착기 운전사 한 명, 망치질하는 인부 두어 명, 먼지가 날리는 걸 막기 위해 고무호스로 물을 뿌리는 사내가 전부였다. 그들의 노동은 더디고 지루해 보였다. 곳곳에 스티로폼과 나무 자재, 깨진 유리, 기왓장, 콘크리트, 철심 조각 등이 무질서하게 쌓여갔다. 장마가 지면 공사는 며칠씩 지체됐다. 어둑한 하늘 아래, 폭우를 맞고 있는 폐허는 뜻밖에 좀 경건해 보였다. 몸이 불어 거동이 힘들었지만 청소를 소홀히 하지는 않았다. 오히려 전보다 더 걸레질에 몰두했다.

그것은 허물어져가는 바깥 세계로부터, 쉬지 않고 날아 들어오는 오염 물질에게서 우리 집을 지키는 의식이었다. 집 안에선 점점 다양한 종류의 벌레가 출현했다. 거미나 나방, 무당벌레, 자벌레, 하루살이 등 익숙한 곤충에서부터 이름을 알 수 없는 별의별 것까지. 다른 집에서도 해충이 자주 발견되는지 궁금했지만 알 도리가 없었다. 이따금 동사무소에서 나온 방역차가 흰 연기를 내뿜으며 골목을 돌아다녔다.

나는 집 안 곳곳에 끈끈이와 살충제가 든 캡슐을 붙여놨다. 은행잎을 스타킹에 넣어 화장실과 가구 틈새에 놓고, 삶은 감자에 붕산을 섞어 싱크대와 냉장고 근처에 발라뒀다. 그래도 벌레 수는 줄지 않았다. 혹 남편이 가져온 과자 때문인가 싶어 뜯지도 않은 상자를 통째로 내다 버린 적도 있었다. 벌레는 사라지지 않았다. 가려운 느낌이 들어 입고 있던 티셔츠를 뒤집어 샅샅이 살필 때도 있었다. 셔츠에 묻은 건 머리카락 몇 올이 전부였다. 해충은 며칠에 한 번 출몰할 때도 있고, 하루에 세 마리 이상 발견되는 날도 있었다. 현관에 서면 신발 안창에 귀뚜라미가 죽어 있었다. 점점 나아지려니 했지만, 어떨 때는 너무 심한 게 아닌가 싶어 부아가 났다. 실은 내성이 생겨 벌레 몇 마리쯤이야 아무렇지 않았다. 하지만 호르몬 탓에 우울증이 극심했던 어느 날은 장판 위를 기어가는 쥐며느리 한 마리 때문에 죽고 싶은 충동이 일었다. 그날 나는 전화기를 붙들고 엉엉 통곡했다. 남편은 한동안 말이 없었다.

수화기 너머로 남편의 피로, 남편의 한숨, 남편의 짜증 같은 게 느껴졌다. 비슷한 전화를 건 게 한두 번이 아니었기 때문이다. 그가 말했다. 그런 건, 사람 사는 집에 늘 있기 마련이라고. 우리 몸 안에도 사실 수많은 벌레들이 산다고. 나는 억울한 심정으로 돈벌레며 애벌레며 그도 몸서리친 경우를 상기시켰다. 부엌에도, 천장에도 나타났던 벌레들이 이불이나 밥그릇에서 나오지 말란 법이 있냐고. 곧 아기가 태어날 텐데 이래서야 안심하고 키울 수 있겠냐고. 그는 미납금 때문에 정신이 없다며 전화를 끊었다. 그러면서 미안했는지 조그맣게 사랑한다고 덧붙였다. 나는 그 말이 진심인 걸 알았다. 하지만 이해받지 못한다는 느낌이 들었다. 남편은 나만큼 벌레를 자주 보지 못했다. 그는 집에 올 때마다 숙면에 한이 맺힌 사람처럼 처참히 곯아떨어졌다. 그가 유심히 보는 건 벌레가 아니라 통장 잔고였다. 배가 고프다거나 졸립다거나 하는 일상의 자잘한 욕구와 무섭게 부풀어 오르는 아내의 배, 유전자 변형 옥수수를 주원료로 한 스낵의 판매량 그래프 같은, 그런 것들뿐이었다.

여름이 가고 가을이 왔다. 9월에도 더위는 꺾이지 않았다. 달이 차자 심장이 두근거리고 숨이 가빠왔다. 티브이에서는 기상이변이니 환경오염이니 하는 얘기가 빈번하게 나왔고, 카메라는 아파트 보일러실에 득실대는 모기떼를 클로즈업해 보여줬다. 가을은 왔지만 가을은 영영 오지 않을 것 같았다. 지치지 않고 번식하는 계절, 이 지나치게 싱싱한 여름은 먹성 좋은 괴물처럼 뚱뚱해져갔다. 때 아닌 열대야가 지속됐다. 우리는 녹조류 가득한 호수 아래의 물고기들처럼 이불을 걷어차며 허우적댔다. 더위에 뒤척이다 겨우 잠들 즈음엔, 귓가를 맴도는 모기 소리에 소름이 돋아 일어날 때도 많았다. 폭염이, 장마가 지속됐다. 큰비는 세계를 집어삼킬 듯 열흘이나 계속됐다. 어쨌든 견뎌내야 했다. 모두가 그러고 있으니까. 모두가 잘, 버티고 있는 것 같으니까.

　나는 유아용 턱받이에 십자수를 놓으며 출산일을 기다렸다. 아이를 보고 싶은 마음도 컸지만, 하루 빨리 임신이라는 불편에서 벗어나고 싶었다. 남편은 야근이 잦았다. 그리고 자꾸 여위어갔다. 제과업체 사정은 나빠지기만 했다. 중국산 재료에서 말썽이 일어난 지 얼마 지나지 않아, 한 아이가 젤리를 먹다 기도가 막혀 죽는 일이 벌어졌다. 최근 한 시사 프로에서는 과자가 건강을 해친다는 보도를 하기도 했다. 제조가 부진한데 매출이 좋을 리 없었다. 그가 내 옆에 있는 시간은 점점 줄어갔다. 남편은 그게 다 우리의 아이를 위해서라고 했다. 하루 또 하루가 갔다. 내 몸은 미세하게 차근차근 또 어느 때는 급격하게 변해갔다. 아이는 자신의 존재를 알리는 신호를 꾸준히 보내왔다. 그 감각이 하도 생생해, 나는 곧잘 기쁘다가도 울적해졌고, 숭고한 느낌과 비루한 기분 사이에서 혼란스러워해야 했다. 손가락에 살이 찌자 결혼반지가 맞지 않았다. 창가 수납장 위 상자에 반지를 넣어두었다. 바닥에 보증서가 깔린 파란색 벨벳 상자였다. 남편은 내게 반지만이라도 그럴듯한 걸 해주기 위해 꼬박 반년간 푼돈을 모았다. 남편이 영업 사원을 하기 전, 이삿짐 회사며 택배 회사 등에서 막일을 할 때의 일이다. 학비에 생활비에 벌어도 벌어도 돈이 모자라던 시절의 선물. 장마 탓에 A구역의 공사 속도는 더뎌졌다. 철거는 형식적으로, 다만 A구역이 우범지대가 되는 것을 막기 위해서 이뤄지는 듯했다. 장미빌라와 맞닿은 구역의 철거가 시작된 건 산달이 가까워졌을 즈음이었다.

머리가 깨질 듯한 소음에 잠에서 깼다. 아침부터 누군가 내 귓구멍에 대고 믹서기를 돌리는 느낌이었다. 베개로 귀를 틀어막으며 눈을 질끈 감았다.

'또 시작이구나……'

이사 후 줄기차게 들어온 소리지만 이번에는 그 강도가 달랐다. 직감적으로 가까운 곳에서 무언가가 박살나고 있다는 판단이 들었다. 결국 아침잠을 포기하고 자리에서 일어났다. 허리에 손을 짚은 채 뒤뚱뒤뚱 창가로 걸어갔다. 예상대로 장미빌라 근처의 건물 한 채가 무너지고 있었다. 마당 한가운데에 커다란 나무가 있는, 남편과 곧잘 바라보곤 했던 그 집이었다. 낡은 단층 건물은 쉽게 부서졌다. 붉은 기와 사이로 내장처럼 볏짚 더미가 삐져나왔다. 이어서 스티로폼이, 벽돌이, 각목이 튕겨져 나왔다. 저렇게 쉽게 망가지는 집이 이렇게 오래 버텨왔다는 게 신기할 정도였다. 근처에서 누군가 호스로 물을 뿌려댔다. 가림막 너머로 바삐 움직이는 택시와 버스, 승용차의 모습이 보였다. 그 회전과 운동이 A구역의 풍경을 일상적으로 보이게 했다. 굴착기는 건물을 거반 때려 부순 뒤 마당으로 이동했다. 그러고는 앞발을 들어 나무를 후려치기 시작했다. 나무는 쉽게 쓰러지지 않았다. 어쩌면 A구역 전체로 뻗어 있을 뿌리가 워낙 깊고 완강해서인지도 몰랐다. 나무는 자신이 쥐고 있는 걸 놓으려 하지 않았다. 굴착기는 계속 나무를 공략했다. 나무는 질기게 저항하다 결국 쩌억 소리를 내며 쓰러져버리고 말았다. 순간 나는 흡— 짧은 숨을 토해냈다. 그런 뒤 창가에 놓인 수납장을 붙들고 심호흡을 했다. 식은땀에 등줄기가 서늘했다. 아이는 밖으로 나오고 싶어 안달이 난 것처럼 꿈틀댔다. 그 어느 때보다도 공격적인 움직임이었다. 한 손으로 배를 감싼 채 벽을 짚었다. 얼마나 지났을까? 굴착기가 다음 차례인 집을 향해 천천히 전진하는 모습이 보였다. 겨우 숨을 고른 후 창밖을 바라봤다. 나무는 전쟁 중 길가에 함부로 버려진 시신처럼 쓰러져 있었다.

남편은 늦게까지 오지 않았다. 전화를 걸자 수화기 너머로 다급한 목소리가 들려왔다.

"자기야, 뉴스 봤어? 초코조코칩에서 구더기가 나왔대."

초코조코라면 최근 주가를 올리고 있는 제품이었다. 동남아시아의 청정 지역에서 재배된 유기농 원료를 쓴다고 광고하며 가격을 두 배로 올린 웰빙 스낵이었다.

"…… 못 와?"

남편은 주춤거리며 말했다.

"어? 아니야. 가. 갈 수 있어. 상황 봐서 최대한 빨리 들어갈게."

남편은 회사 사정을 장황하게 설명했다. 그러곤 뒤늦게 내 안부를 확인했다.

"몸은 좀 어때? 괜찮아?"

나는 오전의 진통을 얘기할까 하다 그만뒀다.

"응, 오빠는?"

"어, 나도."

남편은 위로하듯 덧붙였다.

"우리 내일 장모님 모셔 오자. 예정일이 좀 남았지만 아무래도 안 되겠어. 누가 옆에 있어줘야지. 안 되면 우리 누나라도 부를게. 미안해."

나는 맘에 없는 소리를 했다.

"괜찮아. 아직 여유 있잖아. 조심해서 들어와."

무료하게 티브이와 시계를 번갈아 보며 연락을 기다렸다. 10시가 돼도, 11시가 지나도 남편은 오지 않았다. 문득 그가 오늘 집에 들어오지 않을지도 모른다는 예감이 들었다. 외박을 한 적은 한 번도 없는데. 왠지 초조한 마음이 들었다. 이부자리에 누웠다가 개운치 않은 소변을 몇 번 봤다. 연락을 해볼까 말까 망설이다 그만두었다. 하지만 12시가 됐을 즈음 결국 다시 통화 단추를 누르고 말았다. 긴 신호음 끝에 남편이 전화를 받았다.

"어. 자기야."

"안 와?"

남편은 아까보다 초조한 목소리로 아침에나 갈 수 있을 거라며, 자기 사수는 장모님 장례식에도 못 가고 있다고 변명을 했다. 나는 아무 말도 하지 않았다. 남편은 오늘이 마지막이라며 다시는 이런 일 없을 거라고 약속했다. 온몸에 힘이 빠지는 기분이었다.

"무슨 일 생기면 꼭 전화해. 알았지?"

"……"

"화났니?"

"……"

남편이 숨을 죽였다.

"여보."

남편이 반색했다.

"응, 왜?"

"오늘 아침 너무 시끄러워 눈을 떴는데, 전에 본 나무 있잖

아. 그게 쓰러지고 있는 거야. 근데 있잖아. 그때……"

"저기, 지금 내가 전화 받기가 좀 그렇거든? 내일 보고 얘기하자. 괜찮지?"

불을 끄고 자리에 누웠다. 창밖에서 자동차 소리가 희미하게 들려왔다. '남편에게 여자가 생긴 걸까?' 고개를 가로저었다. 떠보듯 물었을 때, 남편은 '바람도 돈 있어야 피우는 거'라며 나를 나무랐다. 그러면서도 내가 긴장하고 있다는 사실에 뿌듯해하는 눈치였다. 실제로 요즘 남편이 가져오는 것과 가져가는 돈의 크기는 예전과 차이가 없다. 산달이 가까워지며 잠자리를 거의 갖지 않았지만 우리 부부는 금슬이 좋은 편이었다. 물론 연애 시절의 긴장과 절박함은 덜했다. 하지만 서로의 몸이 물처럼 편안하게 섞여지는 느낌이 싫지 않았다. 자리끼를 찾듯 머리맡을 더듬다 그냥 그렇게 엉겨버리는 관계. 아찔하게 파도를 타는 게 아닌 깊은 물속을 유영하는 식의, 평범하고 아득한 정사. 우리는 그렇게 서로의 몸을 탐하고 서로의 몸에 의지했다. 창문에서 서늘한 바람이 불어왔다. 비로소 좀 선선해지며 모두를 안도시킨 바람. 너그러운 듯 관대하지 않은 자연. 콧구멍 사이로 기분 좋은 공기가 들랑거렸다. 나는 배 위에 손을 얹고 우리의 미래를 생각했다.

'겨울이 되면 모든 게 좋아질 거야. 회사는 안정되고, 벌레는 줄고, 우리에겐 아이가 생길 테니까. 간헐적인 우울과 변

덕도 입덧처럼 다 사라질 거야. 남편과의 잠자리도 더 원활해 지겠지.'

직장에서 종종거리고 있을 남편이 조금 안쓰럽게 여겨졌다. 적어도 수십 년은 계속 그렇게 살아야 할 사람. 세상 물정 어둡고 수줍음 많던 내 애인. 천장을 보며 이런저런 잡생각을 했다. 공과금 납부를 자동이체로 돌리는 게 좋을지 어떨지, 항상 약속 날짜를 어기는 세탁소에 한 번 더 항의를 할지 말지, 동창의 적극적인 권유로 시작한, 도통 오를 생각을 안 하는 3백만 원짜리 펀드는 언제 깨는 게 좋을지, 만일 애를 낳다 내가 잘못되면 그이는 어떻게 될지…… 눈을 감고 호흡을 가다듬었다. 좀처럼 잠이 오지 않았다. 가을바람에 바삭해진 이불에 몸을 감는데…… 문득 께름칙한 기분이 들었다. 창가에서 뭔가 부스럭대는 느낌이 났다.

'바람인가?'

고개를 들어 창 쪽을 향했다. 사방은 어두워 아무것도 보이지 않았다. 별것 아니겠지 싶어 다시 잠을 청했다. 휴대전화를 만지작거리며 남편에게 연락하고 싶은 마음을 달랬다. 보채는 인상을 주고 싶지 않았고, 일에 방해가 될까 신경 쓰였다. 그래도 왠지 섭섭한 마음이 드는 건 사실이었다. 자세를 바꾼 뒤 몸을 오므렸다. 그런데 이상한 소리가 다시 들려왔다. 쇠로 된 방충망 그물이 어딘가 긁히는 것 같기도 하고, 가볍게 퉁겨지는 듯한 기척이었다. 고개를 들어 창밖을 뚫어져라 봤다. 괜히 불길한 예감이 들었다. 긴장한 채 엉거주춤 상체를 일으켰다. 소리는 그새 뚝 멎어 있었다. 그 자리에 꼼짝 않고 앉아 다음 반응을 기다렸다. 저쪽에선 아무 반응이 없었다.

'내가 요즘 예민해져서 그래. 별일 아닐 거야.'

자리에 눕자, 조금 전의 소리가 한 번 더 들려왔다. 이번에는 좀더 적극적인 움직임이었다. 결국 자리에서 일어나 형광등을 켰다. 조심스레 소리가 나는 쪽으로 걸어갔다. 창가 쪽 방충망이 약하게 규칙적으로 흔들리고 있는 모습이 보였다. 방충망 뒤, 좁은 난간에 붙어 꿈틀대고 있는 어떤 물체도······ 나는 그 시커먼 물체를 향해 가까이 다가갔다. 그리고 곧 경악하고 말았다. 웬 커다란 애벌레가 안으로 들어오려는 듯 부지런히 머리를 찧고 있었다. 몸통이 애호박만 한 게 온몸에 징그러운 털이 나 있는, 처음 보는 벌레였다. 연두색 등판에는 선명하고 화려한 점들이 박혀 있었다. 그것은 그동안 본 어떤 해충보다도 크고 끔찍했다. 나는 그 자리에 한동안 얼어붙어 있었다. 대체 저런 게 어떻게 여기까지 기어 들어올 수 있는지 이해할 수 없었다.

'어떻게 할까?'

베개 맡에 놓인 휴대전화를 바라봤다.

'야밤에 또 벌레 얘길 꺼내면 남편이 얼마나 싫어할까? 안 그래도 요즘 나를 멀리하는 것 같던데.'

애벌레는 급한 소식을 갖고 온 전령인 양 금방이라도 들어올 것처럼 버둥댔다. 나는 자리에 선 채 꿈틀대는 벌레를 똑바로 쳐다봤다. 불현듯 내장 깊은 곳에서 복수심과 증오심이 생생하게 살아나는 느낌이 났다. 눈앞의 벌레가 이 집에 출현한 모든 벌레의 근원, 모든 해충의 우두머리처럼 여겨진 탓이었다. 이 녀석을 죽이고 나면 다른 벌레도 더 이상 나타나지 않을 것 같은, 근거 없는 확신이 들었다.

욕실에서 곰팡이 제거용 세제를 들고 나왔다. 살충제는 배 속 아이에게도 안 좋을 것 같고, 큰 생물을 죽일 만한 독성이 없을 듯했다. 상체를 한껏 뒤로 젖힌 채 애벌레를 향해 소독액을 분사했다. 칙칙— 세정제 거품이 방충망의 쇠로 된 그물을 타고 무겁게 흘러내렸다. 애벌레가 소스라치며 뒹굴었다. 아울러 내 속에 있는 가학적인 쾌감도 꿈틀댔다. 나는 좀더 적극적으로 세제를 뿌려댔다.

'죽어, 죽어, 제발⋯⋯'

방충망은 소독액이 흘러내린 모양을 따라 하얗게 탈색됐다. 애벌레는 배를 뒤집고 몸을 꼬며 발광했다. 구역질이 났지만 벌레가 고통스러워하는 모습을 끝까지 지켜봤다. 애벌레는 용을 쓰다 기운이 빠지는지 흐느적댔다. 그러곤 얼마 후 고개를 떨구며 싱겁게 죽어버렸다.

화장실로 가 비누로 싹싹 손을 씻었다. 모든 것에 담대해지는 기분이었다. 다음부터는 좀더 합리적으로, 차분하게 해결하리라. 이젠 사체를 처리하는 문제만 남아 있었다. 처음엔 벌레를 치우지 않고 그냥 둘까 했다. 남편에게 보여주고 그 동안 내가 엄살을 부린 게 아니었다는 걸 납득시키고 싶었다. 하지만 내가 저렇게 흉측한 벌레와 상대했다는 걸, 게다가 죽 이기까지 했다는 걸 알리고 싶지 않았다. 임신 후 성적 매력 이 떨어지고 있다는 자격지심도 한몫했다. 결국 벌레를 치워 버리는 쪽으로 마음을 굳혔다. 작대기 같은 걸 이용해 밖으로 떨어뜨리면 그만이었다. 어차피 저 아랜 쓰레기장이니까. 죽 은 벌레뿐 아니라 산 벌레도 득실거리는 곳이니까. 삐걱삐걱 조심스레 방충망을 열었다. 지난번처럼 방충망이 문틀에서 떨어지는 사태를 막기 위해 조금씩 옆으로 밀어가며, 주먹 하 나가 지나갈 정도의 너비에서 멈췄다. 싱크대 서랍에서 나무 젓가락을 한 벌 꺼내 왔다. 최대한 젓가락의 끝 부분을 잡고 벌레를 향해 손을 뻗었다. 그리고 젓가락이 막 그것의 털에 닿은 순간, 애벌레가 벌떡 고개를 들었다. 나는 젓가락을 놓 치며 비명을 질렀다. 애벌레는 상체를 세워 나를 똑바로 응시 했다.

"아악!"

두 팔을 휘저으며 뒤로 물러섰다. 동시에 허둥대는 내 손짓에 치어 수납장 위의 반지 케이스가 절벽 아래로 떨어지고 말았 다. 몇 달 전부터 손에 안 맞는 결혼반지를 넣어둔 파란색 벨 벳 상자였다. 벌레는 그 자리에 픽 쓰러졌다. 그리고 A구역 을 향해 스스로 고꾸라져버렸다.

'……'

A구역은 세상만사를 삼킨 심연처럼 시커먼 아가리를 벌린 채 시치미를 떼고 있었다. 그곳은 한없이 깊고 어두워 보였다. 방 안으로 검은 나방 한 마리가 후드득 들어왔다. 나는 멍하니 입을 벌린 채 서 있었다. 형광등 주위로 나방이 어지럽게 푸드득 날아다녔다.

남편의 휴대전화는 꺼져 있었다. 소리샘으로 넘어가는 신호음과 그 뒤에 이어지는 정적이 A구역의 어둠처럼 아득했다. 배터리가 다 된 건지, 사정이 있어 꺼놓은 건지 알 수 없었다. 막연한 짜증과 원망이 밀려왔다. 이럴 때 그가 평생 후회하고 미안해할 만한 작은 사고라도 났으면 좋겠다는 앙심이 들었다. 감정적이고 유치한 생각이었다. 남편은 언제 돌아올지 몰랐다. 공사는 새벽부터 시작된다. 그건 반지를 손에 넣을 수 있는 시간이 얼마 남지 않았다는 뜻이기도 했다. 동이 트면 굴착기가 저 아래를 다시 뒤집어엎고 갈아 망가뜨려놓을 것이다. 그리고 그땐 정말 손쓸 도리가 없을 것이다. 손톱을 깨물며 고민에 빠졌다. 마음속에, 위험하고 저항할 수 없는 생각이 스쳐갔다.

'내려가볼까?'

도저히 용기가 나지 않았다. 이 시간에, 그것도 혼자, 발이라도 헛디디면 큰일 날 터였다. 게다가 절벽 아래 풀숲이라면 절대로 가까이 가고 싶지 않았다. 조금 전 벌레를 떨어뜨린 곳이기도 하고, 그 속에 또 어떤 생물이 살고 있을지 몰랐다. 하지만 반지. 그 안에 담긴 남편의 노동과 우리의 한 시절, 그 추억과 의미는 쉽게 포기하고 싶지 않았다. 어느새 나는 스스로를 설득하고 있었다.

'A구역이잖아. 매일매일 보아온. 그냥 새 건물이 들어서려고 하는 평범한 지대일 뿐이야.'

웬만한 건물이 다 부서진 덕에 골목이 없으니 덜 위험할 거란 생각이 들었다. 그래도 쉽게 발이 떼어지지 않았다. 나는 스스로를 채근했다. 이보다 극한 상황에서도 살아남은 이전의 엄마들, 야생적이고 건강했던 옛날 산모들을 생각해보라고.

'5분이면 된다, 5분이면······'

그건 내가 무언가를 얻기 위해 치르는 비용 중 가장 저렴한 시간에 속할 터였다. 손전등을 찾아 서랍을 뒤졌다. 어디서 그런 용기, 그런 맹목이 생기는지 알 수 없었다. 나는 죄책감과 자기연민, 오기와 외로움, 부질없는 희망, 자긍심, 미련 따위가 출렁이는 가슴을 안고 장미빌라의 긴 계단을 정신없이 내려가기 시작했다.


A구역 안으로 들어가는 일은 생각보다 순조로웠다. 쇠기둥에 걸린 부직포 사이로 몸을 쏙 들이밀면 그만이었다. 안으로 들어서자, 발밑에서 유리 조각 깨지는 소리가 났다. 정적 속

에서, 그 소리는 더욱 크게 들려왔다. A구역에 남아 있는 가로등은 몇 개 되지 않았다. 멀리, 아직 헐리지 않은 건물 서너 채가 남아 있었다. 가로등은 그곳에 하나, 그리고 그 반대편에 멀찍이 한 개가 세워져 있었다. 손전등과 희미한 가로등 불빛에 기대어 한 발 한 발 어둠을 헤쳐 나갔다. 걸음마다 쩌억, 바스락, 철컥하는 소리가 났다. 몸이 무거워 이동이 쉽지 않았다. 조금만 걸어도 땀이 나고 숨이 찼다. 그래도 가로등 불빛이 묘한 안도감을 줬다. 불빛에 얼비쳐 노르스름해진 가림막의 윤곽은 A구역과 바깥세상의 경계가 아주 얇다는 걸 상기시켜줬다. 여긴 정글이나 미로가 아니라 도시라고. 조금만 발 디디면 저기 모텔이 있고, 교회가 있고, 패밀리레스토랑이 있는 서울 한복판이라고. 불빛은 내게 그런 말을 하는 듯했다. A구역의 땅은 건물 잔해 때문에 평편하지 않았다. 작은 언덕처럼 솟은 곳이 있는가 하면, 움푹 꺼졌거나, 중간에 발이 푹푹 빠지는 데도 있었다. 최대한 신중하게 걸음을 옮기며 목적지를 향했다. 흙 속에서 비릿하고 퀴퀴한 냄새가 났다. 비위가 상해 코를 막고 입으로 숨을 쉬었다.

풀숲은 가까운 곳에 있었다. 앞에 놓인 큰 기둥 하나만 지나면 상자가 떨어진 지점에 다다를 터였다. 기둥은 쓰러진 전봇대처럼 가로로 길게 누워 있었다. 장애물을 넘어갈지 돌아갈지 판단하기 위해 손전등을 비춰 살폈다. 단단하고 우둘투

둔한 피부, 구조를 요청하는 손처럼 길게 뻗어 있는 가지, 물고기처럼 떼로 죽어 있는 잎사귀들…… 그건 나무였다. 어느 여염집 마당 한가운데 억척스럽게 솟아 있던, A구역의 유일한 나무. 몇 살을 먹었는지 모르는, 하지만 오래전부터 그곳에 살았을 게 틀림없는 고목. 바람이 불 때마다 신령스럽게 출렁이던, 오늘 아침 잘린 나무…… 께름칙한 기분 탓이었을까? 문득 이상한 기운이 느껴졌다. 주위를 싸고도는, 조용하고 알 수 없는 이동의 에너지 같은 게. 손전등으로 땅바닥을 비춰봤다. 발등 위로 개미 한 마리가 지나가고 있는 모습이 보였다. 개미는 어딘가로 이동하다 불빛에 노출되자 우왕좌왕했다. 손전등을 풀숲에 비춰봤다. 무성한 잡초들만 눈에 들어올 뿐 상자는 눈에 띄지 않았다. 좀 멀더라도 나무를 돌아가는 편이 좋을 것 같았다. 걸음을 재촉하며 가슴을 진정시키는 주문을 외웠다.

'곧 풀숲이 나온다. 상자를 줍는다. 여기서 빠져나간다.'

그렇게 막 나무의 뿌리 부분을 지나던 찰나, 나는 놀라운 장면을 목격하고 말았다. 엄청난 양의 곤충이, 벌레가, 유충이 떼를 지어 이동하는 모습이었다. 길게 줄 이은 벌레들의 행렬은 갈래를 뻗어 재앙처럼, 혹은 난민처럼 도시로— 도시로— 퍼져 나가고 있었다. 나는 부들거리는 손으로 손전등을 들어 그것들의 행렬을 쫓았다. 당장 도망치고 싶었지만 한편으론 이 사태를 정확하게 파악하고 싶었다. 손전등 불빛이 다급하고 산만하게 A구역 곳곳을 더듬었다. 눈에 들어오는 건 늘 보아오던 쓰레기 더미가 전부였다. 불빛은 주위를 한참 떠돌다 이윽고 한 곳에서 멈췄다. 내가 서 있는 자리, 바로 그 지점에서였다. 벌레의 이동은 나무에서 시작되고 있었다. 나무는 자궁이 적출된 여자처럼 헤프게 다리를 벌리고 있었다. 쿵쾅거리는 가슴을 안고, 허리를 숙인 채 구멍 속에 손전등을 비춰봤다. 밑둥이 뻥 뚫려 있었고, 이상하게 속이 텅 비어 있었다. 깊숙한 어둠 속에서 끊임없이 벌레가 기어 나오는 모습이 보였다. 그것도 여러 종류의, 수천 마리도 더 돼 보이는 벌레들이. 믿기지 않는 광경이었다. 전등을 쥔 손이 바들바들 떨렸다. 충격은 곧 공포로 바뀌었다. 벌레들이 행로를 바꿔 일제히 내게 몰려오지 않을까 하는 두려움 때문이었다. 본능적으로 집에 가자는 생각이 들었다. 하지만 몸이 말을 듣지 않았다.

  '움직여, 움직이라고.'

온몸의 관절과 근육에게 명령을 내렸다. 이상하게 다리가 꿈쩍하지 않았다. 얼빠진 얼굴로 양다리 사이를 바라봤다. 사타구니에서 오줌처럼 뜨듯한 물이 흘러내리고 있었다. 양수가 터진 거였다. 순간 머릿속에 떠오른 단어는 하나였다.

  '핸드폰……'

  그때서야 집에서 급하게 나오느라 휴대전화를 챙겨 오지 않았다는 걸 깨달았다. 머리가 하얘지는 기분이었다. 고개를 숙여 뻣뻣해진 하체를 속절없이 바라봤다. 신발 안은 이미 질척해져 있었다. 아랫도리에서 극렬한 통증이 전해왔다.

"헉!"

다리에 힘이 풀려 그 자리에 털썩 주저앉았다. 깨진 콘크리트 조각이 무질서하게 쌓여 있는, 봉긋한 무덤 같은 곳에서였다. 그 봉분에 허리를 기댄 채 다리를 벌리고 누웠다. 그리고 온 힘을 다해 외쳤다.

"도와주세요."

소리는 허공 위로 아스라이 사라졌다. 듣는 사람은 아무도 없는 것 같았다. 있더라도, 새벽 1시에, 아무도 없는 재개발지역의 건물 잔해 위에서, 다리를 벌리고 있을 임산부를 떠올리는 사람은 없을 터였다. 아랫배가 얼얼하고 현기증이 났다. 너무 아파서 토할 것 같았다. 나는 한 번 더 죽을힘을 다해 외쳤다.

"살려주세요."

멀리 가림막 너머로 자동차 소음이 들려왔다. 그건 마치 누군가 일부러 퍼뜨린 질 나쁜 소문처럼 A구역을 한 바퀴 휘감고 사라졌다 다시 나타났다. 단지 장막 한 장이 드리워졌을 뿐인데, 그 소리가 너무 아득하게 느껴져 울음이 날 것 같았다. 아랫도리에서 칼로 에는 듯한 고통이 전해졌다. 나는 힘주어 콘크리트 조각을 쥐었다. 멀리 보이는 장미빌라는, 모텔과 교회는, 아파트는 여전히 평화로워 보였고, 나는 이 출산이 성공적일 수 있을지 확신할 수 없었다.

물속 골리앗

장마는 지속되고 수박은 맛없어진다. 여름이니까 그럴 수
있다. 전에도 이런 날이 있었다. 태양 아래, 잘 익은 단감처
럼 단단했던 지구가 당도를 잃고 물러지던 날들이. 아주 먼
데서 형성된 기류가 이곳까지 흘러와 내게 영향을 주던 시간
이. 비가 내리고, 계속 내리고, 자꾸 내리던 시절이. 말하자
면 세계가 점점 싱거워지던 날들이 말이다.

  아버지가 돌아가시고 얼마 지나지 않아 장마가 졌다. 마을
엔 길이 끊기고 휴교령이 내려졌다. 한동안 방 안에 틀어박혀
나무만 봤다. 태풍에 몸을 맡긴 채 쉴 새 없이 흔들리는 고목
이었다. 나무는 대낮에도 검은 실루엣을 드리우며 서 있었다.

이국의 신처럼 여러 개의 팔을 뻗은 채, 두 눈을 감고— 그
것은 동쪽으로 누웠다 서쪽으로 휘기를 반복했다. 그리고 바
람이 불 때마다 포식자를 피하는 물고기 떼처럼 쏴아아 움직
였다. 천 개의 잎사귀는 천 개의 방향을 가지고 있었다. 천
개의 방향은 한 개의 의지를 가지고 있었다. 살아남는 것. 나
무답게 번식하고 나무답게 죽는 것. 어떻게 죽는 것이 나무다
운 삶인지는 알 수 없지만, 그런 게 종(種) 내부에 오랫동안
새겨져왔다는 것만은 분명했다. 고목은 장마 내 몸을 틀었다.
끌려가는 건지 버티려는 건지 모를 몸짓이었다. 뿌리가 있는
것은 의당 그래야 한다는 듯, 순응과 저항 사이의 미묘한 춤
을 췄다. 그것은 백 년 전에도 똑같은 모습으로 서 있었을 터
였다. 나는 그 사실이 마음에 들었다. 먼지 낀 유리 너머로
소리가 삭제된 채 보이는 풍경은 이상하리만치 고요했다. 그
리고 아무리 봐도 지겹지 않았다.

어머니는 아버지의 무덤을 걱정했다. 뉴스를 보고, 여기저
기 전화를 걸고, 사람을 불러 선산에도 가보려 한 모양이었
다. 하지만 밖을 돌아다니는 이는 거의 없었다. 마을 남자가
급류에 실려 사라진 후 더욱 그랬다. 남자를 찾는 아내의 절
규는 빗소리에 묻혀 어디에도 닿지 못했다. 누군가는 그것을
다행이라 여겼다. 사람들은 이 비가 50년 만의 폭우라 했다.

장맛비가 내린 요 며칠은 내 생애 가장 어두운 시기 중 하나였다. 마음이 그랬다는 게 아니다. 집에 전기가 나가서였다. 이곳은 시골처럼 날이 빨리 저물었다. 이름만 대안도시일 뿐, 오래전 수도(首都)에서 밀려난 이들이 허허벌판에 둥지를 튼 곳이니 그럴 만했다. 전기가 원만하게 들어오는 날이라도, 땅거미가 지면 마을은 순식간에 어둠에 잠겼다. 몇 개의 빛으로는 물릴 수 없는 유구하고 원시적인 어둠, 우리가 도무지 어찌해볼 수 없는 어둠이었다. 사람들은 종종 자기 심박동에 홀려 신을 벗고 길 떠나는 꿈을 꿨다. 또는 알 수 없는 초조를 어쩌지 못해 옷을 벗고 아내 위에 올라탔다. 잘 모르지만 그랬을 거란 느낌이 든다. 우리가 붙잡고 헤매는 실 끝에는 언제나 가는 눈을 반짝이며 웅크리고 있는 원시인이 있으니까. 그들은 늘 우리를 쳐다보고 있으니까. 게다가 장마철엔 살냄새가 짙어졌다. 여름은 평소 우리가 어떤 냄새를 풍기며 살아왔는지 환기시켜줬다. 지상에 숨이 붙어 있는 것과 그렇지 않은 것들의 모든 체취가 물안개를 일으키며 유령처럼 깨어났다. 폭우 속, 사물들은 흐려졌고 그럴수록 기이한 생기를 띠었다.

주위는 소름 끼치게 조용했다. 이따금 개가 짖었으나 컹—소리의 잔향은 들판 위 적막만 도드라지게 했다. 사람들은 기척이 없었다. 다들 무슨 생각을 하는지 알 수 없었다. 알아서

대피를 했을 수도, 우리처럼 집에서 꼼짝 않고 있는지도 몰랐다. 그것도 아니면 전부, 죽어버렸거나…… 마을은 텅 비어 있었다. 동네 전체가 재개발구역으로 지정되면서, 사람들이 하나둘 떠나갔기 때문이다. 한동안 외지인이 어지럽게 드나들었다. 돈을 세는 사람, 현수막을 거는 사람, 사진기를 든 사람, 기도하는 사람, 그리고 방패를 든 사람이 있었다. 여러 말이 오갔고, 많은 일이 있었다. 어른들은 길에서 자주 울었다. 여염집 대문엔 다윗의 별처럼 하나둘 X자가 늘어갔다. 그러나 그것은 성경 속 이야기와 달리 우리를 살려줄 수 있는 표식이 아니었다. 우린 모두 그걸 알고 있었다.

부모님이 강산아파트에 들어온 건 20여 년 전의 일이다. 지금이야 낡고 오래돼 흉물 취급받지만, '아파트'라 하면 뭐든 좋게 보던 때였다. 당시, 사람들은 모두 아파트를 갖고 싶어 했다. 건물의 아름다움, 건물의 역사, 그런 것은 상관없었다. 아파트가 가진 상승의 이미지와 기능, 시세가 중요했다. 우리가 아는 대부분의 '괜찮은' 사람들은 다 아파트에 살았다. 부모님 역시 그 안에 속하길 바랐다. 강산아파트는 기역 자 모양의 4층 건물로 총 열여섯 가구가 들어갈 수 있었다. 우리는 그곳 3층 맨 끝 집에 살았다. 건물은 시내 외곽에 홀로 을씨년스럽게 서 있었다. 야트막한 산 중턱에 세워져 마을을 훤히 내다볼 수 있는 위치였다. 국토 개발 열풍을 따라 단기간에 막 지어졌지만, 다들 아파트란 원래 그렇게 세워지는 줄 알았단다. 배운 것, 가진 것 없이 오직 용접 기술로만 돈을 모은 아버지는 그곳에 입주한 걸 무척 자랑스러워하셨다. 기형적 외관이며 좁은 평수는 상관없이 사는 내내 크게 안도하셨다.

지금 강산아파트에 사는 사람은 거의 없다. 붉은색 페인트로 여기저기 커다란 X자가 칠해진 뒤, 모두 사라졌기 때문이다. 끝까지 이주를 거부했던 몇몇 이웃도 전기가 끊기자 결국 짐을 쌌다. 이제 이곳에 남은 사람은 어머니와 나, 둘뿐이다. 사람이 살지 않는 건물은 급속도로 황폐해졌다. 우리는 단단한 콘크리트 벽이 과일처럼 무르고 썩어가는 모습을 놀란 눈으로 지켜봤다. 복도에는 쓰레기와 건축 자재가 뒹굴었다. 빈집의 깨진 유리창 안으로 빈번하게 빗물이 들어왔다. 구멍이 숭숭 뚫려 시커먼 아가리를 벌리고 있는 아파트 주위로 축축하고 으스스한 기운이 맴돌았다. 밤이 되면, 산 중턱에 덩그렇게 솟은 재개발 아파트의 윤곽이 흐릿하게 드러났다. 사방이 캄캄한 가운데 주위를 밝히고 있는 곳은 오직 하나, 우리 집밖에 없었다. 그것도 손전등이나 양초로 겨우 밝힌 위태로운 빛이었다. 가끔은 먼 곳에서 개 짖는 소리가 들려왔다. 누군가 버리고 간 애완견이 방에 갇혀, 배가 고파 우는 소리였다. 몇 번 찾아내 풀어주려 했지만 소용없었다. 울음의 진원지가 시시각각 변했기 때문이다. 한번은 지하에서, 한번은 2층에서, 어느 때는 또 옆집에서. 두서없고, 음산하게…… 어머니와 나는 며칠 동안, 유기견이 천천히 죽어가는 소리를 들어야 했다. 그것은 공동화(空洞化)된 건물 내장 깊숙한 곳에서 흐느끼는 바람을 타고 새벽 내내 들려왔다. 그리고 어느 날 그 소리가 그쳤을 때, 우리는 모든 게 끝났다는 걸 알았다.

어머니와 나는 벽에 금이 간 화장실에서 일을 봤다. 가스가 끊긴 부엌에서 밥을 먹고, 선풍기가 돌아가지 않는 방에서 잠을 잤다. 우리는 알고 있었다. 우리가 언제까지고 이곳에 머물 수는 없다는 걸. 강산아파트는 지금 스스로를 서서히 허물어뜨리며 자살하고 있다는 걸. 그래도 어떻게든 버티어보는 수밖에 없었다. 우리는 갈 곳이 없었다. 우리는 상중(喪中)이었다. 부모님이 은행에 주택 담보대출을 다 갚으셨을 즈음, 이곳에 철거 명령이 떨어졌다. 20년 만에 이 집의 진짜 주인이 됐는데, 누군가 갑자기 새 주인임을 주장하며 나타난 거였다. 보상금은 터무니없이 적었다. 어디에서도 집을 구할 수 있을 만한 금액이 아니었다. 아버지는 마을 어른들을 따라 불안한 얼굴로 이런저런 회의에 참석했다. 그리고 해가 뜨면 미안한 얼굴로 신도시의 건설 현장에 나가 아파트를 지었다. 공사장 한쪽에 쭈그려 앉아 철근을 붙이고 파이프를 이었다. 그런데 어느 날, 갑자기 낯선 사람들이 찾아와 아버지가 죽었다고 말했다. 40미터 타워크레인에 올랐다 실족하셨다는데, 사실인지 알 수 없었다.

  아버지가 죽고 얼마 지나지 않아 마을에 비가 내렸다. 툭—
최초의 빗방울이 이마에 닿았을 때, 사람들은 일제히 하늘을
올려다보았다. 그러곤 하나같이 이런 표정을 지었다.
  '다행이군.'
몇 달간 지속된 폭염과 가뭄에 지쳐 있을 때였다. 논과 밭은
흙먼지를 일으키며 갈라졌고, 들판의 초목도 갈증을 견디는
데 모든 집중력을 쏟고 있었다. 안 그래도 인심이 사나워진
동네 사람들은 살인적인 더위에 성난 얼굴을 하고 다녔다. 그
런데 그날, 먼 곳에서 적란운이 무거운 몸을 끌고 서서히 다
가오는 모습이 보였다. 구름의 이동에 따라 마을 위로 거대한
그림자가 드리워졌다. 나는 어둑해진 허공 위로 가만히 손을
뻗어보았다. 두둑— 손바닥에 닿는 감촉이 시원했다. 곧이어
세번째, 다섯번째 빗방울이 뺨을 적시는가 싶더니 쏴아아—
소낙비가 쏟아졌다. 그리고 그게 시작이었다.

  비는 매일 내렸다. 전국적으로 쏟아지는 비라지만 다른 곳
의 사정은 알 수 없었다. 나는 내심 안도하고 있었다. 길이
끊겨, 한동안 용역 회사 사람들이 드나들지 못할 테고, 아파
트의 숨 막히는 열기도 한풀 꺾일 거라 기대했다. 누구도 우
리를 찾아올 수 없다면, 우리 역시 이곳에서 한 발짝도 나갈

수 없다는 생각은 하지 못했다. 전기가 끊기자 티브이와 전화가 먹통이 됐다. 인터넷을 쓰거나 휴대전화를 충전하는 일도 불가능했다. 우리가 바깥소식을 알 수 있는 방법은 전혀 없었다. 우리는 그저 기다리는 수밖에 없었다. 장마가 끝나기를. 혹은 나쁜 일이 생기기 전에 구조대가 오기를. 세상의 적어도 한두 명만은 이곳 철거 아파트에 사람이 산다는 걸 기억하리라 믿었다. 나가라고 그렇게 난리를 피웠는데 잊었을 리가 없었다.

어머니는 욕조에 물을 채워놓았다. 수도가 언제 끊길지 몰라서였다. 그러다 장마가 지속되자 액체를 담을 수 있는 대부분의 그릇에 수돗물을 받아놨다. 커다란 고무 대야는 물론이고 세숫대야와 주전자, 물통 및 여러 가지 색깔과 형태의 유리잔에까지…… 그것도 모자라 집에 있는 모든 봉지에 물을 담기 시작했다. 지난해 김장 때 쓰고 남은 파란색 비닐봉투와 음식을 보관할 때 쓰는 팩, 싱크대 서랍에 모아둔 크고 작은 봉지도 아끼지 않았다. 비상용 물을 받으며, 이렇게까지 할 필요가 있나 싶었지만, 오랜만에 무엇엔가 집중하는 어머니의 모습을 보니 돕지 않을 수 없었다. 살갑고 애교 있는 성격이 못 돼, 그나마 내가 할 수 있는 일은 그런 것밖에 없었다. 물이 담긴 봉투는 둥글게 밀봉돼 아버지 방에 저장됐다. 큰 그릇은 바닥에, 작은 건 책장과 책상에 올려졌다. 전부 어마어마한 양이었다. 내부가 투명하게 비치는 봉지는 부화를 꿈꾸는 외계의 알처럼 빛났다. 혹은 동물의 장기에 붙어 있는 수포나 종기 같아 보였다. 아버지가 없는 아버지의 방엔 차곡차곡 물 봉지가 쌓여갔다. 그리고 그 속에선 이따금 조용히 기포가 피어올랐다.

고인의 방에는 앉은뱅이책상과 고물 비디오 세트, 잡다한 운동기구가 놓여 있었다. 어느 집에 가도 볼 수 있는 잡스럽고 어수선한 방이었다. 그곳을 그나마 특별하게 만들어주는 건 책장 위의 은색 트로피가 전부였다. 10여 년 전, 아버지가 사내 체육대회에서 배드민턴을 잘 쳐서 받은 거였다. 비록 은상이지만 살면서 받은 유일한 상이기도 했다. 수상을 축하하는 상투적인 문구 위엔 두 팔 벌린 니케가 서 있었다. 흠집이 난 얼굴은 어딘가 초췌해 보였고, 도금된 젖가슴엔 먼지가 쌓여 있었다. 아버지는 생전에 운동을 좋아하셨다. 그래서 틈만 나면 내게 이런저런 것들을 알려주려 하셨다. 심지어 한밤중에 나를 깨워 수영을 가르쳐주겠다고 한 적도 있으니까 말이다. 그건 그해 여름 내가 받은 아홉 살 생일 선물이기도 했다. 유성우(流星雨)가 쏟아지는 시간에 맞춰, 나를 강가로 데려간 거였다. 졸린 눈을 비비며 강둑에 갈 때까지 나는 무슨 일이 벌어질지 전혀 모르고 있었다.

아버지는 죽기 전에도 체조를 하고 계셨다고 한다. 아버지처럼 체불임금 지급을 요구하는 시위를 벌여야 했던 사람들과 교대로 크레인에 올라간 모양인데, 회사에서 전기를 끊어 밤이 되면 무척 어두웠단다. 언제 강제 진압이 있을지 몰라 쪽잠을 잘 수밖에 없는데다, 자정 이후에는 체온이 급속도로 떨어져 눈이 저절로 뜨였다고 했다. 초여름이라도, 사방이 탁 트인 타워크레인 위에서 맞는 바람은 제법 쌀쌀했을 것이다. 그러니 동이 트고 몸이 더워질 때까지 맨손체조를 하실 수밖에 없었을 거다. 발을 헛디딜지 몰라 조심조심하면서. 갈증이 날 땐 공장 화장실에서 떠 온 물을 조금씩 마셔가면서. 선두에 선 사람도, 주요 간부도 아니었지만 가족을 위해서라도 그러지 않으면 안 된다 싶어…… 다른 건 잘 모르겠다. 다만 아무도 없는 고공 크레인 위에서 핫둘, 핫둘, 팔벌려뛰기를 하셨을 아버지의 모습을 생각하면, 등배운동을 하고, 노젓기를 하고, 토끼뜀을 뛰었을 아버지를 떠올리면, 지금도 몹시 가슴이 아프다.

세계는 비 닿는 소리로 꽉 차갔다. 빗방울은 저마다 성질에 맞는 낙하의 완급과 리듬을 갖고 있었다. 하지만 그것도 오래 듣다 보니 하나의 소음처럼 느껴졌다. 자연은 지척에서 흐르고, 꺾이고, 번지고, 넘치며 짐승처럼 울어댔다. 단순하고 압도적인 소리였다. 자연은 망설임이 없었다. 자연은 회의(懷

疑)가 없고, 자연은 반성이 없었다. 마치 어떤 책임도 물을 수 없는 거대한 금치산자 같았다. 그렇게 비가 오는 날에 할 수 있는 일은 거의 없었다. 티브이와 라디오는 나오지 않았고, 양초는 되도록 아껴야 했다. 나는 창밖을 내다보거나 이 런저런 몽상에 잠기는 일로 시간을 때웠다. 그러곤 눅눅한 방바닥에 누워 지구의 살갗 위로 번져 나가는 무수한 동심원의 무늬를 그려봤다. 동그라미 속의 동그라미 속의 동그라미들…… 오래전에도, 그보다 한참 전에도, 지금과 똑같은 모양으로 떨어졌을 동그라미들. 우리의 수동성을 허락하고, 우리의 피동성을 명령하며, 우리의 주어 위에 아름다운 파문을 일으키는 동그라미들. 몹시 시끄러운 동그라미들. 그렇게 빗방울이 퍼져가는 모양을 그리다 보면 이상하게 내 안의 어떤 것도 출렁여 세상을 이해할 수 있을 것 같은 기분이 들었다. 하지만 나는 나약한 사춘기 소년에 불과했고, 당장 뭘 이해하고 어떻게 움직여야 하는지조차 모르고 있었다. 그리고 그 시간, 떼를 입힌 지 얼마 되지 않은 아버지의 봉분 위에도 동심원이 고요하게 퍼져 나가고 있을 터였다. 아직 떠내려간 것만 아니라면, 분명 그랬을 거다.

　며칠 뒤, 세면대에 물이 나오지 않았다. 양변기와 개수대도 마찬가지였다. 재개발 관계자들의 결정인지, 수해 때문인지 알 수 없었다. 당분간은 받아놓은 물을 쓰면 되지만, 장마가 끝난 뒤가 더 걱정이었다. 양치는 하루 한 번만 했고 오줌은 밖에다 쌌다. 똥을 처리하는 건 그보다 번거로운 일이었다. 방법은 여러 가지였다. 아파트 내 빈집에 누고 오는 법, 들통에 모아뒀다 허공에다 쏟아버리는 식, 빗물을 받아 변기에 들이붓는 것…… 어떻게 하든 높은 습도 속에서 기승을 부리는 악취가 문제였다. 소변은 베란다에 싸고, 대변은 통에 받은 빗물을 이용하는 식으로 문제를 해결했다. 빗물은 많은 양을 한꺼번에 옮길 수 없어, 옥상에 자주 올라야 했다. 변기 속, 구멍을 타고 회오리쳐 사라지는 오물을 보고 있으면, 새삼 물에 잠긴 도시란 게 얼마나 더럽고 역겨운 곳일지 그려졌다. 인간이 지상에 이룩한 것과 지하에 배설한 것이 함께 엉기는 곳. 짐승의 사체와 사람 송장은 물론 잠들어 있던 망자들의 넋마저 흔들어 뒤섞어버리는 곳. 그런 데라면 결코 빠지지도, 들어가고 싶지도 않았다.

뉴스를 못 본 지 여러 날이 지났다. 언젠가부터 뉴스는 괜찮으니 음악을 좀 들었으면 했다. 나나 어머니 말고, 사람이 만들어낸 어떤 소리들 곁에 있고 싶었다. 하지만 우리를 둘러싼 건 빗소리뿐이었다. 어제도 듣고 그제도 듣고 쉴 때도 듣고 잘 때도 들은 물소리가 전부였다. 물론 전에도 이런 날이 있었다. 비가 내리고, 계속 내리고, 자꾸 내리던 시절이. 티브이에선 수재민의 모습과 구조 장면이 반복되고, 그런 게 별로 새로울 게 없던 날들이 말이다. 하지만 이런 식으로, 이렇게 오래 비가 내린 적은 없었다. 어머니도 살다 살다 이런 비는 처음이라고 했다. 지구가 정신병에 걸린 건지도 모르겠다고. 비는 보름 넘게 쏟아졌다. 아파트 1층은 어느새 물에 잠겨 있었다. 어쩌면 2층, 3층까지 빗물이 차오를지 몰랐다. 고지대에 있는 건물도 이러한데, 마을 사정은 더 나쁠 듯했다. 마을은 긴 강을 따라 쌓아 올린 둑 가까이 있었다. 언젠가 아버지가 나를 깨워 데리고 간 그 강이었다. 강물을 에워싼 제방은 오랫동안 보수를 하지 않아 장마철마다 문제가 됐다. 몇 번 신문에 나고 시민단체의 항의도 있었지만, 나아질 기미는 보이지 않았다. 그것은 이번에도 문제가 될 터였다.

오늘이 내일 같고 어제가 그제 같은 날들이 이어졌다. 아침이 저녁 같고 새벽이 저물녘 같은 하루가 반복됐다. 오랫동안 한곳에 고립돼 있다 보니 날짜 감각이 무뎌지는 것 같았다. 세상은 낮에도 어둡고 밤에도 어두웠다. 해를 본 게 언제인지 기억나지 않았다. 어머니는 아버지의 무덤을 걱정했다. 하지만 우리가 할 수 있는 일이 아무것도 없다는 걸 알고 계셨다. 외부와 연락이 끊기자, 어머니는 하루 종일 먼 산을 바라봤다. 그게 망자에게 무슨 도움이라도 되는 양, 물안개에 싸인 산자락을 줄기차게 응시했다. 그리고 어느 순간부터 아버지 얘길 전혀 하지 않으셨다.

끼니때면 조그마한 비닐봉지를 하나씩 터뜨려 미숫가루를 타 먹었다. 봉지의 모서리 부분을 가위로 자르면 대접에 물을 따르기가 편했다. 어머니께도 몇 번 권했지만, 나 몰래 그릇을 귀신같이 씻어놓았기 때문에 먹는 건지 버리는 건지 알 수 없었다. 어머니는 식사 관리를 철저하게 해온 편이었다. 전부터 당뇨를 앓아 혈당 조절을 해야 했기 때문이다. 어머니는 너무 많이 먹어서도, 적게 먹어서도 안 되었다. 어머니는 적당히 먹어야 했다. 하지만 이 '적당히' 란 말은 여간 어려운 게 아니었다. 그래도 중요한 건 어느 때고 굶어서는 안 된다는 거였다. 나는 어머니가 조금만 더 버티어주길 바랐다. 비가 멎으면 병원에도 가고, 장도 볼 수 있을 테니까. 어디서도 한 달 이상 비가 왔단 소리는 들어보지 못했으니까. 집 안에는 먹을 것이 충분치 않았다. 하지만 아버지가 좋아해 넉넉하게 사놓은 문어포와 쥐포가 있었다. 지난해 저장해놓은 땅콩이나 고구마도 허기를 달래는 데 도움이 됐다. 쌀독도 어느 정도 차 있었지만, 휴대용 버너의 가스가 떨어진 지 오래라 밥을 짓기 여의치 않았다. 김이나 땅콩 따위를 담아 안방에 건네드려봤지만, 어머니는 소리 없이 빈 접시만 내놓았다. 드셨냐고 물어보면 퀭한 눈으로 고개를 끄덕이실 뿐이었다. 어머니가 상심해 있는 걸 보니 혼자 식탐을 부리기가 민망했다. 그것이 어머니를 모욕하는 일처럼 여겨졌다. 번번이 상기되면서 빈번히 잊게 되는 것 중 하나, 우리가 상중이란 사실이 이런저런 욕구를 짓눌렀다. 그래도 나는 먹었다. 그것도 아주 열심히, 소리 없이 먹었다. 어느 때는 생쌀을 한 움큼씩 씹어 먹었다. 앉은자리에서 쉬어빠진 김치를 한 접시씩 비우거나, 설탕을 퍼먹기도 했다. 그리고 어쩌면 어머니도 그러고 있을지 모른다고 생각했다. 냉동고 속 떡이나 생선은 썩은 지 오래였다. 쌀독에는 벌레가 꼬였다. 집 안에선 점점 나쁜 냄새가 났다. 한동안 나는 그게 음식 냄새인 줄 알았다.

어머니는 말이 없었다. 말수가 줄다 점차 한마디도 않는 날이 많아졌다. '밥은 먹었니' 라든가 '갈아입을 옷이 없진 않느냐' 는 식의 보호자다운 얘기는 꺼내지도 않았다. 그렇게 아무것도 안 할 거면서 비상용 물은 왜 잔뜩 받아놓은 건지 알 수 없었다. 어머니가 이따금 하는 말은 '내 몸에서 이상한 냄새가 나지 않느냐' 는 거였다. 나는 그렇지 않다고, 집 안에 곰팡이가 펴서 그런 거라고 대꾸했다. 하늘엔 며칠째 두껍고 거대한 구름이 깔려 있었다. 가끔은 볕을 못 쬔 우리 가족이 구루병에 걸려 죽어가는 모습을 상상했다. 손발이 덩굴식물처럼 늘어나 벽면을 타고 한없이 올라가는 장면을. 어머니의 줄기와 내 이파리가 온 집 안을 퍼렇게 덮어버리는 광경을. 그리고 사람들은 얘기하겠지. 옛날 옛적 저 집에 한 모자가 살았는데, 어느 날 폭우 속에 사라져 아무도 종적을 모른다고…… 내가 불길한 상념에 빠져 있는 동안, 어머니는 무얼 하고 계신지 몰랐다. 안방 문은 닫혀 있었고, 어머니는 거기서 잘 나오지 않았다. 어머니는 좀 이상했다. 알 수 없는 두려움에 사로잡혀 있는 것 같기도 하고, 멍하니 무기력해 보이기도 했다. 혹 인슐린이 부족해 그런가 싶었지만, 서랍에는 아직 병원에서 타 온 약이 남아 있었다. 내가 알기로는 그랬다. 나는 좀 외로웠다. 얼마 전에 아버지를 여의었는데, 어머니마저 잃을지도 모른다는 생각에 불안했다. 그리고 이럴 때 내게 다른 형제가 있었으면 어땠을까 생각했다. 그들이 존재했다면 이렇게 어두운 날, 모든 자식들이 모여 뭔가 상의해볼 수 있었을 텐데. 그리고 그중 누군가는 모든 걸 나보다 잘해나갔을 텐데. 아버지를 매장하는 것도, 어머니를 위로하는 것도, 전구를 갈거나 잡다한 고지서를 처리하는 일 역시 말이다. 하다못해 그들은 나보다 더 잘 울었으리라.

날씨는 예측할 수 없었다. 빗줄기가 잦아드는가 싶으면 얼마 안 가 벼락이 쳤다. 구름이 가벼워졌다 싶으면 어느새 폭풍이 왔다. 자연은 자연스럽지 않게 자연이고자 했다. 예상하지 말라는 듯. 예고도 준비도 설명도 말며 납작 엎드려 있으라는 듯. 네 조상들이 했던 것을 너희도 하라는 듯 난폭하게 굴었다. 비상용 물은 점점 떨어지고 있었다. 음식도 마찬가지였다. 어머니는 연신 식은땀을 흘려댔다. 장마는 한 달을 넘어서고 있었다. 빗방울이 가늘고 성기게 내릴 때도, 뭇매를 치듯 세차게 쏟아지기도, 가루처럼 포슬포슬 내려앉을 적도 있었지만, 어쨌든 하루도 그치지 않고 내린 것만은 분명했다. 비바람이 거세질 때면 아버지의 방에 묶여 있는 물들이 파르 르 몸을 떨었다. 그릇 위로 동심원이 엷게 번지는 모습이 발 견되기도 했다. 어쩌면 집이 흔들리고 있는지도 몰랐다. 가끔 은 물이 우는 소리에 잠에서 깼다. 그것은 음정 없는 노래처 럼 갈 길 잃은 전파처럼 웅웅웅웅 울어댔다. 한밤중 이상한 기척이 들릴 때면 자리에서 일어나 아버지의 방으로 향했다. 팬티 바람에 한 손에는 양초를 들고서였다. 나는 수십 개가 넘는 유리컵 앞에 쭈그려 앉아 잔 속에 담긴 물을 한참 동안 쳐다봤다. 수면 위의 파문을 확인하기 위해서였다. 물들은 겁 을 먹고 침묵했다. 그럴수록 나는 더욱 뚫어져라 컵을 응시했 다. 불길한 징조를 고대하는 사람처럼, 나쁜 일이 일어나지 않아 실망하는 사람처럼 그랬다. 촛불의 일렁임 때문에 잔 속 떨림을 분별하기는 어려웠다. 하지만 잠을 청할 즈음엔 자꾸 만 집이 흔들리고 있는 것 같은 기분이 들었다. 나는 자다 말 고 벌떡 일어나 아버지의 방에 들어갔다. 그러고는 병든 짐승 을 찌르듯 손가락을 길게 내밀어 봉지를 눌러봤다. 봉지는 힘 을 준 만큼 쑤욱— 하고 들어갔다 이내 불룩 튀어나왔다. 그 리고 이상한 기분에 흠칫 돌아보면 어머니가 나를 보고 있었 다. 잠옷 차림으로 꼿꼿이 선 채 아무 말 않고…… 누군가 그

광경을 봤다면 분명 우리 식구가 다 미쳤다고 했을 거다.

그리하여 장마가 절정으로 치닫는 날이었다. 밤새 천둥 번
개가 내리치던 밤. 바람이 어찌나 세게 부는지 현관문까지 덜
컹덜컹 흔들리던 밤. 우리는 일찌감치 잠자리에 들어 있었다.
내일이면 모든 게 괜찮아질 거라고, 인간은 자연을 이겨본 적
없지만 동시에 굴한 적도 없다고 열심히 자기암시를 걸면서
말이다. 그런데 그날 갑자기 어머니가 내 방에 찾아왔다. 잠
옷 차림에 한 손에는 양초를 들고서였다. 촛불 사이로 일렁이
는 어머니의 얼굴은 어딘가 왜곡돼 보였다. 유리창 위로 비
닿는 소리가 사납게 들려왔다. 어머니는 문지방에 선 채 담담
한 목소리로 물었다. 혹시 지금 무섭냐고. 나는 어리둥절한
얼굴로 어머니를 바라봤다. 어머니가 입을 연 것은 꽤 오랜만
의 일이었다. 엉거주춤 이부자리에서 상체를 일으키는 사이,
어머니는 안절부절못하며 혹시 네가 무서울까 봐, 무서워하
고 있을까 봐 찾아온 거라고 거듭 해명했다. 나는 무슨 말을
해야 할지 몰라 망설이다 괜찮다고, 그러니까 어서 가서 주무
시라고 했다. 어머니는 수치와 실망이 뒤섞인 기이한 표정으
로 정말이냐고, 정말 무섭지 않냐고 물었다. 나는 한 번 더
그렇다고 대답했다. 그러자 어머니는 불현듯 얼굴을 일그러
뜨리며 날카롭게 소리쳤다.

"아버지가 죽었잖니!"

……그리고 얼마 만이었을까. 어머니가 사라진 것은. 들고 있던 양초를 팽개치고 달려 나간 것은. 쿵쾅쿵쾅 어둠 속에서도 거침없고 날랜 걸음이었다. 어머니는 눈 깜짝할 사이 다시 내 앞에 나타났다. 한 손에 칼을 쥐고서였다. 순간 어머니가 자해라도 하면 어쩌나 겁이 났다. 동시에 나를 해칠지도 모른다는 생각이 빠르게 스쳐갔다. 그러면…… 그러면 어떻게 하지? 도망쳐야 하는 걸까? 어머니를 혼자 두고? 바닥에서 시커먼 그을음이 올라왔다. 가슴이 쿵쾅거렸지만 어머니에게서 눈을 떼지 않은 채 침착하게 초를 바로 세웠다. 어둠 저편에서 물들이 심하게 몸을 떠는 소리가 들렸다. 냄비와 컵을 비롯해 각종 그릇에 든 물들도 뭔가 예감한 듯 일제히 흔들렸다. 어머니는 씩씩거리며 나를 노려봤다. 그러고는 휙— 아버지 방으로 뛰어갔다. 이쪽에서 새어 나간 불빛이 흐릿하게 어머니를 비췄다. 문지방에 우두커니 선 뒷모습이 위태로워 보였다. 어머니는 양손을 번쩍 치켜올렸다. 그러고는 아랫배 근처를 향해 힘껏 내리꽂았다. 어떻게 해볼 틈도 없이, 순식간에 일어난 일이었다. 나는 악— 비명을 질렀다. 하지만 어머니가 해친 것은 자기 몸이 아니었다. 물이 담긴 비닐봉지였다. 찢어진 비닐 사이로 콸콸콸콸— 물이 쏟아져 나왔다. 어머니는 누군가를 무참히 살해하듯 그것을 찌르고 또 찔렀다. 그런 뒤 나머지 봉지들도 정신없이 가격하기 시작했다. 수십

개의 봉지들이 일제히 물을 토해냈다. 물은 거실로, 부엌으로 스멀스멀 기어갔다. 그것은 곧 온 집 안에 퍼질 터였다. 어둠 속 물빛은 검고 끈적였다. 나는 뭘 어찌해야 할지 몰라 뒤로 주춤 물러섰다. 어머니는 여전히 방 안에 수포를 터뜨리는 데 혈안이 돼 있었다. 어디서 그런 힘이 나오는지 알 수 없었다. 문득 끈적한 액체가 발을 적셔오는 게 느껴졌다. 수돗물과 성질이 다른 어떤 물질이 실타래처럼 천천히 퍼져가고 있었다. 피였다. 어머니가 흥분해서 방바닥에 놓인 유리컵을 잘못 밟은 모양이었다. 나는 그제야 내가 무엇을 해야 하는지 깨달았다. 더 이상 머뭇댈 수 없었다. 있는 힘을 다해 달려들듯 어머니를 안았다. 다 자라진 않았지만 한 여자를 제압할 수 있을 만큼은 완력이 생긴 나이였다. 어머니의 손목을 쥐고 힘을 주었다. 어머니는 흠칫하더니 내 품에서 빠져나가려 몹시 버둥댔다. 손에 든 칼도 놓으려 하지 않았다. 얼마 후, 어머니는 힘이 풀렸는지 자리에 털썩 주저앉았다. 그러고는 입을 벌려 통곡하기 시작했다. 참으로 길고 큰 울음이었다. 나는 어머니를 뒤에서 계속 안고 있었다. 어머니는 몸속에 든 물을 전부 빼내려는 듯 몸부림쳤다. 방 안의 봉지들은 탄력을 잃고 점점 쪼그라들었다. 그리고 마침내 어머니가 울음을 그쳤을 때— 정체 모를 고요가 찾아왔다. 그러자 잊고 있던 빗소리가 다시 들려왔다. 새벽에 뚝 그치기라도 하면, 그 고요함에 놀라 모두 눈을 번쩍 뜰 만큼 시끄러운 소리였다. 우리는 잠시 그 소리에 귀를 기울였다. 문득, 어머니가 고른 숨을 뱉는 게 느껴졌다. 갓 잠든 아이의 호흡처럼 피로하고 달콤한 날숨이었다.

아침 요의에 깨 베란다로 나갔다. 팬티를 내린 뒤 난간 사이로 아랫도리를 내미는데 왠지 께름칙한 기분이 들었다. 오랫동안 몸에 익은 공감각이 기우뚱 흔들리는 느낌이었다. 고개를 들어 주위를 살폈다. 물안개가 긴 뿌연 대기 속에서 넘실대는 흙탕물이 보였다. 눈을 비빈 뒤 미간을 찌푸리며 다시 한 번 눈앞의 광경을 확인했다.

"……"

발등 위로 두둑 오줌 방울이 떨어졌다. 마을이 없었다. 순간 여러 가지 생각이 한꺼번에 지나갔다. 제방이 무너진 걸까. 단순히 빗물이라 하기엔 엄청난 양이잖아? 그도 아니면 한 달 새 물이 불고 있는 걸 내가 의식하지 못한 걸까. 장마철이라 늘 같은 풍경을 보고 있다고 착각해왔는지도 몰라. 빗물은 우리 집 바로 아래층까지 올라와 있었다. 그것은 아파트 전체를 집어삼키려는 듯 발밑에서 찰방댔다. 나는 후다닥 집 안으로 뛰어갔다.

"엄마!"

안방에선 기척이 없었다.

"엄마?"

서둘러 화장실을 살펴본 뒤 아버지의 방으로 향했다. 다행히 어머니는 그곳에 곤히 잠들어 계셨다. 아직 물기가 덜 마른 장판은 질척댔고, 주위에는 다 치우지 못한 봉지들이 지저분하게 널려 있었다. 나는 어머니를 흔들어 깨웠다.

"엄마! 일어나봐, 응?"

어머니는 꼼짝하지 않았다. 나는 어머니를 좀더 세차게 흔들었다.

"큰일났어!"

어머니는 여전히 눈을 감고 있었다. 표정에도 변화가 없었다. 순간 가슴이 철렁 내려앉았다. 혹시 어머니가 당뇨 쇼크에 빠진 게 아닌가 싶어서였다. 그런 사람들은 가끔 환상을 본다는데. 어젯밤 어머니의 행동이 새삼 불길하게 여겨졌다. 안방으로 가 장롱과 문갑을 헤집었다. 그 안에는 빈 약병과 주사기 몇 개가 뒹굴고 있었다. 거실과 화장실, 개수대의 서랍을 뒤져봐도 마찬가지였다. 집 안에는 단 한 개의 알약도, 주사액도 남아 있지 않았다. 머릿속이 하얘졌다. 나는 애써 호흡을 가누며 이런 때일수록 침착해야 한다고 스스로를 타일렀다. 그러고는 머릿속으로 당장 해야 할 일의 순서를 정했다. 일단 부엌으로 가 대접에 설탕을 부었다. 그런 뒤 작은 물봉지를 터뜨려 잘 섞었다. 숟가락을 쥔 손이 파르르 떨렸다. 나는 다시 아버지의 방으로 달려갔다. 어머니를 반쯤 일으켜 세워 가슴에 안았다. 숟가락에 설탕물을 떠 어머니의 입에 흘려 넣었

106

다. 그것은 어머니의 턱 밑으로 질질 흘러내렸다. 나는 재빨리 한 손으로 어머니의 입가를 닦아주었다. 그런데, 순간 이상한 물체가 눈에 들어왔다. 방바닥 위에 문어포 조각들이 어지럽게 널려 있었다. 나는 의아한 눈으로 어머니의 머리맡에 놓인 네모난 문어포 봉지를 들어보았다. 어제만 해도 반 이상 차 있던 게 홀쭉해져 있었다. 순간 그럴 리 없다 싶으면서도 그럴지도 모른다는 생각이 가슴을 옥죄었다. 나는 천천히 어머니를 향해 상체를 숙였다. 그러곤 어머니의 코에 조심스레 귀를 갖다 댔다.

"……"

나는 바닥에 흩어져 있는 문어포 하나를 손으로 집었다. 그러곤 멍하니 입안에 그것을 집어넣었다. 의지와 상관없이 턱관절이 기계적으로 움직이기 시작했다. 하지만 그것도 잠시. 나는 곧 자리에서 벌떡 일어나고 말았다. 그러곤 어머니에게서 뒷걸음쳤다. 질겅질겅 입에 문어포를 문 채. 침을 흘리며. 넘어지고 일어섰다 다시 자빠지며, 허둥지둥.

창밖에는 여전히 비가 오고 있었다. 마을을 삼킨 황톳물은 어디론가 거세게 흘러갔고, 그 위로 현대의 아름답고 치명적인 쓰레기들이 둥둥 떠다녔다. 나가야 한다고 생각했다. 이대로 있을 수 없다고, 어떻게든 여길 빠져나가야 한다고 다짐했다. 주위를 둘러봐도 구조대를 태운 배 같은 건 보이지 않았

다. 순간 단 한 번도 인정하지 않았던, 하지만 점점 뚜렷해져
가는 생각이 머리에 스쳤다.

'사람들이 우리를 잊은 게 아닐까?'

등줄기에 오소소 소름이 돋았다. 비료 포대와 유모차 사이로
죽은 개 한 마리가 하늘로 배를 내민 채 쓸려가고 있는 모습
이 보였다. 수면 위로는 무수한 빗방울이 자신의 이력을 새기
며 태연하게 동그라미를 그려 넣고 있었다. 나는 고개를 젖혀
있는 힘껏 소리쳤다.

"그만하세요. 네. 제발. 그만해. 그만하라고. 씨발!"


팔등으로 눈가를 훔치고 나자, 한시라도 빨리 이곳에서 벗
어나야 된다는 생각이 들었다. 현관문을 열고 계단으로 내려
가보았다. 아파트로 들어온 물은 이미 1층과 2층 사이의 계
단을 막아선 상태였다. 배. 배를 만들어야 해. 나는 다시 층
계를 뛰어올라와 공구함을 꺼냈다. 그리고 쓸 만한 재료를 찾
아 주변을 다급하게 둘러봤다. 가장 먼저 눈에 띈 것은 화장
실 문짝이었다. 손으로 두드리면 탕탕 소리가 나는 속 빈 나
무 문이었다. 나는 망치와 주먹드라이버를 이용해 화장실 문
짝을 뜯어내기 시작했다. 경첩과 문틀 사이에 주먹드라이버
를 꽂고 망치로 몇 차례 힘껏 내리치자, 습기를 한껏 빨아들
인 문짝이 생각보다 힘없이 덜그럭 뽑혀 나왔다. 나는 화장실
문을 거실에 뉘어놓고, 안방과 내 방 문짝도 같은 식으로 뜯

어냈다. 그리고 마지막으로 아버지의 방 문을 떼어내기 위해 걸음을 옮겼을 때, 손잡이를 붙들고 한참을 망설였다. 얼마 뒤 마른침을 삼키며 손아귀에 힘을 줬다. 방문은 끼이이익— 소리를 내며 안쪽으로 미끄러져갔다. 순간 보지 않으려 했는데, 마음과 달리 시선이 어머니를 향해 흘러갔다. 마 소재의 얇은 여름 이불을 덮어놓은 상태 그대로였다. 나는 분홍색 이불에 수놓인 꽃무늬를 한참 동안 바라보았다. 이상하게 하나도 슬프지 않았다. 대신 좀 무서웠다. 그리고 내가 어머니를 무서워하고 있단 사실에 죄책감을 느꼈다. 그리고 그때서야 눈물 방울이 발밑으로 뚝뚝 떨어지기 시작했다. 온몸에서 힘이 쏙 빠져나가는 기분이었다. 나는 손에 든 망치를 내던지듯 통— 내려놓았다. 그러곤 주저앉아 티셔츠를 걷어 올려 얼굴에 뒤집어쓰고 울었다.

다음 날 아침, 하늘에선 보슬비가 내렸다. 상체를 내밀어 밑을 내다보니 '천하정육점' 간판이 아래층 유리를 부수고 들어가 반쯤 처박혀 있었다. 더 이상 지체해선 안 된다. 어떻게든 나가야 한다. 수해가 덜한 데로 가자. 나는 페트병에 남은 마지막 물을 마신 후, 부엌칼로 장판을 뜯어냈다. 그리고 아버지의 방에서 배드민턴 채를 가져와 장판을 덧댄 뒤 녹색 테이프로 둘둘 감았다. 그걸로 노를 저어 사람이 있는 곳으로 갈 생각이었다. 문제는 어머니였다. 만약 내가 이곳을 빠져나

간 뒤 우리 집이 물에 잠긴다면 어떻게 될까? 그러자 어제 본
개의 사체가 떠올랐다. 배를 까뒤집은 채 이리저리 부딪히며
함부로 쓸려가던 죽은 개. 나는 어머니를 데리고 가야 한다고
생각했다.

먼저 망치로 베란다 창문을 남김없이 떼어내기 시작했다.
목장갑을 끼고 이불을 뒤집어쓴 채 유리창을 부수었다. 나무
문짝을 두 개씩 포갠 뒤 고무 튜브와 페트병을 이어 붙였다.
베란다로 배를 끌고 와 손잡이가 있던 구멍에 빨랫줄을 묶었
다. 그런 뒤 빨랫줄을 창틀 기둥과 연결해 고정시켜두었다.
이어 힘겹게 배를 끌어올린 후 창밖으로 던졌다.
"풍덩."
나무배는 물속으로 가라앉는 듯하다 이내 다시 떠올랐다. 나
는 빨랫줄을 팽팽하게 잡아당겨 선체를 아파트 외벽에 최대
한 붙인 후, 창틀 기둥에 묶어두었다.

어머니는 그대로 누워 계셨다. 분홍색 이불도 그대로였다.
나는 어제처럼 오래도록 꽃무늬를 쳐다봐선 안 된다는 걸 알
고 있었다. 망설임 없이, 집에 있는 모든 테이프를 가져와 어
머니를 휘감기 시작했다. 녹색 테이프와 갈색, 투명 테이프로
봇짐을 싸듯 꼼꼼히 이불 속 다리를 감고, 엉덩이를 두르고,
팔과 배와 가슴을 꽁꽁 쌌다. 그리고 머리에 테이프를 감으려

는 순간, 마지막으로 어머니의 얼굴을 한 번 봐야 하는 게 아닐까 하는 생각이 들었다. 하지만 이내 그러지 않는 것이 좋겠다고 생각했다. 그립지 않은 건 아니지만 그보다 무서웠고, 무엇보다 어제처럼 울고 싶지 않았다. 나는 엄마 얼굴을 감싸고 있는 이불 위를 다른 곳보다 더 꼼꼼히 테이프로 둘렀다.

어머니를 끌다시피 옮겨와 숨을 돌린 후 하늘을 올려다봤다. 다행히 빗줄기는 약해져 있었다. 나는 심호흡을 한 뒤 어머니를 들어 올렸다. 그리고 베란다 창문 밖에 고정된 배 위로 어머니를 옮겼다. 아주 가볍게 내려놓아야 해. 깃털처럼 가볍게. 그러나 힘을 준 종아리에 쥐가 나 중심을 잃고 어머니를 놓쳐버리고 말았다. 텅— 나무 문짝 배는 어머니를 태운 채 좌우로 요동치기 시작했다.

"안 돼."

나는 창틀에 묶인 빨랫줄을 힘껏 잡아당겼다. 다행히 어머니는 문짝 위에 비뚜름하게나마 자리를 잡았다. 줄을 얼마나 세게 당겼는지 손바닥에 핏기가 어렸다. 나는 손바닥을 내려다보며 누구에게 말하는 것인지도 모르게 '고맙다'고 중얼댔다.

일단 마을을 벗어나자고 생각했다. 급류를 따라가다 보면 반나절, 길어도 하루 이틀 정도면 안전한 곳에 닿을 수 있으

리라 기대했다. 하지만 아무리 배드민턴 채로 만든 노를 힘껏
저어가도 도시의 흔적은 보이지 않았다. 세상은 온통 물에 잠
겨 있었다. 북극의 빙하가 녹아 순식간에 사라진 것처럼 그랬
다. 배는 점점 물이 불어나는 쪽으로 가는 듯했다. 드문드문
머리를 내민 고층 빌딩과 교회 첨탑이 눈에 띄었지만 그것도
어느 순간 보이지 않았다. 가도 가도 망망대해였다. 대신 대
형 크레인이 자주 출몰했다. 물에 잠겨 크기를 가늠하기 어려
웠지만 가로로 뻗은 기다란 철골의 길이로 보아 대부분 골리
앗크레인이 틀림없었다. 그것은 물속 곳곳에 들쭉날쭉한 높
이로 박혀 있었다. 마치 지구상에 살아남은 유일한 생물처럼
가지를 뻗고 물안개 사이로 음산하게 서 있었다. 그것들은 대
부분 한쪽 팔이 길었다. 그래서 마치 한쪽 편만 드는 십자가
처럼 보였다. 먼 데서도 그보다 더 아득한 수평선 너머로도
타워크레인의 앙상한 실루엣이 드러났다. 세계는 거대한 수
중 무덤 같았다. 세상에 이렇게 많은 타워크레인이 있었나 싶
을 정도로 잦은 출현이었다. 그리고 그때 나는 비로소 전 국
토가 공사 중이었음을 깨달았다. 아버지도 수십 년간 용접일
로 생활을 꾸려오셨으니까. 죽음 또한 건설 현장에서 맞으실
수밖에 없었으니까…… 어머니는 실족사한 아버지의 송장이
축축한 걸 의아해하셨다. 물대포라도 맞은 양 머리부터 발끝
까지 온통 젖어 있었기 때문이다. 어머니는 정확한 사인을 알
때까지 마을을 떠나지 않으려 했다. 관계자들은 진실을 쥔 손

은 등 뒤로 감춘 채 나머지 한 손으로 어색한 악수를 건네려 했다. 어머니는 그 손을 잡지 않았다. 그리고 그 대가로 아파트를 떠나는 대신 세상을 떠나셔야 했다. 배는 생각보다 말을 듣지 않았다. 작은 파도나 장애물 앞에서 금방이라도 뒤집어질 듯 휘청거렸다. 잡동사니로 얼기설기 만든 거니 그럴 만했다. 우리가 있는 곳이 어디인지 정확히 알 수 없었다. 이 많은 빗물이 흘러 어디로 가는지도 알 수 없었다. 대체 무슨 일이 벌어진 걸까. 집을 떠난 뒤 단 한 대의 헬리콥터도, 단 한 명의 사람도 보지 못했다. 이대로 가다간 감기에 걸릴지 몰랐다. 배가 언제까지 버티어줄지도 알 수 없었다. 나는 어두워지기 전에 부디 우리가 구조되기를 간절히 바랐다.

오후가 되자 바람이 거세졌다. 나는 어머니 곁에 바싹 엎드려 있었다. 조금만 무게중심이 흔들려도 배가 기우뚱거려 앉거나 설 수 없었다. 어머니의 시신 위로 타닥타닥 빗방울 듣는 소리가 났다. 출발하기 전, 어머니를 문짝에 묶어 고정시켜두지 않은 게 뼈저리게 후회됐다. 아파트만 벗어나면 누군가 금방 우리를 발견할 거라 예상했는데, 오히려 바깥 상황은 더 처참했다. 쉽게 구조되리란 생각에 먹을 것도 전혀 챙겨오지 않은 상태였다. 집을 나서고 얼마 안 돼 금방 허기가 졌다. 하지만 음식을 구할 방도가 없었다. 갈증이 날 땐 입을 벌리고 빗물을 마셨다. 물에 불은 돼지며 오물을 생각하니 황톳물을 마실 엄두가 나지 않았다. 문득 우리 집 냉장고에 붙어 있는 중국집 쿠폰이 떠올랐다. 스티커 하나만 더 모으면 탕수육을 공짜로 먹을 수 있는 거였는데, 왠지 아까웠다.

해 질 무렵, 체력은 이미 바닥났다. 나는 배드민턴 채를 옆구리에 낀 채 물살에 몸을 맡겼다. 주위가 어둑해지자 두려움이 엄습했다. 지척을 분간할 수 없는 어둠 속에서 이 배도, 어머니도, 심지어는 나 자신도 지킬 자신이 없었다. 날이 저물기 전에 뭔가 수를 써야 했다. 배 속에서 자꾸 꾸르륵 소리가 났다. 바닥을 보이지 않는 허기가 둘레를 넓혀가며 내 몸을 파먹었다. 나는 물에 뜬 10리터짜리 쓰레기봉투 하나를 낚아채 뒤졌다. 봉투 겉면에는 Y구청이라는 글자가 새겨져 있었다. 하지만 이곳이 Y시라고 말할 만한 근거는 어디에도 없었다. 봉투 안에선 동그랗게 접힌 아기 기저귀와 생리대가 썩은 내를 풍기며 쏟아져 나왔다. 나는 다시 먹을 것을 찾아 헤맸다. 한참 뒤, 저쪽에서 공처럼 빵빵하게 부푼 물체 하나가 빠르게 떠내려오는 모습이 보였다. 자세히 보니 질소 충전식으로 비닐 포장된 땅콩 과자였다. 순간 기이하리만치 의식이 또렷해지며 알 수 없는 의욕이 솟았다. 과자 표면에 땅콩과 함께 버무려졌을 끈끈한 설탕 시럽을 떠올리니 바로 입에 침이 고였다. 그런데 가만 보니 이쪽으로 쓸려오고 있는 건 그 과자만이 아니었다. 그보다 좀더 먼 곳에서 웬 시커먼 물

114

체 하나가 빠른 속도로 내려오고 있었다. 처음에는 뭔지 잘 몰랐는데 자세히 보니 몸집이 어마어마하게 큰 나무였다. 그리고 그건 내가 아는 나무였다. 내가 태어나기 전부터 집 앞에 있던 거라 모를 수가 없었다. 한동안 위태롭게 휘청거리더니 폭우를 이기지 못해 결국 꺾인 모양이었다. 가지는 얼마나 물을 빨아들였는지 한껏 부풀어 있었다. 부러진 기둥이며 허옇게 드러난 뿌리는 처참하고 음란해 보였다. 나는 그것이 급류에 실려가는 모습을 잠자코 바라봤다. 그러고는 이내 시선을 거뒀다. 사실 나무 따위는 하나도 중요하지 않았다. 우선은 식량에 집중해야 했다. 한 손으로 배의 모서리를 잡고 다른 한 손을 과자 쪽으로 뻗었다. 그것은 손에 잡힐 듯 말 듯 계속 애를 태웠다. 손가락 관절을 최대한 벌려 과자 봉지와의 거리를 좁혔다.

'조금만 더…… 제발 조금만……'

그렇게 힘을 주길 몇 차례, 가까스로 손에 땅콩 과자가 닿으려는 순간, 통— 소리와 함께 배가 부서질 듯 심하게 흔들렸다. 나는 재빨리 나무판을 잡고 바닥에 엎드렸다. 머리 위로 철썩 황톳물이 쏟아졌다. 배가 다시 균형을 잡을 때까지 꼼짝 않고 기다렸다. 하마터면 침몰할 뻔했던 터라 한숨이 절로 새어 나왔다. 호흡을 가다듬고 주위를 둘러봤다. 그런데…… 어머니의 시신이 보이지 않았다. 순간 머릿속이 띵해지며 온몸에 열이 확 올랐다 휘발되는 느낌이 났다. 어디선가 희미하게 이명이 들리는 것도 같았다. 나는 허둥대며 주위를 둘러봤다. 저기, 아랫도리를 벌린 채 멀어져가는 정자나무가 눈에 들어왔다. 어머니는 복잡하게 얽힌 뿌리 사이에 단단히 붙박여 있었다. 순간 울음이 터져 나올 뻔했지만, 어머니를 구하는 게 먼저였다. 나는 배를 버리고 혼신의 힘을 다해 헤엄치기 시작했다. 오래전 아버지가 가르쳐준 방식대로. 발을 구르고 팔을 휘젓고 숨을 고르며 앞으로 나아갔다. 어디선가 '그래, 그렇지' 하는 아버지의 목소리가 들려오는 듯했다. 눈과 입속으로 흙탕물이 계속 들어왔다. 숨이 차고 앞이 잘 보이지 않았다. 그래도 포기하지 않고 끝까지 어머니를 쫓아갔다. 지금이 아니면 영원히 볼 수 없을 거란 생각에 가슴이 터질 것 같았다. 나무는 다가오다, 물러서다, 다시 가까워졌다. 그러곤 결국 빠른 속도로 내 곁에서 멀어져갔다. 나는 울음을 터뜨리며 "엄마! 엄마!" 외쳤다. 시뻘게진 뺨 위로 하염없이 눈물이 흘러내렸다. 어머니는 물살을 따라 애드벌룬처럼 둥실둥실 먼 곳으로 흘러갔다. 녹색 테이프로 둘둘 감긴 얼굴이 이쪽을 오래도록 바라보고 있는 게 느껴졌다. 정자나무는 걱정 말라는 듯, 마치 여러 개의 팔을 가진 신처럼 단단한 뿌리로 어머니를 감싸 안은 채 저 끝으로 사라졌다.

날이 저물자 곧 무시무시한 어둠이 찾아왔다. 나는 주위를 두리번거리며 두려움에 떨었다. 눈앞에 보이는 건 아무것도 없었다. 내 손과 발조차 보이지 않았다. 웅웅웅웅— 사방에서 바람 소리와 물 울음소리가 났다. 물 밑에선, 자기에게 무슨 일이 생긴 건지 뒤늦게 이해한 영혼들이 바다 괴물처럼 긴 꼬리를 흔들며 유영하는 듯했다. 나는 타워크레인의 밑동을 잡고 매미처럼 매달려 있었다. 올라가 쉬고 싶었지만, 이미 때를 놓친 데다 높이가 까마득해 엄두가 나지 않았다. 잘못했다간 발을 헛디뎌 지하 세계로 한없이 빨려 들어가게 될지 몰랐다. 암흑 속에서 고요를 찢어발기는 세찬 물소리가 들려왔다. 회의를 모르고, 반성을 모르는 거대한 금치산자가 내지르는 포효였다. 몇 번 "살려주세요!"라고 소리쳐봤지만 내 비명은 아무 데도 닿지 못하고 공허하게 흩어졌다. 나는 우주의 고아처럼 어둠 속에 홀로 버려져 있었다. 마치 물에 잠긴 마을이 아닌 태평양 한가운데에 떠 있는 기분이었다. 문득 죽은 사람이라도 어머니와 함께 있었을 땐 이 정도로 외롭진 않았다는 생각이 들었다. 신발은 거추장스러워 벗어던진 지 오래였다. 물속에 오래 있으니 아랫도리가 뻣뻣하게 굳어갔다. 이마에선 열이 펄펄 났다. 손바닥에는 이상한 물집이 잡혀 있었다. 이대로 가단 굶주림이 아닌 저체온증으로 죽을 확률이 높았다. 이따금 기둥에서 손을 떼 그대로 가라앉고 싶은 충동이 들었다. 세상에 혼자 남겨지느니 죽는 편이 나을지 몰랐다. 방법은 간단했다. 그냥 손에서 힘을 빼기만 하면 되는 거였다. 하지만 그런 생각을 하는 와중에도 나는 철골을 꽉 쥐고 있었다. 새벽이 되자 양팔의 힘이 풀리더니 급기야 쥐가 났다. 나는 크레인 기둥에 고개를 처박으며 흐느꼈다. 왜 나를 남겨두신 거냐고. 왜 나만 살려두신 거냐고. 이건 방주가 아니라 형틀이라고. 제발 멈추시라고……

다음 날에도 나는 다시 넘실대는 황톳물 위에 있었다. 지나가는 스티로폼 판때기를 잡아 간신히 몸을 누인 거였다. 나는 조금 더 가보기로 했다. 정말 조금만 더 가면 마을이 나타날지 몰랐다. 항해 도중 계속 잠이 쏟아졌다. 그리고 허기가 밀려왔다. 졸린 것과 배고픈 것 중 어느 것이 더 절박한지 알수 없었다. 비를 피할 만한 곳에서 배를 채운 뒤 긴 잠을 자고 싶었다. 혹은 푹 자고 일어나 끼니를 해결하고 싶었다. 나는 더운 음식이 먹고 싶었다. 장시간 빗속에 노출돼 있다 보니 몸은 이미 차가워질 대로 차가워져 있었다. 뜨거운 국물로 내장을 덥히고 만족스러운 한숨을 내쉬고 싶었다. 나는 시원한 음식이 먹고 싶었다. 이왕이면 달고 개운한 것. 수정과나 팥빙수, 콜라 같은 것을 숨도 안 쉬고 들이켠 뒤 세포 하나하나를 산뜻하게 깨우고 싶었다. 나는 매운 음식이 먹고 싶었다. 돼지고기를 넣고 끓인 김치찌개나 오징어볶음, 닭볶음탕을 먹고, 땀을 뻘뻘 흘리며 피로와 긴장을 풀고 싶었다. 나는 짭짤한 음식이 먹고 싶었다. 더불어 신 게, 비린 게, 고소한 게 먹고 싶었다. 하지만 무엇보다도 '아무거나' 먹고 싶었다.

허기를 달랠 만한 것이라면 무어라도 좋았다. 하지만 주위에
는 아무것도 없었다. 기우뚱 두 팔 벌린 골리앗크레인만 간간
이 나타날 뿐이었다. 뻘겋게 녹슨 철골 주위에는 신의 입김처
럼 물안개가 자욱했다. 나는 내가 한계에 다다른 걸 알았다.
다시 밤이 오는 것도 두려웠다. 다시는 그런 어둠을 경험하고
싶지 않았다. 하늘은 소년의 불행 따윈 아랑곳 않고 여전히
지상과 점자(點字)로 필담을 나누고 있었다. 두둑두둑— 점
잖고 여유로운 모습이었다. 자연은 저희들끼리 속삭였다. 신
도 가끔 잠을 자는데, 이건 그가 꾸는 가장 나쁜 꿈 중에 하
나라고…… 나는 반색하며 끼어들었다. 정말? 정말 그래?
모두 꿈인 거야? 하지만 정작 잠에 빠져든 건 나 자신이었다.
너무 지친 나머지 물에 몸을 반쯤 담근 채 선잠에 든 거였다.
언젠가 군인들이 행군 도중 서서 잠들 때가 있다는 얘길 들었
는데, 물속에서도 그게 가능했다. 몇 초 혹은 몇 분이었는지
모르겠다. 꿈속에서 나는 쾌청하게 갠 하늘을 봤다. 살면서
그렇게 푸른 하늘은 본 적이 없었다. 파랑의 종류만도 수백
가지가 넘는다는데, 그런 걸 뭐라고 부르는지 모르겠다. 인디
고블루, 프러시안블루, 코발트블루, 네이비블루, 아쿠아마린,
스카이블루…… 그리고 또 뭐가 있더라? 나는 그 이름을 알
고 싶었다. 하지만 사실 그건 어떤 파랑도 아니었다. 그건 그
냥 완벽한 파랑이었다. 어디선가 '울트라마린 아니야?' 라고
대꾸하는 목소리가 들려왔다. 나는 아무렇지 않게 '그게 뭔

데?'라고 물었다. 그는 부드러운 목소리로 '옛날 화가들이 그린 기도서의 색깔이야'라고 답했다. 나는 그게 무슨 색인지 몰랐지만 '기도서의 색'이라는 말만은 마음에 들었다. 그러나 이내 불쾌해져 기도가 그렇게 푸를 리 없다고. 내가 아는 기도는 세상에서 가장 비천한 색을 지녔다고. 닳고 닳아 너절해진 더러운 색이라며 화를 냈다. 그리고 화들짝 잠에서 깨 주위를 둘러봤을 땐 음울한 회색 하늘이 나를 굽어보고 있었다.

다시 해가 기울었다. 나는 두려움에 떨며 스티로폼을 정박시킬 만한 자리를 살피며 주위를 헤매었다. 이번에는 올라가 밤을 지새울 만한 구조물을 찾아야 했다. 땅에 단단히 뿌리박은 것이어야 하고, 너무 야트막해서도, 사정없이 높아서도 안 되었다. 하지만 한참을 가도, 그런 적당한 크기의 크레인은 좀처럼 나타나지 않았다. 탁하고 아스라한 수평선만 끝없이 이어질 뿐이었다. 나는 슬슬 불안해지기 시작했다. 어제는 크레인 아래에 붙어 있는 게 끔찍했는데 이제는 그거라도 있었으면 싶었다. 한참 물살을 따라 내려가던 중 마침 알맞은 높이로 솟은 타워크레인 한 대를 발견했다. 그런데 그게, 다른 것과 왠지 느낌이 달랐다. 모양은 똑같은데 다른 크레인엔 없는 무언가가 하나 보태진 모양이었다. 나는 눈을 가늘게 뜨고 그곳을 응시했다. 그 위에…… 누군가 앉아 있는 것처럼 보였기 때문이다. 더구나 그 모습이 꼭 우리 아버지 같았다. 굽은 어깨도, 땅딸막한 체구도, 비둘기색 현장 점퍼도 비슷했다. 나는 머리를 흔든 뒤 다시 그곳을 바라봤다. 허기가 져 헛것을 본 건지도 몰랐다. 하지만 크레인 기둥이 가까워질수록 사람의 형상이 점점 선명하게 드러났다. 그것은 갑자기 자리에서 벌떡 일어났다. 그러곤 고개를 젖힌 채 천천히 어깨를 돌리기 시작했다.

'뭐지……?'

크레인에서 눈을 떼지 않은 채 그쪽을 향해 다가갔다. 그것은 이제 허리를 숙였다 젖히길 반복하고 있었다. 그리고 그렇게 얼마의 시간이 지나고 나서야 비로소 나는 그가 무엇을 하고 있는지 알았다. 그는 하늘을 향해 두 팔을 활짝 벌렸다 다시 가슴 안으로 모았다. 그는 좌우를 번갈아보며 열심히 노 젓는 시늉을 했다. 더불어, 제자리뛰기를 하는가 하면 쪼그려앉아 연신 콩콩대기도 했다. 갑자기 가슴이 몹시 쿵쾅거렸다. 어쩌면 이곳에 유일하게 살아남은 생존자일지 몰랐다. 농성중이라 살아남을 수 있었던 사람. 나처럼 이 길고 지긋지긋한 장맛비를 견뎌낸 사람 말이다. 눈앞의 크레인을 향해 곧장 움직였다. 체력이 바닥나 있었지만 안간힘을 써 헤엄쳐 갔다. 나는 크레인 기둥을 붙잡고 맨발로 사다리를 오르기 시작했다. 발이 미끄러워 최대한 조심하지 않으면 안 됐다. 옷이 젖어 걸음이 무거웠다. 사지가 불안하게 후들거렸지만 가슴은 쉴 새 없이 펄떡였다. 나는 그를 꼭 만나보고 싶었다. 그가 귀신이라 할지라도 만나지 않으면 안 될 것 같았다. 그는 이쪽을 등지고 있어 아직 나를 발견하지 못한 상태였다. 소리쳐 불러볼까 했지만 목소리가 나오지 않았다. 계단 중간쯤 오르자 잠깐 어지럼증이 일었다. 발을 헛디뎌 비명을 지를 새도 없이 몸뚱이가 저 아래로 기울었다. 한쪽 팔로 잽싸게 사다리를 잡았다. 그러곤 다시 계단 하나하나를 공들여 오르기 시작했다. 손바닥이 횟횟하게 아려왔다. 오랜만에 사람 만날 생각을 하니 가슴이 방망이질 쳤다. 그는 나보다 많은 것을 알고 있을 터였다. 높은 데서 모든 걸 지켜봤을 테니까. 여기가 어딘지, 무슨 일이 생긴 건지 내게 전부 얘기해줄 것이다. 어쩌면 먹을 게 있을지도 몰랐다. 잘하면 조금쯤 얻어먹을 수도 있으리라. 하지만 아니라도 상관없었다. 그저 누군가 나와 함께 있어준다면 그것으로 족했다. 그 역시 나를 보면 뛸 듯 반가워하지 않을까. 나는 마지막 남은 힘을 다해 사다리를 올랐다. 그리하여 마침내 타워크레인 꼭대기에 다다랐을 때, 거친 숨을 몰아쉬며 흥분한 채 고개를 들었을 때, 그곳에는 텅 빈 고요만이 오롯이 자리를 지키고 있었다.

타워크레인 바닥에 털썩 주저앉았다. 그러고는 이내 훌쩍훌쩍 울었다. 그가 사라졌다는 사실보다 다시 혼자 남겨졌다는 게 무섭고 서러웠다. 주위는 어느새 어두워져 있었다. 이제 어떻게 해야 하는지, 어디로 가야 되는지, 아무것도 알 수 없었다. 어쩌면 이곳이 내가 갈 수 있는 세계의 끝인지도 몰랐다. 여기구나. 여기까지구나. 쓰러지듯 철판에 몸을 던졌다. 그동안의 피로가 순식간에 밀려오며 온몸이 흐물흐물 녹아내렸다. 나는 한참 동안 멍하니 누워 있었다. 그리고 계속 죽음에 대해 생각했다. 여기서 내가 얼마나 버틸 수 있을까. 숨이 멎을 땐 어떤 기분이 들까. 죽은 뒤 내 몸은 어떻게 될까. 물에 불은 얼굴을 사람들이 알아볼 수나 있을까. 그전에 발견되기는 할까. 별별 생각이 다 들었다. 열흘 치의 감기약을 한꺼번에 털어넣은 것처럼 머리가 몽롱했다. 입안이 마르고 온몸이 두들겨맞은 듯 쑤셔왔다. 대자로 누워, 고개를 돌린 채 내가 흘러온 길을 힘없이 내려다보았다. 내가 얼마나 온 건지. 여기는 어딘지. 눈앞에 보이는 건 칠흑 같은 어둠뿐일 걸 알았지만, 그래도 뭔가를 바라보고 싶었다. 그런데 막상 눈에 들어온 건 따로 있었다. 이상하게 주위가 희미하게 밝아지는 듯하더니 낯선 물체의 실루엣 같은 게 어른거렸다. 내가 또 헛것을 보는구나. 이마에 한쪽 팔을 얹은 채 허탈하게 웃었다. 그리고 얼마 후, 다시 고개 돌렸을 때 그것은 여전히 그 자리에 있었다. 병든 짐승의 배설물처럼 거무튀튀하고 흐물흐물한 물질이었다. 하반신이 마비된 사람처럼 두 팔을 이용해 힘겹게 그쪽으로 기어갔다. 그러곤 그 정체불명의 물체를 향해 손을 뻗었다. 그건 배설물이 아니라 종이죽이었다. 물에 젖어 형체를 잃어버린 마분지 상자였다. 손가락을 뻗어 슬며시 종이죽을 헤쳐봤다. 축축하게 늘어진 붉은색 머리띠 하나가 손에 걸려 나왔다. 한동안 그걸 빤히 쳐다보다 종이죽을 더 파헤쳐보았다. 그 밑에는 놀랍게도 먹을 것이 있었다. 라면 한 개와 1.5리터짜리 사이다 페트병이었다. 라면 봉지를 손으로 만져봤다. 바스락 소리를 내는 게 아무리 만져 봐도 진짜였다. 문득, 아버지가 나를 이리로 보낸 건지도 모른다는 생각이 들었다. 허둥지둥 비닐을 뜯어 생면을 입안에 우겨넣었다. 너무나 구체적이고 사실적인 맛이었다. 이번에는 사이다 병뚜껑을 따 한 모금 마셔봤다. 꿀꺽꿀꺽 식도를 타고 내려가는 액체가 시원하고 알싸했다. 나는 좀더 적극적으로 사이다를 들이켰다. 컴컴한 입에서 작은 불꽃놀이가 일어나는 느낌과 함께 살짝 매캐한 눈물이 났다. 어둠 한가운데서 알전구를 씹어 먹는 기분이었다. 그것은 아주 짧은 순간 몸속에서 환하게 타올랐다 이내 사그라졌다. 그러자 문득, 아버지의 보호안경 위로 비쳤을 용접 불꽃이 떠올랐다. 아버지가 평생 마주한 불빛, 불빛. 그리고 내게 다른 빛을 보여주려 한 아버지의 마음도. 오래전 그날, 우리 부자는 사각팬티를 입은 채 강둑에 서 있었다. 아버지가 내 생일 선물로 수영을 가르쳐주겠다며 앞장선 날이었다. 먼저 시범을 보인 것은 아버지였다. 아버지는 내 앞에서 팔의 각도가 어떻고 호흡이 어떻고 한참을 설명했다. 하지만 내가 계속 멍청한 표정을 짓고 있자 그냥 네 맘대로 해보라 하셨다. 네가 가장 먼저 할 일은 물을 무서워하지 않는 거라고. 물살의 흐름을 자연스럽게 느껴보라고 했다. 나는 물이 두렵지 않았다. 하지만 콧구멍으로 물이 들어오는 건 참을 수 없었다. 게다가 아버지 앞에서 뭔가 자꾸 실패하는 모습을 보이고 싶지 않았다. 아버지는 자세를 잡아주며 조금씩 깊은 데로 나를 이끌었다. 그리고 그렇게 아버지와 노닥거리고 실랑이 벌이는 사이, 어느 순간 놀랍게도 나는 수영을 하고 있었다. 개헤엄 치듯 우스꽝스럽게 버둥거리는 거였지만, 그건 무척 이상하고 편안하며 신기한 경험이었다. 어디선가 '그래, 그렇게'라고 말하는 아버지의 목소리가 들려왔다. 얼마 후, 아버지는 손목시계를 보며 이번에는 잠수를 해보라고 했다. 대신 물 밖에 나왔을 땐 반드시 하늘을 봐야 한다고. 그 정도야 뭐. 나는 근거 없는 자신감과 여유를 부리며 물속으로 몸을 던졌다. 온몸에 힘을 빼고 물에 떠 있기만 하면 되는 거였다. 여름 강물의 속살은 차고 깊었다. 부드럽고 물컹하니 아득하며 편안했다. 생경한 듯 잘 아는 공간에 와 있는 것 같은 기분. 세상의 그 어떤 소음과도 차단돼 짧은 영원처럼 느껴지던 시간. 나는 더이상 견딜 수 없을 때까지 물속에 있었다. 힘들어도 조금만 더, 조금만 더, 하며 시간을 벌었다. 그러고 어느 순간, 숨을 참지 못해 수면 밖으로 나왔을 때— 내 머리 위로 수천 개의 별똥별이 소낙비처럼 쏟아지고 있었다. 나는 물속에 있었을 때보다 숨이 더 막혔다. 정말이지 그건 내가 지금까지 받아본 선물 중 가장 근사한 거였다. 나는 사이다를 들이켜며, 이내 사라지고 없는 불꽃 맛을 음미했다. 그러곤 나직하게 중얼댔다. 여기에선 어쩐지 그 유성우 같은 맛이 난다고.

주위는 조금씩 밝아졌다. 놀랍게도 비가 거의 멎은 듯했다. 이러다 다시 내릴지, 완전히 개일지 알 수 없었다. 이 마을 끝에 뭐가 있을지 모르는 것처럼. 앞으로 내가 어떻게 될지 모르는 것처럼 말이다. 나는 참으로 오랜만에 하늘에 뜬 노란 달을 보았다. 먹구름 사이로 천천히 고개를 내밀고 있는 반달이었다. 비록 흐릿하긴 했지만 그걸 보니 엄마, 나무뿌리에 안겨 떠내려간 엄마 생각이 났다. 녹색 테이프에 감긴 얼굴로 오랫동안 내 쪽을 바라보던 모습도. 어머니는 지금쯤 어디 계실까. 어디쯤 가셨을까. 부디 사람들이 발견할 수 있는 곳에서 편히 쉬고 계시면 좋을 텐데. 젖은 옷가지가 바람에 마르자 온몸에 소름이 돋았다. 밖에 나오니 물속에 있을 때보다 오히려 더 추운 느낌이었다. 어쩌면 조금 있다 체조를 해야 될지도 몰랐다. 나는 다시 기다려야 했다. 비에 젖어 축축해진 속눈썹을 깜빡이며 달무리 진 밤하늘을 오랫동안 바라봤다. 그러곤 파랗게 질린 입술을 덜덜 떨며, 조그맣게 중얼댔다.

"누군가 올 거야."

칼바람이 불자 골리앗크레인이 휘청휘청 흔들렸다.

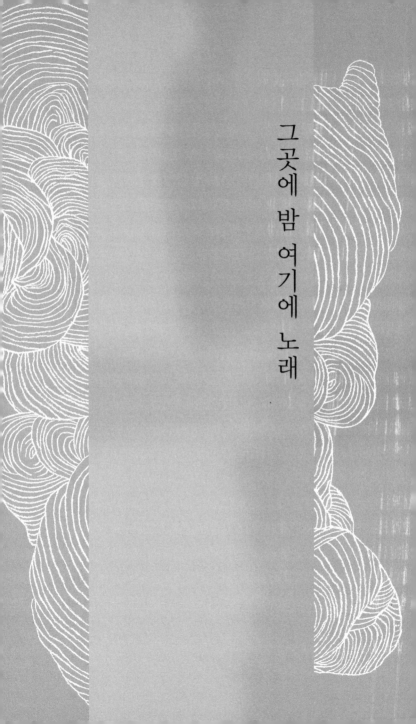

그곳에 밤 여기에 노래

겨울밤이다. 별 없이 맑은 밤. 말짱한 서울의 밤. 바람은
자기 몸에서 나쁜 냄새가 나지 않을까 염려하는 노인처럼 주
춤거리며, 저도 모르게 물컹해져, 저도 모르는 봄 비린내를
풍기고 있다. 입춘까지는 보름이나 남았지만, 도시는 감기를
앓듯 간절(間節)을 앓느라 어렴풋한 미열에 달떠 있었다.

"워 더 쭈어웨이 짜이날(我 的 座位 在哪儿)?"

테이프에서 먼 나라말이 흘러나온다. 보는 사람이 없는데
도, 용대는 어색해하며 중국어 기초 회화를 따라 읊는다.

"워 더 쭈어웨이…… 짜이날?"

쌀쌀한 밤. 그렇지만 아는 사람만 알아차리라는 듯 '입춘'이
란 푯말에서 떨어져 나온 입자가 바람에 슬며시 섞이는 밤.

테이프의 운동이 고요하다. 컴컴한 택시 안, 미터기와 계기판 불빛이 빛난다. 핸들을 잡은 용대의 손에 땀이 난다. 어려서부터 몸에 열이 많던 그였다. 그의 어머니가 시장에서 오랫동안 보신탕 가게를 해온 탓이다. 학창 시절 내내, 그는 도시락 반찬으로 단무지나 콩자반 대신 개고기를 싸 갖고 다녀야 했다. 삶은 개고기, 찐 개고기, 볶은 개고기, 구운 개고기, 알 수 없는 개고기…… 생일에는 도시락에 단골손님에게나 나가는 개 음경이 앙증맞게 담겨져 있는 바람에 얼굴이 화끈거리기도 했다. 그의 어머니는 '솜씨 없고, 자부심 강한 식당 주인' 중 하나였다. 놀라운 점은 가게 문을 닫을 때까지 어머니가 그 사실을 몰랐다는 거다. 식당은 한산했고 냉동고엔 남은 고기가 수북했다. 어머니는 그중 일부를 자식들을 거둬 먹이는 데 활용했다. 키 크느라 늘 배가 고프던 때라, 그도 별다른 투정을 않았더랬다. 용대의 뺨엔 붉은빛이 감돌았고, 약간 벗겨진 이마에선 항상 비지땀이 흘러내렸다. 다른 식구들은 안 그랬는데 유독 용대만 그랬다. 그는 그런 모습이 사람들에게 약골로 비치진 않을지, 혹은 지나치게 색정적으로 보이진 않을지 근심했다. 그래서 누군가와 악수하기 전, 자기도 모르게 바지에 손바닥을 닦는 버릇이 있었다. 고등학교 체육 시간, 같은 반 여학생과 포크댄스를 췄을 때도 그랬다. 여학생의 손을 잡고 한 바퀴 돌며 재빨리 반대쪽 손을 닦아내고, 한 번 더 돌며 나머지 한 손의 땀을 훔쳐내고. 그는 남들과 전혀 다른 춤을 추고 있는 듯 보였다. 이 밤, 용대가 차 안에 히터를 켜두지 않는 데는 그만한 이유가 있는 거였다.

카세트에서 조금 전 문장이 다시 나온다. 자기가 무슨 말을 하는지 아는 사람만의, 매끄러운 확신이 담긴 음성. 그리고, 용대가 듣기엔 한밤중 산속에서 만난 네 갈래의 길처럼 막막한 4성조…… 질 나쁜 녹음 환경 때문에 잡음 섞인 이국 말은 실제보다 더 먼 곳에서 오는 무전음처럼 절박하게 들린다. 도로 위, '빈 차'들의 행렬이 길다. 그 줄 맨 끝자락에 용대가 손님을 기다리고 있다. 그가 며칠 전 외운 말은 뚜어샤오첸(多少錢), '얼마입니까?'였다. 그 전에 공부한 말은 '나는 한국에서 왔습니다'라는 뜻의 워 스 총 한궈라이더(我是從韓国来的)였다. 그 밖에도 고맙다는 말, 미안하다는 말, 내 이름은 용대라는 말을 배웠다. 좋다는 말, 싫다는 말, 안녕이라는 말을 깨쳤다. 체계도 두서도 없이 외는 말이었지만, 살아가는 데 꼭 필요한 말들이기도 했다. 용대는 손님이 없는 시간을 이용해 중국어 테이프를 들었다. 싫증이 나면 라디오를 틀고, 짜증이 날 땐 며칠씩 거르기도 했다. 그래도 하루 한 문장 정도는 외우려고 애썼다. 공부라면 질색이지만, 대책 없고 먹먹한 시간을 보내기에 하기 싫은 일을 반복해보는 것도 나쁘진 않았다. 정체된 도로에 갇혀 있을 때는 더 의욕이 났다. 그는 '언젠가 나는 여길 떠날 사람'이란 암시에 위안받았다. 들려오는 얘기로 중국은 기회의 땅이라고 했다.

낯선 말은 통 입에 붙지 않았다. 중국어는 말이 말 같지 않고 노래 같았다. 단어나 문법뿐 아니라 수많은 문장의 멜로디를 외워야 하는. 아내는 베트남은 성조가 여섯 개라며 용대를 격려했다. 굉장히 위로가 되는 말 같지만 절대 위로가 되지 않았다. 6성조나 4성조나 복잡하긴 매한가지였다. 중국어 공부를 결심한 건 2년 전이다. 본격적으로 시작한 건 두 달이 안 됐다. 그래 봐야 운전석에 앉아 단순한 문장을 반복해 듣는 것뿐이지만. 없는 시간을 쪼개 학원에 나가거나, 구립도서관에 앉아 10분 만에 엎드려 자는 것보다 나았다. 그것도 야자수가 그려진 와이셔츠에 금목걸이를 한 채 말이다. 용대에겐 휴일이 귀했다. 나이 든 회사 선배는 말했다. 이 일 해서 돈 벌겠다는 건, 자기 수명 깎아 먹겠다는 말과 같다고. 그러면서도 그는 하루 열일곱 시간을 일했다. 용대는 평균 열네 시간을 달렸다. 일요일에는 주로 잠을 잤다. 아내는 공부할 짬이 나지 않으면 근무 시간을 활용해보라고 했다. 편안하게 하루 한 문장 정도만 외워보라고. 티브이에서 그런 식으로 5개 국어를 배운 정비공을 봤다고 했다. 중국말을 한마디 할 때마다 그의 탁하고 무지한 눈 속에는, 한 번도 가보지 못한 나라— 광활하고 오래된 대륙, 믿을 수 없고, 믿고 싶은 소문이 무성한 고장의 풍경이 흔들렸다. 용대는 제가 하는 말을 곰곰 되씹었다. '워'는 나, '더'는 무엇무엇의. '쭈어웨이'와 '짜이'는 각각 자리와 어디라는 뜻. 이어 붙이면 '워 더 쭈어웨이 짜이날'.

"제 자리는 어디입니까?"

어디. 언제나 '어디'가 중요하다. 그걸 알아야 머물 수도 떠날 수도 있다고. 그녀는 '짜이날'이라는 단어를 잊지 말라 했다. 그 말이 당신을 원하는 곳으로 데려가줄 거라고. 그다음, 그곳에 어떻게 갈지는 당신이 정하면 된다고. 뜻밖에도 많은 사람들이 길 잃은 나그네에게 친절하다고. 그러니 외지에 나가선 대답하는 것보다 질문할 줄 아는 용기가 중요하다고. 용대가 기억하는 것보다는 투박한 한국어 문장으로 설명해줬다. 용대는 그런 말을 들을 때마다, 그런 말을 듣는다는 이유만으로, 자신이 그런 말을 들어도 되는 사람, 그럴 자격이 있는 사내로 여겨지곤 했다. '이 여자, 언제나 내겐 좀 과분하다'는 느낌이었는데 그때도 그랬다. 정성으로 이야기하면 서로 이해 못 할 게 없다는, 소통에 관한 한 순진할 정도의 믿음이 있던 여자. 일도 참 잘했지만 공부를 했다면 더 좋았을 젊은 아내. 처음, 손바닥에 땀을 닦고 악수를 건네자, 세상에서 제일 작은 부족의 인사법을 존중하듯, 웃으며 따라 한 북쪽 여자. 웃을 땐 하얗게 웃고 죽을 땐 까맣게 죽어간 여자. '짜이날'을 발음하자, 그 여자가 떠올랐다. 용대는 아내가 뭔가 설명하고 전달하려 애쓰는 모습이 좋았다. 그 대상이 자기일 경우에는 더더욱. 언제나 말〔言〕이 고파 크게 벌어졌던 눈. 지구 축처럼── 사람을 향해 15도쯤 기울어져 있던 마음. 그 경사에 스스로 미끄러지면서도, 아프면 그저 '아야' 하고 말던 성격. 그녀는 용대를 진지하게 대해준 사람이었다.


용대는 어려서부터 주위의 홀대를 받았다. 가족의 수치, 가계의 바보, 가문의 왕따. 어느 집안에나 꼭 한 명씩은 존재하는 천덕꾸러기. 언젠가 그는 형수가 큰 소리로 자기 흉을 보는 소릴 들은 적이 있다. 형이 두부 공장을 말아먹고 잠적해, 여관을 떠돈다는 소문이 돌 때의 일이다. 채권자들한테 시달리던 형수는 매일 읍내에 나가 여관을 수소문하고 다녔다. 돈도 돈이지만 애들 아빠가 연락을 끊어 외로웠다고. 돌아오는 버스 안에서는 하염없이 눈물만 흘렸다고 했다. 그러다 막내 도련님한테 좀 도와달라고, 같이 찾아봐달라 부탁했단다.

"그랬더니, 용대 삼촌이 뭐라고 했는지 알아요?"

건넌방, 집안 여자들이 귀를 쫑긋 세우는 모습이 그려졌다.

"기름 값 달라고 하데요. 오토바이 기름 값."

어떻게 자기 형 일에 그럴 수 있냐고. 형이 삼촌을 얼마나 챙긴 줄 아냐며 형수는 흥분했다. 명절엔 같은 화제가 반복되는지라 흘려듣는 사람도 있었지만, 듣기에 재미없는 말은 아니었다. 사내들은 제상에 오른 술을 음복하며 다 들리는 얘길 못 들은 척했다. 용대는 아무 말 없이 우럭포를 찢으며, 어떤 표정을 지어야 할지 몰라 히죽 웃었다. 그런 얼굴이 얼마나 형편없어 보일지 하나도 모르면서.

"시집왔을 때부터 알아봤어요. 나는 밭에서 고추 따고 있

는데, 삼촌은 툇마루서 종일 기타 치고 노는 거예요. 어머님
은 또 아무 말도 안 하고."

중요한 건 형수가 하는 말이 다 맞는다는 거였다. 제대 후
용대는 중국집 배달, 이발소 보조, 술집 웨이터, 아파트 경비
일을 전전했다. 대부분 형이 어렵게 주선해준 자리였다. 용대
가 꾸준하게 하는 일은 별로 없었다. 툭하면 말도 없이 결근
했고, 주인이 한 마디 하면 열 마디 대꾸한 뒤 가게 문을 박
차고 나왔다. 눈치 없이 손님들 대화에 끼어드는 일도 잦았
다. 형은 그때마다 자기의 선배이거나 친구인 가게 사장들에
게 양해를 구하러 다녔다. 용대가 사고를 칠 때면 가족들은
'그럴 줄 알았다'는 식의 반응을 보였고, 나중엔 용대 자신도
그렇게 생각했다. 용대가 처음 색시라고 소개한 여자—깡촌
까지 내려온 다방 아가씨치고도 심하게 못생겼던, 결국 용대
의 얼마 안 되는 오토바이 사고 보험금을 갖고 떠난—를 봤
을 때도 식구들은 '그러면 그렇지'의 태도로 일관했다. 몇 해
전, 추석 때였던가. 술에 취해 오토바이를 몰고 선산에 가다,
중심을 잃고 논두렁에 고꾸라져버렸을 때—작열하는 가을
볕 아래, 자신을 일제히 내려다보던 친척들의 얼굴을 용대는
기억한다. 형의 곤혹, 형수의 경멸, 조카의 무시, 사촌들의
냉소, 햇살을 등진 구경꾼들의 눈부신 멸시.

그가 서울에 온 건 7년 전의 일이다. 어머니 거처 문제로
집안이 시끄럽던 때였다. 용대는 중요한 부동산 계약 하나를

망쳤다. 가게를 정리하고 텃밭이나 가꾸며 사는 어머니의 집을 날려버린 거였다. 그저 보증을 서는 줄 알았는데, 용대의 선배라는 중개업자가 집을 두 사람에게 이중으로 팔아버리고 잠적해버린 뒤였다. 그 집은 용대가 어머니와 함께 사는 데였다. 흰색 콘크리트 벽면 위로 흐른 땟국이 을씨년스럽게 드러난 양옥집이었지만, 그들 모자에게는 없어선 안 될 보금자리였다. 서류상 소유주 중 한 명은 대전 어디서 활동하는 깡패라고 했다. 날마다 집으로 이상한 사내들이 찾아왔다. 용대네 집 바로 앞에 평상을 펴놓고 아가씨를 낀 채 술을 마시며 노래를 부르는 양복쟁이들이. 그들은 어머니 텃밭에서 함부로 고추와 상추를 따 먹고, 동네 사람들 보기 창피할 정도로 시끄럽게 굴었다. 용대는 뭘 어찌해야 할지 몰랐다. 깡패들의 노랫소리는 날로 높아졌다. 마흔이 다 되도록 변변한 적금통장 하나 없던 용대가 할 수 있는 일은 거의 없었다. 이번에도 형이 뒷감당을 하게 될 터였다. 용대는 결국 집을 나왔다. 말 수 적고 점잖은 형이 '이 새끼가 하다 하다 별 지랄을 다 한다'며 용대의 귀싸대기를 때린 밤, 깡패들에게 상투적이고도 무시무시한 최종 협박을 받은 날, 아무도 모르게. 어스름한 새벽, 불길한 개 울음을 멀리한 채 자꾸만 뒤를 돌아보던 용대의 얼굴은, 10년 터울의 큰형보다 더 늙어 있었다. 가출이라고 하기엔 너무 늦은 나이, 서른일곱 때의 일이다. 그러니 혈혈단신 상경한 그가, 사람들의 포기와 실망에 익숙해진 그가, 도시의 속도에 여전히 어리둥절해하는 철딱서니 없는 노총각이, 눈 깊은 조선족 여자의 친절에 홀딱 빠져버린 건 이상한 일이 아니었다.

성은 임. 이름은 명화. 지린성 옌지에서 왔다고 했다. 그곳은 한국어와 북한의 조선어 그리고 조선족의 조선어가 뒤섞인 도시였다. 명화는 중국어와 조선어, 한국어를 다 할 줄 알았다. 그중 제일 잘하는 건 중국어였다. 대륙에서 여러 나라 말은 마른 바람에 섞여 뒹굴었다. 몇몇은 사막의 뼈다귀처럼 깡마르고, 쓰는 사람이 거의 없는 말들이었다. 그녀는 말들이 일으키는 먼지 바람을 온몸으로 맞으며 자랐다. 때론 굳건하게, 그보다는 자주 흔들리며 말이다. 훗날 한국에 왔을 때, 명화는 자신이 발음하는 게 조상들의 말이 아닌, 단순히 타지 사람이 쓰는 '노동자의 언어'일 뿐이라는 걸 점점 깨우쳐갔다. 소리와 억양이 환기시키는, 어떤 냄새에 대해서도. 죽어도 완벽해질 수 없는 딴 나라말의 질감에 대해서도 명화는 알아갔다. 나라는 부유해지고 개인은 자꾸 가난해지던 시절, 돈을 벌기 위해 밤배를 탄 이후의 일이다. 밀항선에 실려 자신의 운명이 어딘가로 배달되는 기분이 들던, 세계의 기온보단 명화의 체온이 조금 더 높던 봄밤이었다. 명화는 곁에 누운 동생의 얼굴을 뚫어져라 쳐다봤다. 순수를 모르는 순수. 청춘을 모르는 청춘. 저도 그리 속된 사람이 아닌 줄 모르고 명화는 잠든 려화의 얼굴을 빤히 봤다. 그리고 자신이 그 아이의 얼굴을 사랑하고 있다는 걸 알았다. 조선족이라 해서 다 가난한 건 아니었다. 그중에도 유학을 가고 사업을 하고 명품을 사는 이들이 있었다. 아울러 밀항을 하고 장기를 팔고 결혼 시장에 나오는 사람들이 있었다. 그건 한국도 마찬가지였다. 명화는 그중 후자에 속했다.

자매가 처음으로 정착한 곳은 경기도에 있는 한 골프장이었다. 명화는 골프장의 직원 전용 식당에서 설거지를 했다. 식판에 눌어붙은 밥풀이 녹아버릴 정도로 독한 세제를 쓰고, 물로 두어 번밖에 헹구지 않는 어둑한 부엌에서, 하루 종일. 명화가 먹는 밥도 그 식판에 담겨 나왔다. 이런 밥, 1년만 먹으면 골병들겠다는 아주머니들의 농담에 같이 웃으며, 그녀는 고무로 된 앞치마에 장화를 신고 한국 사람들의 밥그릇을 씻었다. 그리고 밤이면 동생과 비스듬히 누워, 두 사람만 알 수 있는 중국말로 속삭이다 잠들어버리곤 했다. 그들의 목소리엔 천진함과 피로, 어렴풋한 두려움과 희망이 섞여 있었다. 그런데 어느 날, 같이 일하던 동생의 눈에 강염기성 세제가 튀었다. 스무 살이 안 된 려화는 한쪽 눈이 멀었다. 그녀는 아무런 보상을 받지 못한 채 중국으로 떠났다. 그녀를 고국으로 돌려보내는 데 든 빚은 고스란히 명화 앞으로 남겨졌다. 동생을 배웅하고 오는 길, 명화는 골프장이 아닌 서울을 향해 발걸음을 돌렸다. 그리고 그때부터 그녀의 품팔이 인생이 시작됐다. 찜질방 청소, 발 마사지, 가정부, 서빙, 모텔 청소……
명화가 안 해본 일은 거의 없었다. 고용주는 망설이는 척하면
서 낮은 임금의 노동자를 반겼다. 명화는 버는 돈의 3분의 2를
고향으로 보내며 근면하고 검소한 생활을 꾸려나갔다. 용대
를 만났을 즈음, 명화의 얼굴은 실제보다 더 늙어 있었다.

용대는 성북동 기사 식당에 자주 들렀다. 오직 명화를 보기
위해서였다. 돼지불고기 백반이 유명한 가게였는데, 나중에
는 그것만 하도 먹어 토할 지경이었다. 용대는 부평이나 구리
에 있다가도, 끼니때면 꼭 차를 몰고 성북동에 갔다. 잔돈도
그 집에서만 바꾸려 했다. 수저질하는 내내 땀을 뻘뻘 흘리는
용대의 모습은 명화가 아닌 누구의 눈에라도 쉽게 띌 수밖에
없었다. 용대는 명화에게 말을 걸고 싶어 했지만 마땅한 구실
을 찾아내지 못했다. 그러다 어느 날, 퇴근 후 파김치가 돼
걷고 있는 명화를 발견했고, 자동차 속도를 늦춰 그녀 곁에
바싹 따라붙었다. "어디 가요? 내 태워줄게." 명화는 몇 번
사양하다 너무 피곤했던 나머지 넉살 좋은 단골손님의 호의
를 받아들이고 말았다.

택시 경력 5년이 넘는 용대는 서울의 괜찮은 식당을 속속
들이 알았다. 처음에는 유명해지고 다음에는 천박해져버리는
음식점이 아니라, 허름하고 보잘것없지만 맛 하나만은 단정
한 그런 집들을 말이다. 용대는 명화를 맛집에 자주 데리고
다녔다. 명화는 새삼 음식의 풍미가 주는 즐거움에 설레어 했

다. 맛있는 음식을 먹으며 '아!' 하고 짧은 탄성을 지를 때마다, 명화는 묵혀뒀던 삶의 감각이 하나둘 깨어나는 느낌을 받았다. 그들은 노래방에서 맥주를 마시고, 덕수궁을 걷고, 액션 영화를 봤다. 사람들은 이따금 조선족 특유의 말투를 듣고 이들을 힐끔거렸다. 명화는 용대에게 상냥했다. 어쩌면 명화도 외로운 객지 생활에 지쳐, 용대와 시간을 때우고 있는 건지 몰랐다. 사람들은 둘 사이를 수군거렸다. 아무리 불법체류자라지만 참한 처자가 열 살 이상 차이 나는 별 볼 일 없는 남자와 만나는 건 뭔가 문제가 있기 때문이 아니겠냐고.

어느 날, 용대는 명화에게 물었다. 그동안 혹시 해보고 싶은 게 있었느냐고. 명화는 고민하다 카페에 가고 싶다고 했다.

"카페요?"

그녀는 멋쩍어하며 "여기 젊은 사람들이 가는 그런 카페요"라고 답했다. 용대는 그제야 자기가 한 번도 그녀를 그런 곳에 데려간 적이 없다는 걸 알았다. 일부러 그런 게 아니고 몰라서였다. 다방이나 통기타 가수가 나오는 라이브 찻집을 제외하고 용대도 카페에 가볼 일은 거의 없었다. 그는 여느 택시 기사들처럼 자판기 커피를 입에 달고 살았다. 용대는 새삼 명화가 젊다는 걸 깨달았다. 서른두 살, 그닥 매끈하지 않은 몸에 피곤해 보이는 얼굴이지만 그래도 한창 나이라는 것을.

크리스마스 날, 용대는 명화와 카페에 갔다. 젊은 사람들이 가는 곳. 그런 곳이 어딜까 궁리하다 홍익대학교 근처의 찻집이 좋을 성싶었다. 그곳은 은은한 조명에 크고 작은 미술 작품들이 걸린 지하 카페였다. 가게 안에는 재즈풍의 피아노곡이 흘러나왔다. 두 사람은 카페 한가운데에 자리를 잡았다. 남은 좌석이 그것밖에 없어서였다. 용대는 긴장한 채 주위를 둘러봤다. 들어올 때부터 오금이 저렸는데 자리에 앉으니 더했다. 용대는 그 안에서 가장 나이가 많아 보였다. 명화 역시 거기 있는 사람들 중 가장 수수하고 촌스러운 차림이었다.

"주문하시겠어요?"

평소 같으면 넉살 좋게, 한쪽 팔을 소파에 걸치며 '냉커피 주세요, 미사리 스타일로다가'라고 말했을 텐데. 용대는 다양한 커피 메뉴를 보고 당황해 녹차를 시켰다. 명화는 아이스크림을 주문했다. 어색하고 불편한 시간이 흘렀다. 용대는 자기에게 조금만 더 언변이 있었으면 하고 바랐다. 대화를 주도한 건 명화였다. 차분하고 아늑하게. 가끔은 질경이처럼 푸르고 질기고 흔한 웃음을 터뜨리며. 용대는 이날, 명화가 장녀라는 것, 부모와 어린 동생들을 그녀가 거의 먹여 살리고 있다는 것과 한쪽 눈이 먼 려화 얘기를 들었다. 명화는 용대에게 고향을 왜 떠났냐고 물었다. 용대는 꾸물대다 좀더 넓은 세상을 경험하고 싶어서라고 둘러댔다. 점원이 다가와 이들에게 종이 한 장을 내밀었다.

"오늘 이벤트 하고 있거든요. 빙고 게임 아시죠? 손님들 중 제일 먼저 맞히는 분께 선물로 몬테스 알파 한 병 드려요.

종이 드릴까요?"

용대와 명화는 서로의 얼굴을 쳐다봤다. 그러고는 동시에 고개를 끄덕였다. 빙고 게임 같은 것, 하고 싶지 않지만 왠지 그 안의 규칙을 따라야 할 것 같아서였다. 카페 안은 술렁였다. 삼삼오오 모여 앉은 탁자 위로 사람들 머리가 둥글게 모아졌다. 용대는 종이를 한쪽에 치웠다. 그러고는 소란스러운 곳에 괜히 왔나 후회했다. 곧 점원의 낭랑한 목소리가 들렸다.

"자, 이제 숫자 부릅니다. 첫번째는 7!"

사람들이 숫자를 지우려 허리를 수그렸다. 여기저기서 웃음소리가 얕게 터져 나왔다.

"13!"

용대는 손바닥에 밴 땀을 바지춤에 닦았다.

"저기 명화 씨. 이런 말 하긴 좀 이르다는 걸 알지만……"

명화가 눈을 동그랗게 뜨고 용대를 바라봤다. 용대는 녹차를 마시려다 이미 다 먹은 걸 알고 관두었다.

"25!"

그렇게 약 10여 개의 숫자가 나오는 동안, 용대는 아무 말도 하지 못했다. 명화는 종이 위에 무심히 자기만 알아볼 수 있는 낙서를 했다. 온통 한자라, 내용이 몹시 궁금했지만 용대는 물어보지 못했다. 명화는 이제 막 프러포즈를 하려고 하는 남자의 초조를 헤아리며 그의 결정을 예의 바르게 기다리고 있었다. 용대는 카페 분위기가 낯설어 어쩔 줄 몰라 했다. 그래도 그날, 용대는 그 카페에서만은 세상에서 가장 늙은 사람이 되어, 한 여자를 바라보고 있었다. 카페 안의 사람들이 일제히 머리 숙여 숫자를 지우는 동안, 허리를 세운 채 서로의 눈을 바라보고 있던 커플은 그 순간 오직 용대와 명화밖에 없었다.

"23!"

결국 용대는 못 참겠다는 듯 입을 뗐다.

"저기 괜찮다면 나랑……"

명화가 기대에 찬 눈으로 용대를 바라봤다.

"네?"

"그러니까 나랑……"

명화가 마른침을 삼켰다. 용대가 가까스로 용기 내 말했다.

"여기서 나가죠."

그것은 명화가 예상한 말이 아니었다. 그렇다고 용대가 하려던 말도 아니었다.


용대는 카세트 듣기를 멈추고 라디오를 튼다. 중국말 공부가 지루해진 참이다. 용대가 좋아하는 개그맨이 진행하는 프로그램에서 옛날 노래가 흘러나온다. 최호섭의 「세월이 가면」이다. 용대는 앞차가 빠져나간 자리로 슬슬 이동하며 오래전 홍대에서 수색까지 태운 손님을 떠올린다.

"아저씨, 볼륨 좀 높여줄 수 있으세요?"

그날, 여자 손님은 술에 취해 불콰해진 얼굴로 종알거렸다.

"이 노래, 제 옛날 애인이 참 잘 불렀거든요."

"아, 네."

하루 열네 시간. 택시를 몰며 다양한 사람을 만났고, 많은 얘기를 들었다. 한 번 보면 다시 안 볼 사람들이라 의미 없이 오가는 대화가 많았지만. 이따금 기억에 남는 말들이 있었다. 도시 곳곳에는 한쪽 손을 번쩍 들어 택시를 잡은 뒤, 술에 취해 아름답고 어그러진 말들을 차비처럼 내려놓고 가는 사람들이 있었다. 때론 두서없고 엉뚱한, 어느 때는 철렁하고 알 수 없는 말들을 반짝이는 동전처럼 흘리고 가는 이들이. 무례한 사람이야 그보다 많았지만. 그중 어떤 말은 용대의 마음을 흔들었다. 물론 용대는 알고 있었다. 택시 안에서는 기사도, 손님도 거짓말을 한다는 것을. 교육받으러 온 사람의 30퍼센트가 한 달 안에 그만두고, 2, 3개월이 되면 절반 이상이 그만두고, 6개월 후에는 한두 사람밖에 안 남는 회사에서, 같은 기사들끼리도 거짓말을 한다는 것을. 자기 위치가 초라할수록 풍선처럼 커다랗게 허풍을 떤다는 걸 말이다. 풍선 끝 부력에 매달린 사람들은 둥실둥실, 어딘가 불안해 보였다. 택시 기사들이 손님을 떠올리는 중요한 방식 중 하나는 동선이었다. 이를테면 '어디에서 어디까지' 구두 수선공이, 안마사가 그렇듯 사람을 알아보고 기억하는 직업적 감각이었다. 일산으로 가든, 잠실로 가든, 답십리로 향하든 사람들은 곧잘 허황된 말을 했다. 이상한 점은 금방 들통 나리라는 걸 알면서도 그들이 그런 말하기를 멈추지 않는다는 거였다. 자기가 안기부 간부라고 으스대던 중년은, 앞차가 급브레이크를 밟자 "저 새끼, 차 세워!"라고 한 뒤 '남바'를 적으라고 요란을 떨었다. 물론 그가 안기부 직원일 리 없다는 건 단번에 알 수 있었다. 모 은행 지점장이라고 밝힌 남자는 "아저씨, 그거 벌어, 먹고살 만해요?"라고 얄궂게 굴었다. 그러고는 막판에 돈이 모자란다며 계좌번호를 불러달라고 했다. 하루에 수십 통의 전화를 해, 밀린 요금을 받는 데는 2주가 넘게 걸렸다. 거스름 돈 백 원을 건네자, 말도 안 하고 차문을 쿵 닫아버리는 사람들의 무례도 흔한 일이었다. 그래도 간혹 호기심을 일으키는 손님들이 있었다. 얼마 전 종로에서 노원까지 태운 사내가 그랬다. 그는 술에 취해 중얼거렸다. 아내가 몸에 좋다고 이상한 플라스틱이 잔뜩 든 세라믹 베개를 사 왔는데, 잘 때마다 바스락거린다고. 그래서 요즘 계속 시끄러운 꿈을 꾼다고. 아내는 왜 자꾸 그런 걸 사 오는지 모르겠다고. 차에서 내릴 때까지 그는 그 말만 반복했다. 대학로에서 조명 일을 한다 했던가? 택시비가 없는데 인형을 대신 받아주면 안 되겠냐고 말한 총각도 애교가 있었다. 그리고 그날, 「세월이 가면」을 크게 틀어달라고 한 아가씨도. 용대는 아가씨의 요구대로 라디오 소리를 켰다. 옛날 노래 특유의 덤덤해서 애달픈 소리가 택시 안에 퍼졌다. 세월이 가면 가슴이 터질 듯한 그리운 마음이야 잊는다 해도.

"아, 좋다."

그녀는 창문을 연 뒤 눈을 감았다. 그러곤 잠자코 앉아 노래를 들었다. 그녀의 긴 머리가 바람에 펄럭였다. 그녀는 운전석을 향해 상체를 기울이며 말했다.

"아저씨. 제가 저번에 택시에서 굉장히 좋은 노래를 들었거든요. 완전 감동적인. 근데 노래가 끝나기 전에 집에 다 와서 내려야 되는 거예요. 무슨 클래식인가? 처음 듣는 연주곡이었는데, 나 그런 거 하나도 모르는데, 그래도 좋은 거예요."

용대는 백미러로 여자의 얼굴을 흘깃거렸다.

"인간들은 참 신기해요. 그런 걸 다 만들어내고."

이십대 후반쯤 됐을까? 유행을 타지 않는 옷이 단정하지만, 낯빛이 거무죽죽한 걸 봐서 간이 안 좋은 듯했다. 1년에도 몇 번씩 저렇게 만취돼 택시를 타리라. 얼마간 교육받은 여자의 말씨, 그러나 조금 감상적인 성격을 갖고 있는 손님. 그래서, 「세월이 가면」을 잘 불렀다는 그 남자, 간이 나빠 보이는 이 여자의 옛 애인은 잘 지내고 있을까? 어쩌면 한 번쯤 용대가 태운 사내일지도 모르리라. 용대는 아가씨가 토를 하지 않을까 걱정했다. 사흘 전에도 시트에 밴 토 냄새가 안 빠져 일을 못 했다.

"그러니까 제 말은요. 그렇게 우연히 노래랑 나랑 만났는데, 또 너무 좋은데, 나는 내려야 하고, 그렇게 집에 가면서,

나는 그 노래 제목을 영영 알지 못하게 되겠구나 하는 생각이
드는 때가 있다는 거예요."
용대가 물었다.

"그럼 다 듣고 내리지 그랬어요."
그녀는 나이답지 않게 온화한 미소를 지으며 답했다.

"그런데 감동적인 음악을 들으면요, 참 좋다, 좋은데, 나는
영영 그게 무슨 노래인지 알 수 없을 거라는, 바로 그 사실이
좋을 때가 있어요."

"……"

그때는 그러려니 했는데. 이따금 그 아가씨 말이 떠올랐다.
무슨 말인지 모르겠지만 이해할 수 있을 것 같던 기분이. 어
쩌면 명화, 그렇게 잠깐 살고 만 북쪽 여자도 용대에겐 끝까
지 제목을 알 수 없는 노래가 아니었을까. 다 듣고 내리지 못
한 노래. 생각도 잘 안 나면서 잊을 수 없는 음악 말이다. 명
화는 많은 질문을 남기고 떠났다. 용대가 섭섭한 것은, 그녀
역시 자기에 대해 충분히 알지 못한 채 가버렸다는 거다.

구애는 종로타워 꼭대기에 있는 레스토랑에서 이뤄졌다.
연인들이 프러포즈를 하기로 유명한 데였다. 용대도 오고 가
며 눈으로만 봤지 들어가보기는 처음이었다. 하지만 갤러리
카페에 갔을 때보다는 여유가 있었다. 메뉴를 고르고 종업원
을 대하는 태도는 서툴렀지만, 용대는 명화를 이런 곳에 데려
왔단 사실에 가슴 벅찼다. 서울 한복판, 도시의 중심에서 거

리를 내려다보며 이들은 비프스테이크를 먹었다. 명화는 어딘가 울적해 보였다. 식당 일이 고된지 얼굴이 예전보다 더 푸석했다. 용대가 디저트를 오물거리는 동안, 명화는 화장실에서 먹은 것을 게워냈다. 흰색 변기 위로 핏기가 채 가시지 않은 쇠고기 조각이 얇은 기름띠와 함께 둥둥 떠올랐다. 명화는 자리에 돌아와 후식을 드는 척했다. 용대는 망설이다 반지를 내밀었다. 그러곤 하나도 근사하지 않은 말투로 '나랑 삽시다' 했다. 명화는 탁자 위의 반지를 물끄러미 쳐다봤다.

결혼식은 없었다. 구청에서 도장만 찍었다. 보증인으로 기사 식당 아주머니와 H운수 정비부장이 나섰다. 살림을 차린 후, 용대와 명화는 수중의 돈이 다 떨어질 때까지 아무것도 하지 않고 반지하에서 살만 섞었다. 열에 달뜬 청춘처럼 새삼스럽게. 늙은 추방자들처럼 절박하게 말이다. 밥 먹다 안고, 잠결에 안고, 비 오면 안고, 해 지면 안고. 집 밥이 물릴 때면 짜장면이나 피자, 족발 같은 걸 시켜 먹으며 안고. 티브이를 보다 안고. 작대기로 때려도 절대 떨어지지 않는 뱀처럼 완강하게 서로 엉켜 있었다. 몸을 섞다 지칠 때면, 둘이 가만 벌거벗고 누운 채 지나가는 행인들의 발걸음을 쳐다봤다. 용대에겐 그 한 달이 자기 인생에서 가장 행복했던 시절이었다. 명화는 오랜만에, 한국에 와 처음으로 쉬는 느낌을 받았다. 고용주나 손님을 위한 시간이 아닌 온전히 자신에게 집중하

는 순간을 누렸다. 사랑을 하며 자기 몸이 자기 것으로 느껴
지는 기분도 좋았다. 그것은 너무 자명해, 서럽도록 생생한
감각으로 다가왔다. 용대는 아무 생각 없이 신혼의 단꿈을 즐
겼지만, 명화는 잠 든 신랑의 얼굴을 뚫어지게 쳐다보곤 했
다. 그렇게 꼬박 한 달을 살고 나니 돈이 바닥났다. 대부분의
임금을 고향에 송금해온 명화는 가진 게 없었다. 용대는 상경
후 비교적 근면하게 일했지만, 신혼집 전세금을 치러 여윳돈
이 없었다. 명화는 당분간 식당에 나가고 싶지 않다고 했다.
용대는 걱정하지 말라고 했다. 그는 다시 핸들을 잡았다. 택
시 회사란 언제나 시작할 수 있고 언제든 그만둘 수 있는 곳
이었다. 그 말은 다시 말해, 언제고 벗어나기 힘든 데라는 뜻
이기도 했다. G운수에선 전에 다닌 회사의 경력이 인정되지
않았다. 그건 대부분의 운수 회사도 마찬가지였다. 용대는 도
급 택시를 몰기로 했다. 선불로 10만 원을 내고, 그날그날 택
시를 빌려 쓰는 방식이었다. 몇 달 후 용대는 명화가 위암이
라는 걸 알았다.

　창밖, 택시 행렬이 조금씩 준다. 용대는 어느새 맨 앞줄에
와 있다. 이 시간, 강남 술집 앞은 차가 잘 빠지는 편이다. 어
깨동무를 한 채 휘청거리는 샐러리맨들이 보인다. 누군가는
골목에서 토를 하고, 몇몇은 늘씬한 아가씨들과 동행한 채 주
위를 살피고 있다. 어제는 내부순환도로를 세 번이나 타 재수

가 좋았다. 오늘은 요금을 제대로 못 찍었다. 상경 후 정말
할 게 없어, 딱 2, 3개월만 한다는 게 이렇게 됐다. 몸이 아
파 차를 세워둬도 자기 돈으로 사납금을 채워 넣어야 하고,
월차도 없고, 70에서 100만 원 선의 쥐꼬리만 한 월급을 주
는 곳이지만. 당장 현금을 만질 수 있다는 게 큰 매력이었다.
그리고 바로 그 점 때문에 게임방이나 경마에 빠지거나, 사채
를 쓰는 기사들이 많았다. 용대도 잠시 온라인 게임에 미쳐
있던 때가 있었다. 그는 피시방에서 고스톱을 치다 어머니 부
음 소식을 들었다. 어머니는 집을 뺏기고, 읍내에 있는 형네
얹혀 살다 화병이 나 돌아가셨다. 그리고 그 소식을 들은 순
간 용대는 깨달았다. 자신이 더 이상 고향에 내려갈 수 없게
됐다는 것을. 가고 싶어도 가지 못하게 됐다는 걸 말이다. 하
지만 용대는 장례식장에 갔다. 누가 알아볼까 상복도 못 입고
택시를 몰던 점퍼 차림 그대로 갔다. 용대는 병원 주위에서
한참 서성거렸다. 그래도 용기가 나지 않아 터미널 부근 포장
마차에서 소주를 마셨다. '한 잔만 더 하고 가자, 한 잔만'이
라고 한 게 네 병이 됐다. 포장마차의 영업이 다 끝날 즈음
용대는 자리에서 일어났다.

식구들은 뜨악한 눈으로 용대를 봤다. 아무도 용대에게 인
사를 건네거나 안부를 묻지 않았다. 용대는 비틀비틀 어머니
빈소로 향했다. 그리고 상주인 형이 만류하기도 전에 "엄마!"
하고 외치며 영정 사진 앞에 자빠졌다. 사진 속 노모에게 안

150

기기라도 할 모양새였다. 그 바람에 앞에 있던 향로가 엎어졌다. 아직 다 타지 않은 향불과 모래가 바닥에 어지럽게 쏟아졌다. 용대는 그 자리에 주저앉아 눈물과 콧물을 쏟아내며 아이처럼 울어댔다. 장정들이 그를 일으켜 세우려 했지만 용대는 몸을 비틀고 떼를 쓰며 진상을 떨었다. 다음 날, 큰형은 그에게 싸늘한 목소리로 말했다.

"내가 너라면 여기 안 왔다."

아내의 병이 깊어갈 즈음, 그는 식구들에게 다시 연락했다. 형제들은 그가 결혼한지 몰랐다. 그들은 보험금을 빼먹고 떠난 다방 여자와 명화가 비슷한 부류일 거라 생각했다. 그렇게 괜찮은 여자가 왜 용대 같은 남자랑 살겠냐는 식으로. 작은형은 대놓고 '네 전화를 받은 건 모르는 번호였기 때문'이라고 쏘아붙였다. 식구들에게 외면당한 뒤 용대가 찾은 건 먼 친척들이었다. 누군가는 완강히 거절했고, 누군가는 요령껏 몇십만 원을 쥐여주며 돌려보냈다. 어쨌든 명화는 죽었다. 병원비가 아니더라도 죽을 상태였으나, 천천히 죽지 못하고 좀 이르게 갔다. 나쁜 냄새를 풍기며. 바싹 쪼그라든 채.

서초동 S호텔 앞, 누군가 택시를 잡으려고 하는 모습이 보인다. 그는 호텔에서 같이 나온 아가씨의 허리에 손을 감은 채 뭐라 속삭이고 있다. 용대는 직감적으로 남자가 자신의 택시에 타리란 걸 안다. 그러다 실망한 게 한두 번이 아니고, 자기 손님은 따로 있다고 믿는 편이지만. 그들은 정말 이쪽을 향해 휘청휘청 걸어온다. 여자는 직업여성으로 보인다. 남자는 검은색 고급 양복을 입고 있다. 용대는 '어?' 하고 남자의 얼굴을 살핀다. 남자는 운전석을 확인도 하지 않은 채 대뜸 뒷좌석에 오른다. 차문이 열리자 차가운 바람이 훅 들어온다. 여자가 창밖에서 인사를 건넨다.

"오빠, 또 와. 알았지?"

여자의 향수 냄새가 운전석까지 풍겨온다. 남자는 웃으며 "에이, 알았어, 알았어"라고 말하며 차 문을 닫는다.

"어디로 모실까요?"

용대가 백미러로 남자의 얼굴을 다시 확인한다. 그러고는 자기도 모르게 크게 소리친다.

"너, 지훈이지? 맞지?"

뒷좌석에 비스듬히 앉아 있던 남자는 엉겁결에 자세를 바로 잡는다. 제 이름을 듣고 긴장하면서도 아직은 '누구지?' 하는 얼굴이다.

"예?"

"나야, 나. 용대 삼촌."

용대가 환하게 웃는다. 그 모습이 얼마나 주책없어 보일지 하나도 모르면서. 지훈은 그제야 정신을 차리고 어정쩡한 목례를 한다.

"아, 안녕하세요."

두 사람은 눈을 맞춘다. 짧은 순간, 그들 사이에 교차하는 감정은 서로 다르다. 용대는 한참 만에 보는 친척이 살갑지만, 지훈은 '이제부터 집에 가는 길이 아주 멀고 불편해지겠구나'라는 생각부터 한다. 게다가 조금 전 아가씨와 함께 있는 모습을 보인 게 신경 쓰인다.

"잘 지내시죠?"

"그럼. 너는?"

둘은 오촌지간이다. 용대는 지훈에게 당숙이지만 지훈은 어려서부터 그냥 삼촌이라 불러왔다. 용대가 작은집의 늦둥이라 이들의 나이 차는 많이 나지 않는다. 두 사람이 얼굴을 본 건 거의 1년 만이다. 지훈이 분가하기 전, 목동 아버지 집에 얹혀살 때의 일이다. 뒤늦게 퇴근을 하고 보니 거실에 용대 삼촌이 앉아 있었다. 지훈은 엉거주춤 용대에게 인사를 하고 작은방으로 들어갔다. 어머니는 배를 깎고, 아버지는 근엄한 얼굴로 불 꺼진 티브이만 바라보고 있었다. 지훈은 삼촌이 갈 때까지 방에서 나오지 않았다. 자기가 낄 분위기가 아니라는 판단에서였다. 그는 삼촌이 절망적인 표정으로 현관을 나설 때 한 번 더 목례를 했다. 그리고 나중에 삼촌이 돈을 꾸러 왔었다는 걸 알았다. "우리도 형편이 어렵다, 저 녀석도 분가 못 시키고 이렇게 한집서 살고 있지 않냐"며 아버지가 삼촌을 돌려보냈다는 것도. 용대는 그날 무릎을 꿇은 채 덥고 축축한 손으로 사촌 형의 손을 잡았다. 평소와는 다르게, 그러지 않으면 안 된다는 듯 손에 온 힘을 싣고. 아버지는 지훈에게 "그 새끼, 또 술 먹고 왔더라"며 혀를 찼다.

"집으로 가는 거지?"

"예? 예."

"목동! 7단지 맞지? 작년에 우리 거기서 봤잖아."

지훈은 난처해한다. 자기가 목동에 산 건 사실이지만 지금은 아니다. 그는 여기 유흥가에서 멀지 않은 도곡동에 산다. 비교적 여유가 있는 처가에서 아파트를 마련해줬기 때문이다. 하지만 삼촌이 너무 다정하고 자랑스럽게 얘기하는 통에, 또 지금 그보다 더 좋은 집에 살고 있다는 말을 꺼내기 어려워 "거기가 맞다"고 해버린다. "어떻게 기억하시냐"고 마음에 없는 추임새까지 넣어. 아버지가 자기를 핑계로 삼촌에게 돈을 주지 않은 사실을 알아 더 그랬다. 용대는 신이 나 차를 몰기 시작한다.

"담배 태워도 되지?"

용대는 담뱃불을 붙이며 형식적으로 묻는다. 담배 연기라면 질색이지만 지훈은 "그럼요" 하고 예의 바르게 답한다. 삼촌은 늘 이런 식이다. 잘은 모르지만 어릴 때 언뜻언뜻 본 느낌, 어른들의 얘기를 통해 새겨진 인상 그대로다. 창문 사이로 바람이 들어온다. 담배 연기가 밖으로 빠져나가지 못하고 차 안에서 회오리친다. 지훈은 눈썹을 추켜올리며 얼굴을 찌푸리지 않으려 애쓴다.

"야, 조카랑 같이 타니까 담배도 피울 수 있고 좋다."

여기서 목동은 먼데. 목동에서 도곡동까지 어떻게 가나 걱정이다. 그리고 그동안 삼촌과 무슨 얘길 나눠야 하나 싶다. 그간 용대에 관한 소식은 가끔 들었다. 고향을 떠났다는 것, 작은 할머니의 집을 날렸다는 건 오래전에 알았다. 택시를 몰다 얼마 전 결혼을 했다는 얘기도 들었다. 그 밖에 지훈이 삼촌에 대해 알고 있는 건 거의 없다. 그는 그저 먼 친척일 뿐이었다. 피가 섞였지만 살면서 별로 만날 일 없는, 도움도 피해도 주지 않을 사람. 아니 피해만 안 줘도 고마울 사람.

"요즘 바쁘지?"

용대는 음탕한 얘기라도 하듯 짓궂게 속삭인다.

"야, 검사는 한 달에 얼마 버냐?"

당황한 지훈이 겸손한 말투로 대답하려 노력한다.

"그냥, 생각보다 얼마 안 돼요."

창밖, 서양인 얼굴을 한 마네킹 커플이 한복을 입은 채 웃고 있다. 불경기라 그런지 거리는 평소보다 썰렁하다. 횟집 앞, 커다란 플라스틱 꽃게 모형이 보인다. 주부 노래 교실이 보이고, 불가마 사우나도 보인다. 넓고 장사가 안 되는 오리 고깃집에선 끝까지 남은 젊은 남녀가 천천히 섹스의 가능성을 재고 있다. 용대는 라디오 볼륨을 높인다.

"아, 당신은 얄미운 사람. 아, 당신은 야속한 사람."

핸들 위의 손가락이 까닥인다. 용대는 슬쩍 조카의 눈치를 본다. 집안의 긍지, 집안의 자랑, 집안의 수재, 지훈이 조카. 그러자 돌연 조카에게 잘 보이고 싶은 마음이 든다. 홍대에서 수색까지 간 아가씨가 했던 얘기 같은 거라면, 조카도 좋아하지 않을까 하고.

"인간들은 참 대단해. 이런 걸 만들어내고."

지훈은 딴생각을 하는지 말이 없다.

"그치?"

"네?"

"어?"

"조금 전에 뭐라고 말씀하셨어요?"

용대는 자기가 실수한 건 아닌지 걱정이다. 뭔가 멋있어 보이려 한 말인데 우스워져버린 것 같다.

"아니, 아무것도 아니야."

"제가 정말 못 들어서 그래요. 죄송해요. 뭐라셨는데요?"

용대의 얼굴이 빨개진다. 용대는 슬며시 트로트 노래가 나오는 라디오 볼륨을 줄인다.

"아니야, 어른들은 잘 계시니?"

사실 용대와 지훈의 집안은 사이가 좋지 않다. 어른들만 그런게 아니라 자손들도 그랬다. 지훈 쪽 가계는 조부 때부터 잘 살았다. 까막눈에 농투성이인 용대의 아버지가 지훈의 할아

156

버지를 뒷바라지해온 덕이다. 주어진 조건에 만족하며 산 용대의 아버지와 달리 지훈의 할아버지에겐 야망이 있었다. 용대의 아버지는 소 먹이고 쌀 판 돈으로 자기 형을 가르쳤다. 지훈의 할아버지는 대학 졸업 후 건설 회사에 다니며 승승장구했다. 한창 국토 개발 붐이 불어 일이 끊이지 않던 시기였다. 그는 늘 바빴고, 자리를 잡으면 동생을 돕겠다고 한 약속을 차츰 잊어갔다. 도리어 매년 개소주를 해서 가지고 올라오라는 둥, 친구들과 놀러 가는데 음식을 해놓으라는 둥 유세를 부렸다. 지게에 개소주를 인 채, 고속터미널 안 백화점에 쭈그려 앉아 있던 아버지를 보고 용대의 작은형은 속이 터졌다고 했다. 계급은 자식과 손자들에게도 세습됐다. 용대의 아버지는 교육에 관심이 없었다. 반면 용대의 두 형은 교육열이 높았지만 정작 자식들에게 '이런저런 쪽으로 가라'고 말해줄 만한 환경과 정보를 갖고 있지 못했다. 지훈은 명절 때마다 두 집안 사이에 흐르는 미묘한 신경전을 느꼈다. 대놓고 표현한 적은 없지만, 이쪽 집안은 저쪽을 은근 무식하고 천박하다 여겼고, 다른 쪽은 반대로 얌체 같고 재수 없다 생각했다. 그게 사실이든 아니든, 지훈네 집안에선 일종의 부드러운 오만함이, 용대네 쪽에선 열등감이 비치었다. 그리고 그 열등감에 정점을 찍는 것이 용대란 존재였다. 식구들은 용대를 창피해했지만 특히 큰집 식구들 앞에서 더했다.

몇 해 전 추석. 지훈은 사법고시에 합격해 홀가분한 마음으로 명절을 보내고 있었다. 친척들의 축하와 격려를 즐기며 살짝 피곤해하기도 하면서. 생전 안 가본 사돈의 팔촌집까지 순회했다. 그날 삼촌의 모습은 보이지 않았다. 삼촌이 추석 전날 만취해 차례에 오지 않는 건 몇 해째 있는 일이었다. 지훈은 아버지의 승용차를 타고 선산으로 향하는 중이었다. 터를 옮기고 단장을 한 후, 어른들이 아주 자랑스러워하는 곳이었다. 5대 할아버지 대부터 절을 올리며 층층이 계단식 묘를 내려올 때면 지훈에게도 경건한 자긍심이 들곤 했다. 그날은 유난히 더웠다. 구불거리는 비포장도로를 달리던 아버지가 갑자기 한쪽에 차를 세웠다. 앞에 아는 사람들 모습이 보였다. 길가엔, 다른 친척들의 자가용이 죽 세워져 있었다. 지훈은 차에서 내려 가족들과 함께 사람들이 모인 곳으로 갔다. 그리고 거기 용대 삼촌이 있었다. 불콰해진 얼굴로 논두렁에 처박힌 채. 큰 당숙의 당혹스러운 표정이 제일 먼저 눈에 띄었다. 큰 당숙은 용대 삼촌을 일으켜 세운 뒤 뭐라 나무랐다. 왜 술을 먹고 운전을 하냐, 논바닥에 빠졌으니 망정이지 죽기라도 하면 어쩌려고 그러냐, 뭐 그런 말들이었다. 용대 삼촌은 여전히 정신이 없었다. 당숙 몇 명이 오토바이를 끌어 올려 근처 교회의 앞마당에 세워뒀다. 사람들은 삼촌을 어떻게 할지 상의했다. 그러곤 일단 선산에 데려가기로 뜻을 모았다. 그곳에 내버려둘 수 없고, 취한 자손이라도 성묘를 가는 게 옳다고 생각해서였다. 용대는 지훈네 차를 타게 됐다. 거기 자리가 하나 비어서였다. 에어컨을 틀기는 뭣하고, 그렇다고 안 틀기도 애매하게 더웠던 날. 지훈은 여동생과 용대 삼촌 사이에 바싹 끼어 최대한 몸을 움츠리고 있었다. 삼촌과 살이 닿는 게 낯설고 불편해서였다. 하지만 차가 조금이라도 덜컹일 때면 삼촌의 어깨와 허벅지가 지훈에게 부딪혔다. 용대는 술냄새를 풍기며 지훈에게 말했다. 이번에 합격했다는 말 들었다고, 나는 네가 정말 자랑스럽다고. 그러면서 한 손으로 지훈의 손을 꽉 잡았다. 땀이 흥건한 게 축축하니 더운 손이었다. 지훈은 그때 삼촌 손의 촉감이, 그 뜨거움이 참 싫었다. 지훈에게 용대의 인상이란 그런 것이었다. 무더운 날, 눈치 없는 사람이 내미는 뜨거운 악수 같은 것. 용대는 선산에 도착할 때까지 지훈의 손을 놓지 않았다.

택시는 어느새 오목교로 접어들고 있다.

"야, 내가 친구들한테 내 조카가 검사라고 하면 아무도 안 믿는다. 다들 뻥 친다 그러고. 자기 조카는 대통령이라 그런다. 술자리서 한번 전화할 테니까 증명 좀 해줘."

"아, 네."

"야, 조카가 검사하니까 나 사고 쳐도 문제없겠다. 하하. 너 명함 있지? 하나 줘봐."

지훈은 양복 안주머니에 손을 넣어 명함을 꺼낸다. 스테인리스 소재에 감각적인 문양이 들어간 이탈리아산 명함집이다.

지훈은 만일을 대비해 갖고 다니는 다른 명함을 건넨다. 기종이 바뀌기 전의 휴대전화 번호가 적혀 있는 옛날 명함이다.

"애는 아직 없고?"

"집사람이 임신 중인데, 가을에나 나올 거예요."

"그래? 그래, 많이 낳아. 요즘은 애 숫자가 그 집 경제력이라잖아."

새벽 2시. 도시의 풍경이 황량하다. 택시 안은 그새 조용해진다. 지훈은 삼촌이 아내의 임신과 조금 전 호텔 앞 풍경을 연결시킬 거란 짐작에 언짢아진다. 머쓱한 침묵이 길게 이어진다. 지훈은 혹 자신이 무례해 보이지 않을지, 아랫사람답게 먼저 살가운 말을 건네야 하는 게 아닌지 신경 쓰인다. 지금까지는 삼촌이 물어오는 말에만 대답했다. 그래도 삼촌인데. 지훈은 모처럼 용기 내어 안부를 묻는다.

"참, 당숙모는 잘 계시죠?"

"……"

용대는 흘깃 백미러로 지훈을 바라본다. 둘 사이에 정적이 흐른다. 창밖, 커다란 수조에서 9,900원 중국산 광어가 몸을 튼다. 용대는 주저하다 태어난 이래 처음으로, 정말 삼촌다운 목소리로 부드럽게 대꾸한다.

"그러엄."

"결혼식에도 못 가 뵙고 죄송해요. 나중에서야 알았어요."

"뭘, 나도 너 결혼할 때 못 갔는데. 저기서 우회전 하는 거

맞지?"

지훈은 익숙한 곳에 다다르자 새로운 감회를 느낀다. 조경이
단정해 다른 곳보다 비쌌던 곳. 이곳에서 학교에 다니고, 산
책을 하고, 쓰레기를 버리고, 취중에 노상방뇨를 했던 기억이
난다.

"저기 놀이터 앞에서 세워주세요."

용대가 능숙한 솜씨로 차를 세운다. 지훈이 지갑에서 만 원짜
리 두 장을 꺼낸다.

"됐어, 됐어. 만 원만 줘."

지훈은 어깨를 움츠리며 용대에게 꾸벅 인사한다. 입에서 허
연 입김이 나온다.

"살펴 가세요."

"들어가. 아버지한테도 안부 전하고. 연락할게."

용대가 불쑥 차창 너머로 악수를 청한다. 운전석에서 먼 탓에
아주 불편한 자세다. 지훈은 엉덩이를 내민 채 손을 뻗은 후
축축한 용대의 손을 잡는다. 그러곤 상하로 어설프게 몇 번
흔든다. 택시는 7단지 입구를 빠져나간다. 지훈은 아파트로
들어가는 척하면서 재빨리 화단의 나무 뒤로 쏙 숨는다. 용대
가 사라질 때까지 기다렸다, 도곡동으로 돌아갈 계획이다.
용대는 횡단보도 앞에서 긴 신호를 기다리고 있다. 지훈은
그렇게 나무 뒤에 붙어, 용대가 사라질 때까지 바싹 웅크리
고 있다.

용대는 7단지 근처의 편의점 앞에 차를 세운다. 조카를 내려준 후 담배 생각이 나서였다. 가면서 피울 수도 있지만, 왠지 그러고 싶지 않았다. 마침 편의점 근처 커피 자판기가 눈에 띄었다. 용대는 커피가 나오는 동안 담배에 불을 붙인다. 교대 시간이 가까워졌는데, 오늘도 선금으로 치른 사납금을 채우지 못했다. 용대는 밀크 커피를 홀짝이며 최대한 천천히 담배를 빤다. 그러다 저기, 누군가 멀리서 택시를 잡고 있는 모습을 본다. 차가 잘 안 잡히는지, 추워서인지 사내는 종종대고 있다. 재빨리 유턴하면 용대가 태울 가능성도 있다. 용대는 장초를 밟아 끄고 택시로 향한다. 그러다 순간, 멈칫하고 황급히 골목 안으로 들어간다. 그 사내가 마치 자기 조카처럼 보였기 때문이다. 용대는 가로등 하나 없이 캄캄한 골목 안에 몸을 숨긴다. 그러곤 조카가 탄 택시가 보이지 않을 때까지 오래도록 거기 숨어 있는다.

빈 택시 안, 빙글빙글 돌아가는 테이프 소리가 고적하다. 용대는 허기진 표정으로 '워 더 쭈어웨이 짜이날'을 반복 청취한다. 조금 전, 지훈이 아내의 안부를 묻는 통에 명화 생각이 났다. 신혼 초, 질경이같이 흔하고 푸르던 그 여자는 악을 쓰며 조그맣게 줄어갔다. 나중에는 깃털처럼 가벼워 무게가 안 느껴질 정도였다. 그들 부부는 병원비를 대기 위해 전세에서 월세로 옮겨 다녔고, 나중에는 구로 어디에 있는 관(棺)처럼 작은 방에 살아야 했다. 한밤중 명화가 비명을 지를 때면, 옆방에서 외국어로 된 욕설이 들려왔다. 그것은 베트남 욕일 때도 있고, 방글라데시 혹은 러시아 욕일 때도 있었다. 용대는 명화를 좋아했다. 그리고 할 수 있다면 계속 좋아하고 싶었다. 하지만 가끔은 명화도 자길 정말 좋아하는지 의심이 돼 견딜 수가 없었다. 친척들에게 문전박대당한 뒤 용대는 택시 기사들에게 돈을 꾸러 다녔다. 나름 친하다고 여겨온 사람들이었다. 누군가는 피했고, 누군가는 미안하다 말했다. 간혹 혀를 차며 충고하려 드는 이도 있었다. 그 여자, 처음부터 뭔가 이상하지 않았냐. 비자도 없고 돈도 없고 갈 데 없고 병드니까 너한테 붙은 거 아니야. 지금이라도 헤어져라. 용대는 그들에게 바보 취급당했다. 처음에는 말도 안 되는 소리라고 무시했지만, 자꾸 듣다 보니 사실인 것 같았다. 한 날 용대는 술을 억병으로 마신 뒤 명화의 목덜미를 움켜잡았다. 아내의 끊임없는 신음과 뒤척임에 지쳐가던 때였다. 너 진짜 몰랐냐. 다 알고 시집온 거 아니냐. 그게 아니면 니가 나 같은 놈을 왜 만났겠냐. 내가 그렇게 만만해 보였냐. 뒤지려면 혼자 뒤지지 누구 인생을 조지려고 그러냐. 명화는 아무 저항도 변명도 하지 않았다. 그저 순한 아이처럼 무기력하게 용대의 바짓가랑이에 토를 했다. 용대는 눈이 뒤집어져 "이게 정말?" 하고 언성을 높였다. 그러고는 그대로 주저앉아 아이처럼 꺼억 꺼억 울기 시작했다. 불명확한 발음으로 상욕을 내뱉으며. 자길 속인 여자. 이용한 여자. 끝까지 순진한 척하는 여자. 이 나쁜 여자를, 살리고 싶다, 생각하면서.

용대는 그녀가 자길 정말 사랑했는지 여전히 궁금해한다. 명화가 죽은 뒤, 용대는 병자의 악취가 남은 쪽방에서 며칠 동안 웅크린 채 지냈다. 다시 시골로 내려가 큰형 공장 일이나 도우며 살까 했지만 그럴 수 없었다. 그렇다고 서울에 있고 싶지도 않았다. 하루하루가 의미 없이 지나갔다. 용대는 사흘간 아무것도 먹지 않고 방 안에 누워 있었다. 그리고 명화 물건을 정리하다 이상한 꾸러미를 발견했다. 오래전, 아내가 선물해준 거였다. 용대는 얕은 시사 상식을 이용해 틈만 나면 한국을 욕했다. 괜히 정치 얘기를 하다 손님과 말싸움이 붙는 일도 흔했다. 용대는 아는 사람이 중국에 가 큰돈을 벌었다는데, 자기도 그러면 어떨까 했다. 명화 씨랑 같이 가면 걱정 없겠다 능청을 떨면서. 이참에 나도 중국어나 배워볼까 맘에 없는 말을 했다. 명화는 눈을 반짝이며 정말이냐고 물었다. 용대는 별 뜻 없이 그렇다고 했다. 명화는 용대가 자기 나라말을 배우려 한다는 데 진심으로 감동하는 눈치였다. 그녀는 그러려면 용대 씨도 기본적인 몇 마디는 할 줄 알아야 한다며, 중국어 공부를 권했다. 한창 잘 보이고 싶던 때라 용대도 얼떨결에 고개를 끄덕였다. 그렇게 잊고 지나갔는데, 명화가 종종 진도를 물어오는 통에 당황한 적이 한두 번이 아니었다. 얼마 후, 명화는 그에게 녹음테이프를 한가득 내밀었다. 한 문장씩 자기가 직접 녹음한 거라고 했다. 억지로 하지 말고 노래처럼 들으라고. 그러다 보면 귀에 익어 따라 하게 될 거라고. 이걸 다 외면 백 문장 정도는 술술 읊을 수 있을 거라 했다. 용대는 명화와의 데이트에 요긴하겠다 싶어 테이프를 들었다. 하지만 그것도 며칠뿐이었다. 결혼 후, 용대는 그런 게 있었단 사실도 잊고, 테이프를 검은 봉지에 담아 처박아뒀다. 그런데 아내가 세상을 뜨고 얼마 지나지 않아 불현듯 그게 눈에 들어온 거였다. 얼마 뒤 용대는 다시 회사에 나갔다. 그리고 출근할 때마다 집에 있는 테이프를 한 개씩 가지고 나왔다. 테이프는 순서 없이 섞여 있었다. 용대는 그중 아무거나 일단 손에 잡히는 대로 챙겨왔다. 오늘 배울 문장이 무엇인지 내일 외울 단어가 무엇일지는 용대도 알지 못했다. 그런데 그가 고른 첫번째 테이프에서 다음과 같은 말이 흘러나왔다.

"런스 니 헌 까오씽(认识你很高兴)."

용대는 무심하게 따라 했다.

"런스 니 헌 까오씽."

이어, 명화가 한국말로 말했다.

"당신을 알게 되어 기쁩니다."

용대도 그 말을 따라 했다.

"당신을 알게 되어 기쁩니다."

테이프는 같은 말을 되풀이했다. 명화가 한마디 하면 용대가 한마디 하고. 용대가 서투르게 몇 문장 외면 명화가 똑같이 답해주는 식이었다. 용대는 아무렇지 않게 반갑다는 말을 계속 따라 했다. 그러곤 테이프 한 면이 다 돌아갔을 즈음 갑자기 핸들에 머리를 박은 채 대로변에서 엉엉 울어버리고 말았다.

그 후, 용대는 몇 개의 테이프를 더 들었다. 짜이 찌엔(再見), 안녕히 계세요, 명화가 한마디 하면. 짜이 찌엔, 안녕히 계세요, 따라 하고. 오늘 날씨가 참 좋군요, 하면, 오늘 날씨가 참 좋군요, 반복했다. 부용 딴신(不用担心). 걱정하지 마세요, 명화가 일러주면, 걱정하지 마세요, 용대도 같은 말을 돌려줬다. 핸들을 잡은 손 위론 계속 땀이 배어났다. 용대는 4성조 사이를 헤매며 셔츠에 손바닥을 자주 문질렀다. 그렇게 명화와 말을 주고받는 용대의 모습은 마치 남들과 전혀 다른 포크댄스를 추고 있는 소년처럼 보였다. 하지만 용대는 알고 있었다. 그렇게 그 여자 나라말을 외면서, 한 번도 가본 적 없고 어쩌면 앞으로도 영영 못 가볼 나라의 말을 하면서, 자신이 차츰 나아지고 있다는 것을.

겨울밤. '빈 차' 등을 밝힌 택시들이 긴 불빛을 그으며 날아다닌다. 개개의 사연과 얘기, 그리고 노래를 실은 도시의 나비 떼가. 용대는 손님이 없나 창밖을 살피며 차를 몬다. 새벽

녘 바람은 더욱 차가워진다. 용대는 알 수 없는 한기를 느낀다. 작년에 비가 엄청 왔을 때, 압구정에서 인천공항까지 가자고 한 손님이 있었다. 비행기가 곧 뜬다고 최대한 빨리 달리자 했던 손님이. 용대는 속도를 높여 질주했다. 그런데 이상하게 그날 공항도로에 차가 한 대도 없었다. 날은 흐리고, 대교를 하나 넘어 시속 80킬로미터로 달리는데, 차가 휘청휘청거렸다. 앞도 잘 안 보이고, 그 넓은 도로에 자기가 모는 택시밖에 없고, 그렇게 무서울 수가 없었다. 용대는 문득 '무섭다'는 말은 중국어로 뭘까 궁금해졌다. 그런 말도, 아내가 준 테이프 속에 있을까 하고. 만일 있다면, 그걸 녹음하는 동안, 그 말을 가르쳐주기 위해 아내는 대체 '무섭다'는 얘길 몇 번이나 해야 했을까 하고. 자기 역시 몇 번을 반복해야 그 말을 외울 수 있을까 하고 말이다.

택시는 24시간 감자탕집을 지난다. 재개발 단지의 가림막과, 녹색등이 켜진 야간 진료소, 퇴락한 스탠드바와 편의점을 지난다. 용대는 속도를 조금 더 낸다. 담배를 파는 애완견 센터가 보이고, 목 잘린 두상들이 진열된 미용 재료 가게, 속옷 도매 마트와 만물상이 보인다. 그리고, 빙글빙글 돌아가는 테이프의 운동. 보는 사람이 없는데도 용대는 더듬더듬 어색하게 중국말을 따라 한다.

"워 더 쭈어웨이 짜이날?"

"제 자리는 어디입니까?"

테이프가 철커덕 소리를 내며 저절로 뒷면으로 넘어간다. 짧은 사이. 명화의 목소리가 들린다.

"리 쩌리 위안 마(离这里远吗)?"

"여기서 멉니까?"

용대는 조그맣게 "리 쩌리 위안 마?"라고 중얼거린 뒤 액셀러레이터를 밟는다. 겨울밤. 아무도 신경 쓰지 않는 약속처럼, 나뭇가지에 끝끝내 매달려 있는 은행 몇 알이 방금 막 지나간 택시를 굽어보며, 떨어지지도 썩지도 못한 채 몸을 떨고 있다.

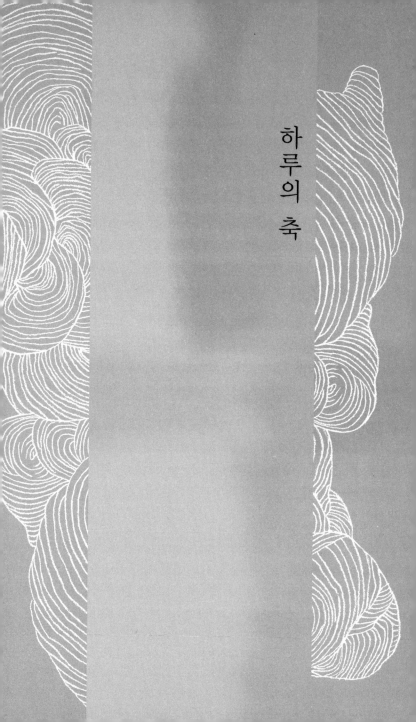

하루의 축

*

　새벽. 평소보다 일찍 잠에서 깬 기옥 씨는 줄기차게 천장만
바라보다 부엌을 향해 모로 누웠다. 그러곤 다시 꼼짝 않고
어둠 속 한 점(點)을 응시했다. 동틀 무렵이라곤 하나 대낮
에도 볕이 들지 않는 기옥 씨네 집은 여전히 깜깜했다. 이 시
각 기옥 씨네 집에서 형체를 드러내고 있는 건 저기 식탁께서
빛나고 있는 빨간 불빛이 전부였다. 기옥 씨는 아까부터 그걸
보고 있었다. '보온'이란 글자 옆에 박힌 동그란 전원 표시등
이었다. 오래전에도 기옥 씨는 혼자 잠에서 깨 공장 식구들
틈에서 아무것도 할 수 없을 때면 이렇게 한참 밥통 불빛을

바라보곤 했다. 그러면 이상하게 차분하니 좀 쓸쓸해지면서 마음의 캄캄함을 견딜 수 있을 것 같아서였다. 밥통 불빛은 사람이 공복(空腹) 시 자신의 식욕으로부터 느끼는 거리와 비슷한 자리에서, 가까운 듯 멀고 또렷한 양 어슴푸레 빛났다. 누군가 발 디딘 땅이되 전체를 안아볼 수 없는 행성의 둘레로, 허기(虛氣)의 크기로, 마냥 그렇게.

알람이 울리자 기옥 씨가 자리에서 일어나 불을 켰다. 순간 메마른 형광등 아래로 한 가계의 남루와 수치가 한꺼번에 드러났다. 취향도 계통도 없이 어지러이 놓인 세간도 그렇고 애석하다 못해 어딘가 참혹한 느낌을 주는 기옥 씨의 머리도 그랬다. 몇 달 전부터 정수리에 숱이 줄기 시작했는데 이제는 손에 잡히는 게 얼마 안 될 정도로 휑뎅그렁한 상태가 되었다. 미장원에서는 흔한 스트레스성 탈모라 했지만 그걸 뭐라 부르든 오십대 중반의 여자가 감당하기 쉬운 증상은 아니었다. 기옥 씨는 베갯잇에서 무심히 머리카락 한 올을 떼어냈다. 그러곤 며칠 전 버스에서 마주친 여학생의 표정을 떠올렸다. 근처 정류장에서 여중생 무리가 왁자지껄 버스에 올라탔는데 그중 한 녀석이 기옥 씨를 보고 자기도 모르게 '어머' 소리를 낸 거였다. 그 아이는 한 손으로 입을 가리고 눈치를 살폈다. 하지만 짧은 신음 속에 담긴 탄식과 연민 그리고 경악의 감정은 고스란히 기옥 씨에게 전달됐다. 학생들은 서로 스마트폰을 들여다보며 뭔가 시시덕거리고 있었다. 그런데 방금 전 그 여중생이 눈썹 근육을 이용해 제 친구들에게 '이 여자 좀 봐' 하는 식의 신호를 보냈다. 딴에는 악의 없이, 보기 드문 광경이니 같이 보잔 뜻이었다. 이윽고 그때까지 창밖만 보던 기옥 씨가 찬찬히 고개를 들어 그 아일 빤히 올려다보았다. 그러곤 책망도 질타도 아닌 투로 한마디 했다.

"뭐 그럴 것까지야."

창밖에서 익숙한 기계음이 났다. 용역 업체의 오토바이가 한겨울 사냥 나온 개처럼 가쁜 입김을 내뿜으며 가르랑거리는 소리였다. 기옥 씨는 커튼을 걷고 방 안을 환기시켰다. 골목에서 한 노인이 오토바이 뒤 칸에 쓰레기봉투를 싣고 있는 모습이 보였다. 곧이어 음식물 종량제 쓰레기봉투에서 새어 나온 구정물 냄새가 청량한 새벽 공기를 타고 기옥 씨네 집까지 들어왔다. 간밤, 잠을 설친 도시가 찌뿌둥한 얼굴로 기지개를 켜며 내는 구취(口臭)였다. 기옥 씨는 부엌으로 나와 홍화씨가 섞인 보리차를 반 컵 마시고, 보일러의 '온수' 단추를 눌렀다. 20년 넘은 보일러는 따로 독립된 공간이 아닌 부엌 한쪽에 설치미술처럼 걸려 있었다. 그게 거기 있음 안 되는데. 그게 거기 있음 안 된다고 생각하는 이들을 동정하고 나무라는 식으로, 난해하게. 기옥 씨는 티셔츠를 벗고 커다란 면 팬티만 입은 채 욕실에 쪼그려 앉았다. 집에 아들 녀석이 없는 데다 씻다 보면 옷이 젖어 하는 수 없었다. 어젯밤 빨아 놓은 브래지어는 안방 문고리에 걸려 있었다. 뽕도 와이어도 없는 게 뜻밖에 화려하기는 해 이름을 알 수 없는 이국의 꽃들이 무더기로 그려진 브라였다. 기옥 씨는 변기에 팔꿈치와 허벅지가 닿지 않도록 주의하며 세탁기 옆 공간에 쪼그려 앉았다. 그러곤 머리 위에 물을 끼얹으며 '영웅이는 지금 뭐하고 있을까……' 생각했다. 밥은 잘 먹고 있는지. 때리는 놈은 없는지. 보내준 것은 다 읽어보았는지…… 하고. 현관에는 기옥 씨가 모아놓은 폐지가 수북이 쌓여 있었다. 지면 곳곳이 네모나게 뻥뻥 오려져 있는 신문 조각들이었다. 이웃집 티브이에서는 한복을 입은 기상 캐스터가 '황금 연휴인 이번 주에는 고기압의 영향으로 전국적으로 맑고 쾌청한 날씨가 이어질 거'라는 소식을 전하고 있었다. 건넛집, 고속버스 터미널 매표소에서 일하는 스무 살 아가씨는 누렇게 뜬 얼굴로 양치중이었고. 옆집 젊은 아기 엄마는 어제 종일 은행 창구에서 '진상' 손님에게 시달린 탓에 전도 부치기 전에 녹초가 돼 있었다. 불편한 친척들을 피해 일찌감치 영업 나온 택시 기사나, 대목을 기다려온 이발사는 좀 나은 표정이었지만. 대부분의 사람들에게 명절이란 크게 반길 만한 일이 못 되는 듯했다. 그리고 그건 기옥 씨의 경우도 마찬가지였다. 오늘 같은 날에는 영종도로 사람들이 엄청나게 몰리니까. 그러면 기옥 씨가 할 일도 평소보다 몇 배로 늘어나게 마련이니까 말이다.

기옥 씨는 눈을 감고 뒤통수에 몇 번 더 물을 부었다. 머리 모양이 조금이라도 풍성해 보이기 위해 린스는 하지 않았다. 이윽고 기옥 씨의 흰 머리카락이 쪼르륵— 하수구 속으로 회오리쳐 나갔다. 지구가 자전하는 방향과 같은 쪽을 향해서였다. 세계는 전보다, 또 방금 전보다 푸르게 맑아지고 있었다. 예고도, 추가 수당도 없이 계속된 연장 근무에 급기야 공휴일인 오늘까지 백화점에 나가야 되는 위층 여자가 '이번에는 정말 그만둘까' 고민하며 끄응— 돌아누울 즈음. 밤새 오락을 하다, 우연히 관련 기사를 보게 된 그녀의 초등학생 아들이 '백화점 이 개새끼들' 하고 댓글을 다는 사이. 해가 뜨고 어둠이 물러가며 연휴의 첫째 날이 시작되고 있었다. 도시의 한산했던 도로 위론 어느새 피가 돌듯 차가 회전했고…… 기옥 씨네 골목 어귀에서도 새벽의 귓불을 퉁기고 가는 자전거 벨소리가 들려왔다. 추석이 내일이었다.

*

공항은 황금 연휴 동안 해외로 떠나려는 이들로 북적이고 있었다. 사람들은 세부로, 파타야로, 홍콩으로, 드물게는 팔레스타인이나 카자흐스탄, 이집트로 가기 위해 국제선 게이트에 모여 있었다. 천장이 높은 여객 터미널은 이들이 발산하는 엷은 홍분과 피로, 수다로 왕왕거렸다. 탑승동과 교통센터, 주차장도 마찬가지였다. 뉴스에서는 이번 명절에 해외로 나가는 사람이 45만 명에 이를 거라고 했다. 평일 인천공항 출국자가 3만 명쯤 되니 실로 어마어마한 규모였다.

하지만 이런 역동적인 풍경과 달리, 멀리 바깥에서 본 인천 공항의 모습은 고요하기만 했다. 공항 리무진 버스에서 소리가 소거된 채 나오는 연합뉴스 화면처럼 그랬다. 허허벌판 섬 한쪽에 외따로 핀 문명의 꽃이라 그런 듯했다. 현대의 복잡하고 거대한 시스템이 정적(靜的)으로 평화롭게 돌아갈 때, 그 무탈함이 주는 이상한 압도, 안심, 혹은 아름다움 같은 것이 공항에는 있었다. 사람들은 그걸 길게 뻗은 고속철도나 우아한 현수교, 송전탑에서도 느꼈다. 시커먼 타이어 자국이 밴 활주로 사이로 휘이— 시원한 가을바람이 지나갔다. 정차된 항공기들은 모두 앞바퀴에 턱을 괸 채 눈을 감고 그 바람을 느끼고 있었다. 어느 나라에서 불어와 어떤 세계로 건너갈지 모르는 바람이었다. 몇몇 항공기는 탑승동 그늘에 얌전히 머리를 디민 채 졸거나 사색 중이었다. 관제탑 너머론 이제 막 지상에서 발을 뗴 비상하고 있는 녀석도 있었다. 딴에는 혼신의 힘을 다해 중력을 극복하는 중일 테지만 겉으로는 침착하고 여유로워 보였다. 얼마 뒤 녀석이 지나간 자리에 안도의 긴 한숨 자국이 드러났다. 사람들이 비행운이라 부르는 구름이었다.

가을이라, 공항 곳곳의 격자무늬 창에도 농익은 햇살이 쏟아졌다. 건물 전체가 큼지막한 통유리로 싸인 공항 내부는 아낌없이 달린 형광등 덕에 이미 빛으로 꽉 차 있었지만, 쨍쨍한 듯 그윽한 가을볕은 나름대로 광채를 더해주고 있었다. 말그대로 하도 밝아 터질 듯한 명도(明度)였다. 인천국제공항은 내장이 훤히 비치는 물고기처럼 유려한 곡선과 과감한 직선을 바탕으로 세련되게 설계돼 있었다. 특히 여객 터미널은 5만 장 이상의 유리가 사용돼 하늘과 최대한 가깝게, 하늘과 통하게끔 지어져 있었다. 그리고 그것이 좀더 투명하라고, 좀더 반짝이라고, 매일매일 수백 명의 사람들이 공들여 일하고 있었다. 탑승동에만 약 5백 명, 공항 전체로 따지면 7백여 명에 달하는 청소 노동자들이 그들이었다. 기옥 씨는 그중 한명이었다.

청소는 세 개 조로 나뉘어 24시간 내내 이뤄졌다. 기옥 씨는 오후 1시부터 9시 반까지 일했다. 여객 터미널 3층에 있는 여자 화장실 두 개가 기옥 씨의 담당 구역이었다. 전에는 남자 화장실도 여자들이 맡았지만, 식겁하는 외국인들이 많아 성별로 나눴다는 게 조장의 설명이었다. 기옥 씨는 항상 세면대와 변기, 바닥과 거울 위를 '이제 막 닦아낸 것처럼' 만들어놔야 했다. 많은 사람들이 쉴 새 없이 오가는 공간에서 바로

그 '드나듦의 흔적'을 없애는 것. 이것이 공항 청소의 핵심이
었다.

　기옥 씨는 오전에 전단지 아르바이트를 쉬었다. 며칠 전 업
체에서 '그날도 할 수 있느냐'는 전화가 왔을 때 망설이다 '어
렵겠다' 말해둔 덕이었다. 딱히 할 일이 있는 것도, 갈 데가
있는 것도 아니지만 '군이 명절 때까지……' 싶어 둘러댔던
거다. 그리고 기옥 씨는 그 선택이 마음에 들었다. 같은 알바
자리를 두고 경쟁 중인 십대 아이들이 의식됐지만. 자신이 이
세상의 풍습에 속하고, 풍속을 지키는 사람이라는 게 좋아서
였다. 기옥 씨에게는 요즘 그런 게 필요했다. 때가 되면 중년
들이 절로 찾게 되는 글루코사민이나 감마리놀렌, 혹은 오메
가3처럼…… 몸이 먼저 알아채 몸이 나서서 요구하는 것들
이. 이를테면 설에는 떡국이, 보름에는 나물이, 추석에는 송
편이, 생일에는 미역국이, 동지에는 팥죽이 먹고 싶다는 식
의. 그래야 장이 순해지고, 비로소 몸도 새 계절을 받아들이
게 되는 것 같다는, 어느 때는 너무 자명해 지나치게 되는 일
들이 말이다. 제사는 조상뿐만 아니라 자신에게도 지내줘야
했다. 기옥 씨는 음식으로 자기 몸에 절하고 싶었다. 한 계
절, 또 건너왔다고. 앞으로도 잘 부탁한다고. 시간에게, 자연
에게, 삶에게 '내가 네 이름을 알고 있으니, 너도 나랑 사이좋
게 지내보자' 제안하듯 말이다. 기옥 씨는 그걸 '말'이 아닌

'감'으로 알았다. 그래서 오늘 상가와 주택가를 돌며 대출 전
단지를 돌리는 대신, 방을 닦고 장을 보고 떡쌀을 불린 거였
다. 기옥 씨는 해마다 해오던 걸 올해도 하고 싶었다. 그리고
이웃에 음식 냄새를 풍기고 싶었다.

　기옥 씨는 아침 내 나물이며 잡채 등의 밑작업을 했다. 재
료를 불리고 다듬어놔야 내일 바로 쓸 수 있어서였다. 잡다한
부엌일을 마친 뒤에는 큰 솥에 고깃덩어리를 넣고 팔팔 끓였
다. 한우와 오래 저울질하다 고른 값싼 미국산 쇠고기였다.
양지가 한소끔 끓어오르자 가스 불을 줄여 뜸을 들였다. 그러
곤 묵은 밥을 랩에 싸 냉동실에 넣고 새 쌀을 안쳤다. 잇달아
설거지를 하고, 음식 쓰레기를 정리하고, 행주를 삶았다. 그
리고 어느 순간 더 이상 할 일이 없자, 그때서야 거실 바닥에
엉덩이를 붙이고 앉았다. 두서없이 티브이 채널을 돌리며 시
간을 때우다 보면 가스 불 끌 시간이 될 것 같아서였다. 화면
에선 틀에 박힌 추석 특집 프로그램과 뉴스, 철 지난 외화가
방영되고 있었다. 이 채널에서는 '이 시각 도로 상황'이, 저
채널에서는 족두리를 쓴 채 트로트를 부르는 필리핀 아가씨
가, 다른 방송에서는 샅바 찬 아이돌 가수가 나오는 식이었
다. 기옥 씨는 옆에 있는 두루마리 휴지를 베고 옆으로 누웠
다. 그러곤 다시 무료하게 이리저리 채널을 돌렸다. 집 안 가
득 더운 김이 차 그런지, 간만의 짧은 휴식이 기꺼워 그런지

자꾸 눈이 감겼다. 얼마 뒤, 기옥 씨는 밥솥에서 치이익― 증기가 배출되는 것도 모른 채 까무룩 잠이 들고 말았다. 햅쌀에 찹쌀을 섞은 거라 잠결에도 밥 냄새가 달았다.

　기옥 씨가 눈을 떴을 땐 이미 버스 탈 시간이 지나 있었다. 기옥 씨는 화들짝 일어나 가스레인지 불부터 끄고 출근 준비를 했다. 일부러 새로 한 밥은 정작 한 술도 못 뜨고였다. 화장은 선크림과 립스틱만으로 1분 만에 해치웠다. 복장은 아웃렛에서 산 만 원짜리 등산 티에 바람막이 점퍼면 족했다. 기옥 씨는 머리를 다 덮어주는 챙 넓은 모자를 쓰고, 구찌 로고가 어지럽게 새겨진 손가방을 든 채 현관을 나섰다. 누가봐도 어딘가 안 어울리는 조합이었다. 하지만 기옥 씨는 구찌가 구찌인 걸 몰라 가짜가 가짜인 줄 몰랐다. 가판에서 몇 번들어본 뒤 싸고 가벼워 택한 데다, 공항에서 비슷한 걸 봐도 삼선 슬리퍼의 삼선 띠처럼 한국에서 유행하는 보편적인 원단이려니 했던 거다. 기옥 씨는 '아, 참! 밥통에 밥을 젓고 나왔어야 하는데……' 안타까워하며 계단을 바삐 올랐다. 그러면서도 다시 돌아갈 생각은 못 했다. 기옥 씨는 대문 앞을 지나다 우편함에 뭔가 희끗한 걸 발견했다. 보나 마나 고지서겠거니 싶어 지나치려는데, 유인물 때문에 집이 빈 것처럼 보이면 안 좋을 것 같았다. 지금은 여자 혼자 사는 집이니 더 그랬다. 기옥 씨는 발길을 돌려 우편함 쪽으로 다가갔다. 기옥 씨의 손에 대형 마트의 추석맞이 폭탄 세일 광고지와 아웃렛 매장 할인 쿠폰, 그리고 최근 제2금융권에서 만든 신용카드 사용 내역서가 들려 나왔다. 공휴일인 오늘 왔을 리는 없고, 아무래도 어제 오후쯤 도착한 것을 퇴근할 때 어두워서 보지 못한 모양이었다. 기옥 씨는 '그럼 그렇지' 하고 우편물을 주르륵 넘겨봤다. 그런데 전단지 틈에 낯선 봉투 하나가 끼어 있었다. 시중에서 흔히 쓰는 흰색 규격 봉투였다. 기옥 씨는 '보낸 사람' 이름을 살펴보았다. 기옥 씨가 아는 이름이었다. 기옥 씨는 제자리에 서서 그걸 빤히 들여다보았다. 그러곤 뭔가 망설이다, 손에 쥔 우편물들을 전부 가방에 넣고 버스 정류장을 향해 뛰기 시작했다. 반가움인지 불안함인지 모를 감정에 뛰는 내내 가슴이 쿵쿵거렸다.

기옥 씨가 사무실에 도착한 건 1시가 좀 넘어서였다. 관리자에게 이미 한 소리를 들은 터라 기옥 씨는 후다닥 유니폼을 갈아입었다. 그러곤 따로 챙겨온 머릿수건을 꽉 조여 맸다. 작업복 가슴 한쪽에는 기옥 씨가 지금 있는 곳이 어디인지 알려주는 그림이 조그맣게 박혀 있었다. 얼핏 보면 구름 같고 다시 보면 태극 문양 같은 공항공사 로고였다. 그것은 누군가를 어디로든 데려다 줄 날개처럼 날렵하고 영험해 보였다. 동시에 바람이랄까 추위랄까 하는 것도 자연스레 떠오르게 해, 직원들에게 옷깃을 단단히 여미라고 일러주는 듯했다. 안 그랬다가는 감기도 감기지만, 기압골처럼 조그맣게 응축된 로고에서 회오리쳐 나오는 감정을 어쩌지 못해 가슴에 외풍(外風)이 들지도 모르는 일이었다. 기옥 씨는 바퀴 달린 청소도구함을 끌고 첫번째 화장실로 향했다. 맞은편에서 미니스커트 차림의 아가씨가 킬힐을 신고 위태롭게 뛰어오는 모습이 보였다. 한 손에 대형 캐리어까지 잡고서였다. 별로 놀라운 광경은 아니었다. 지각생은 어디에나 있었다. 특히 공항에는 반드시 있었다. 기옥 씨는 '저러다 넘어지진 않을까' 걱정하며 아가씨의 뒷모습을 끝까지 바라봤다. 그러곤 자신의 첫번째 담당 구역 안으로 사라지듯 쏙 들어갔다.

'화장실'이란 단어는 표지판에 한국어와 영어, 한문과 일본어로 동시에 표기돼 있었다. 아울러 철자를 모른대도 문명화된 지구인이면 누구든 이해할 수 있는 그림이 함께 그려져 있었다. 누가 봐도 명백히 여기가 '볼일 보는 곳'임을 말해주는 국제적인 기호였다. 그러나 세계인이 이곳에서 해결하는 건 '볼일'만이 아닌 듯했다. 사람들은 화장실에서 뜻밖에 많은 일을 했다. 씻고, 싸고, 버리고, 꾸미는 것은 기본이고, 먹고, 울고, 싸우는 일을 비롯해 폭행이나 추행, 폭발물 설치 같은 것까지…… 물론 기옥 씨가 테러범을 실제로 본 적은 없다. 하지만 언젠가 남자 화장실에서 소총용 실탄과 해상 조명탄이 발견돼 난리가 났었다는 얘기는 알고 있었다. '왜 하필 화장실인가.' 동료들은 투덜댔지만, 따지고 보면 거기 말고 따로 둘 데도 없을 듯했다. 기옥 씨는 고무장갑을 낀 채 입구 쪽에 청소도구함을 세워놓고 하루 업무를 시작했다. 노란색 청소도구함에는 탈취제와 락스, 싹3, 걸레, 휴지 따위가 실려 있었다. 세제의 양과 종류, 쓰임은 모두 공사 내 시설환경 팀에서 정해줬다. 하지만 기옥 씨에게 월급을 주는 곳은 용역 회사였다. 그래서 기옥 씨는 용역 회사 쪽 사정과 공항공사의 상황을 둘 다 잘 몰랐다. 그리고 그건 회사가 바라는 바이기도 했다.

화장실 안은 사람들로 붐볐다. 명절 즈음 고속도로 휴게소에 늘어선 '볼일' 인파만큼은 아니나, 웬만해서 줄을 서는 일이 없는 통로에 대기자가 있을 정도니 그만하면 많은 거였다. 기옥 씨는 능숙한 동작으로 거울 위 얼룩을 지우고, 바닥을 닦고, 핸드타월 함에 재생지를 채우며 주변을 정리했다. 모두 어깨, 허리와 무릎을 자주 굽혀가며 해야 하는 일이었다. 기옥 씨가 세면대를 닦는 동안 거울 앞에서는 웬 여고생이 눈을 가늘게 뜬 채 마스카라를 덧칠했다. 얇은 카디건 안에 민소매 티를 입은 걸 봐 곧 더운 나라로 떠날 모양이었다. 그 옆에는 진작 화장을 고친 또 다른 아가씨가 양 볼을 크게 부풀린 채 셀프카메라를 찍고 있었다. 기옥 씨는 혹시라도 자기가 배경 화면에 나오지 않을까 얼른 자리를 피했다. 그러곤 속으로

'대체 똥 싸고 오줌 누는 데서 사진을 박는 이유가 뭘까' 의아해했다. 하지만 잡념도 잠시, 할 일은 계속해서 늘어갔다. 기옥 씨는 작은 양동이에 변기 솔과 수세미, 세제 등을 담아 화장실 칸칸을 돌았다. 사람이 들고 나는 순서가 일정치 않아 차례를 잘 외워두지 않으면 동선이 꼬이기 쉬웠다. 기옥 씨는 휴지통을 비운 뒤 좌변기 안쪽을 변기솔로 구석구석 닦았다. 손이 잘 닿지 않는 곳엔 칫솔질을 했고, 도기 겉면은 스펀지로 문지른 뒤 마른걸레질을 한 번 더 했다. 칸 너머서, 승객들이 고독하게 일을 보는 동안 문밖에서는 각양각색의 캐리어가 충견처럼 오도카니 선 채 주인을 기다리고 있었다. 좌변기 앞 공간이 꽤 넓어도 그 안에 다 못 들어가는 가방들이 있었다. 그것은 기옥 씨가 통로를 닦을 때 종종 방해가 됐다. 기옥 씨는 장신구가 많이 달린 일본 아가씨의 트렁크와 진짜 가죽으로 된 누군가의 명품 캐리어와 20킬로그램도 넘는 등산용 배낭을 피해 요령껏 대걸레질을 했다. 그리고 자신의 크고 작은 배려에, 각자 자기네 고장 사투리로 '오브리가도 (Obrigardo)'라 하거나 '첩 프라 쿤 크랍(**ขอบพระคุณครับ**)' 이라 하거나, '씬 다 따(Xin đa tạ)' 또는 '블라가다류 바스 (**Благодарювас**)'라 말하는 외국 여자들 앞에서 어색하게 웃었다. 지역별로 미묘하게 다른 억양과 발음을 고려해, 한국말로 바꿔보자면 '고마워유' '고맙데이' '고마부러라' 정도가 될 테지만. 그런 섬세한 차이를 모른대도, 기옥 씨는 그게 다 '감

사하다' 라는 인사란 걸 알았다. 그들의 눈빛과 표정이 그들의
언어를 번역해주고 있어서였다. 그럴 때면 기옥 씨도 뭐라 대
꾸해주고 싶었지만 할 줄 아는 외국어가 없어, 소극적인 목례
와 함께 그저 '예, 예' 소리만 했다.

　기옥 씨는 청소도구함을 끌고 종종거리며 두번째 화장실로
향했다. 원래 양쪽 화장실을 10분 간격으로 오가며 살펴야
하는데 오늘은 시간이 더 걸렸다. 기옥 씨는 방금 전과 같이
파우더룸과 장애인룸, 세면대 주위를 정리하고, 통로를 쓸며,
화장실 칸칸을 치웠다. 그런데 오늘따라 이쪽 화장실이 유난
히 지저분했다. 제일 처음 걸려든, 저기 끝 칸부터 그랬다.
기옥 씨는 양동이를 들고 이제 막 누군가 용무를 보고 나온
자리로 들어갔다. 그런데 문을 열자마자 안쪽에서 훅하고 피
비린내가 끼쳤다. 방금 전 덩치 큰 백인 여성이 어두운 얼굴
로 지나간 자리였다. 어쩐지 눈도 안 마주치고 급히 자리를
뜨더라니. 기옥 씨는 경험상, 가끔은 피 냄새가 똥 냄새보다
역하다는 걸 알고 있었다. 물론 최악은 '생리 중인 여자가 똥
을 누고 간' 경우였다. 기옥 씨는 미간을 찌푸리며 탈취제를
뿌리고 변기 앞에 쪼그려 앉았다. 그러곤 꽃처럼 활짝 벌어진
따끈한 생리대를 보며 역시 여자 화장실이 남자 화장실보다
쓰레기가 많이 나온다는 걸 확인했다.
　'더군다나 휴지도 많이 쓰고 말이지.'

기옥 씨가 볼 때 다 쓴 패드를 예쁘게 오므려놓거나, 배변 후 물을 내리는 건 무척 쉬운 일에 속했다. 하지만 사람들은 '그 쉬운 일'을 안 했다. 처음 보는 나라말로 벽에 낙서를 한다거나, 갓 청소한 바닥을 흙투성이로 만드는 일쯤은 귀여운 축에 속했다. 비행 전 긴장 탓인지 '폭풍 설사'를 해놓곤 물도 안 내리고 도망치는 인간이 있는가 하면, 안에서 대체 무슨 일을 한 건지 바닥에 금빛 음모만 한 스무 개 떨어뜨리고 가는 여자도 있었다. 막힌 변기 구멍 안에서 뽀로로의 머리통이나 줄이 엉킨 이어폰, 구형 휴대전화가 나오는 일쯤은 아무것도 아니었다. 국제공항은 본디 별의별 게 다 모이는 데였다. 특히 화장실은 전 세계 사람들의 배설물이 버려지는 곳이었다. 전 대륙의 먼지가 쌓이고, 별 빛깔의 체모가 발견되는 데였다. 음모만 해도 그랬다. 금빛 음모, 은빛 음모, 빨강 음모, 까만 음모, 갈색 음모, 더 갈색 음모…… 뭐가 됐든 전부 기옥 씨가 치워야 하는 것들이었다. 쓰레기통에서 나오는 것들의 종류는 더 다양했다. 기옥 씨는 한 짝만 버려진 등산화를 높이 들어 영문을 모르는 얼굴로 한참 쳐다본 적이 있었다. 동남아시아 쪽인가? 산호색 바다를 배경으로 찍은 화목한 가족사진이 반으로 찢겨져 있는 걸 두 손으로 다시 합쳐 본 적도 있었다. 날짜를 보면 최근인데 그게 왜 거기 있는지 납득이 안 되는 물건이었다. 분명 일부러 버린 걸로 보이는 트로피나 기념패, 저자 사인이 들어간 책이 나온 적도 있었다. 물론 개중에는 버린 것이 아니라 흘린 것, 즉 누군가 잃어버린 물품도 있었다. 기옥 씨는 그걸 청소함에 잘 보관해두었다가 사무실이나 유실물 센터에 갖다 주었다. 혹은 연락처를 보고 주인을 직접 찾아주기도 했다.

한차례 변기 청소를 마친 뒤 기옥 씨가 허리를 펴고 나왔을 때, 세면대 근처에서 한 아이가 토를 하고 있었다. 여섯 살? 아님 일곱 살쯤 됐을까. 찰진 상고머리에 멜빵바지를 입은 남자애였다. 그 옆에선 아이의 엄마로 보이는 여자가 아이 등을 두드려주고 있었다. 세면대에 물을 계속 틀어놓은 채였다. 옆에 몇몇 사람이 불쾌한 듯 자리를 피하는 모습이 보였다. 기옥 씨는 재빨리 그쪽으로 다가가 "여기다 이러시면 안 돼요"라고 말했다. 하지만 애 엄마는 기옥 씨를 한 번 흘깃 쳐다본 뒤 아무 대꾸도 하지 않았다. 기옥 씨는 기분이 상했지만 최대한 예의를 차려 "저기 애들 변기에다 하세요"라고 말했다. 애 엄마는 기옥 씨와 눈도 마주치지 않은 채, 이상할 정도로 건조하고 침착한 말투로 "애가 여기서 하는 걸 어쩌라고요" 했다. 아이가 한 번 더 우엑— 소리를 내자, 아주 작은 양의 토사물이 세면대 위로 쏟아졌다. 기옥 씨가 초조한 듯 하수구를 살폈다. 그런데…… 토 색깔이 좀 묘했다. 다홍색 죽 같은 게…… 왠지 좀 예뻤다고 할까. 기옥 씨가 신기한 듯 그것을 보는 사이, 기옥 씨와 애 엄마 사이에 웬 덩치 큰 여자가 들어왔다. 나이도 많고 사연도 좀 있어 보이는 러시아 여자였다. 여자는 흐르는 물에 한 손만 댄 채, 나머지 한 손으로는 휴대전화를 잡고 큰 소리로 뭐라 떠들었다. 어깨에는 기옥 씨 것과 똑같은 가짜 구찌 가방이 걸려 있었다. 기옥 씨는 흠칫 놀라 '역시 가장 한국적인 것이 가장 세계적인 것인가' 생각했다. 기옥 씨가 가방에 정신이 팔린 동안 애 엄마는 핸드타월을 뽑아 침착하게 아이 입 주변을 닦아줬다. 그러고는 거울에 자기 모습도 한번 비춰본 뒤 아이 손을 잡고 화장실을 유유히 빠져나갔다.

"저기요."

기옥 씨가 마지못해 그녀를 불렀다. 실은 그냥 보내려다가, 고객의 분실물을 보고도 못 본 척하는 게 도리가 아닌 것 같아 붙잡은 거였다.

"이거 놓고 가셨어요."

기옥 씨가 세면대에 있던 종이 상자 하나를 건넸다. 살짝 벌어진 틈 사이로 내용물이 보였다. 스무 가지가 넘는 색깔의 신선한 마카롱 세트였다. 한 개에 2천 원이 넘는 과자로 상자 겉면에는 모 호텔 베이커리 상표가 붙어 있었다. 기옥 씨는 그게 '마카롱'이라 불린단 사실을 몰랐지만, 자기 손에 들린 과자가 거의 새 거나 다름없이 꽉 차 있다는 건 알았다. 이윽고 애 엄마가 말간 얼굴로 기옥 씨를 바라보며 말했다.

"놓고 간 거 아니에요."

기옥 씨 앞으로 '리스킨'이라 불리는 청소차가 지나갔다. 말끔해진 인조대리석 위에 형광 불빛이 화사하게 아른댔다. 쓰레기 분리 수거를 담당하는 동료 여자는 하루 종일 누군가가 먹다 남긴 음료를 빈 통에 옮겨 담느라 초췌해져 있었다. 공항에서 제일 많이 나오는 쓰레기는 음료수 캔과 병이었다. 전광판 위로 각국의 항공편과 출발 시간, 도착지 정보가 일사불란하게 나타났다. 그것들은 수시로 바뀌고 움직이며 하늘의 상황을 알렸다. 전광판을 메운 알파벳과 숫자는 칠판에 가득 적힌 수학식마냥 복잡한 듯 자명했고, 그래서 어딘가 좀 장엄해 보였다. 저 수(數)들이 누군가를 곧 날게 할 터였다. 혹은 이미 실어오는 중이거나. 아울러 많은 이를 내몰고 묶어두는 일 역시 각국의 식(式)이 하는 일 중 하나였다. 기옥 씨는 두 눈을 찌푸린 채 호주행 비행기의 정보를 유심히 살펴보았다. 한국에서 얼마나 먼 데인지, 또 몇 시간이나 걸리는 나라인지 알고 싶어서였다. 기옥 씨는 출발 시간에서 도착 시간을 빼 이곳과의 거리를 계산했다. 그러고는 속으로 '먼 데 있는 나라구나……' 중얼거렸다. 그러자 새삼 그 나라의 환율, 풍습, 날씨 같은 것도 궁금해졌다. 기옥 씨가 갈 맘에 그랬다기보다는 '영웅인 혹시 모르니까……' 하는 생각이 들어서였다. 사실 '국제'라는 낱말이나 '세계'라는 단어와 관련해 기옥 씨가 아는 건 별로 없었다. 기옥 씨는 오세아니아가 인도양에 있는지 대서양에 있는지 알지 못했다. 북미와 남미 중 어느 쪽이 더 큰 대륙인지 알지 못했고, 세상에 몬테네그로 또는 앤티가바부다라는 이름의 나라가 있다는 것 또한 몰랐다. 하지만 그런 기옥 씨도 세상에는 갈 수 있는 나라와 그렇지 못한 나라, 이렇게 두 나라가 존재한다는 것 정도는 알고 있었다. 그뿐 아니었다. 기옥 씨는 눈치껏 내국인과 외국인을 구별할 줄 알았고, 초행자와 베테랑 여행자를 분간해낼 줄 알았다. 기옥 씨는 동북아시아인 중에서도 한국인과 중국인, 일본인을 가려낼 수 있었다. 아울러 그녀는 한국에 '돈 벌러 온 사람'과 '돈 쓰러 온 사람'을 구분할 줄 알았다. 타국에 일하러 온 사람들의 표정과 자세 그리고 눈빛은 어딘가 좀 달랐다. 그들이 그걸 드러내길 원하지 않는다 해도. 마치 누군가 지하철 안에서 기옥 씨의 얼굴을 보고 그녀의 '생활'을 판단하고 있는 것처럼. 밑이 짧은 바지를 입고 쪼그려 앉았을 때 함부로 드러나는 엉덩이 골처럼, 옆구리 살처럼, 이상하게 그런 건 기어코 표가 나고 마는 것처럼 말이다.

퇴근까지 네 시간이나 남았는데 기옥 씨는 벌써 지쳐 있었다. 폐경 뒤 쉽게 열이 올라 얼굴이 붉어지곤 했는데, 오늘도 가슴이 답답한 게 식은땀이 났다. 터미널엔 창이 많았지만 환기가 잘 되지 않아 공기가 좀 탁했다. 사실 여객 터미널과 탑승동을 감싼 수만 장의 유리는 '창'이라기보다는 '벽'에 가까웠다. 통풍보다는 보안과 전망에 중점을 둔 데다 냉난방의 효율을 위해서라도 '잘 열리지 않게끔' 만들어진 까닭이었다. 그래서 기옥 씨는 눈이 뻑뻑해지는 것과 함께 종종 참을 수 없는 졸음을 느꼈다. 가끔은 입이 찢어질 듯 하품을 했는데, 그러면서도 조장이나 파트장이 자신을 태만하게 보지는 않을까 신경 썼다. 기옥 씨는 잠도 깰 겸 근처 식수대에서 찬물을 들이켰다. 그래도 좀처럼 몸의 열기가 가시지 않아 몇 모금 더 마셨다. 마음 같아서는 답답한 머릿수건을 확 벗어버리고 싶었지만 그러지 못했다. 괜히 고객님들 앞에 흉한 몰골을 드러냈다가 회사에서 잘릴지도 몰라서였다. 아직 누가 뭐라 한 적은 없지만, 그건 관리자들이 기옥 씨의 머리를 제대로 본 적이 없어서였다. 탈모가 심각하게 진행되고부터 기옥 씨는 직장에 항상 머릿수건과 모자를 쓰고 다녔다. 대부분의 직원들이 '탈〔面〕'이 좋은 이곳에서, 모든 것이 깨끗하고, 환한 공항에서, 자신이 단 하나의 얼룩처럼 보이지는 않을까 마음이 쓰여서였다. 더군다나 기옥 씨는 청결의 제1원칙이 얼룩을 지우는 거란 걸 알고 있었다. 기옥 씨의 머리는 가끔 개그맨들이 소품으로 쓰고 나오는 가발처럼 가운데 부분이 문어처럼 휑했다. 5백 원짜리 동전만 한 크기의 구멍에서 시작됐던 것이 어느새 수박만큼 커진 거였다. 원형탈모를 겪는 여자들의 증상 중에서도 보기 드문 경우였다. 기옥 씨는 자리를 옮기며 잠시 먼 곳을 바라보았다. 창밖으로 조그마한 비행기가 하늘 위로 사선을 그으며 천천히 날아가고 있었다. 꼬리 부분에 언뜻 로고가 보였지만 기옥 씨는 그게 어느 나라 것인지 알지 못했다. 기옥 씨 나이에 인천에 취항하는 60여 개의 항공사 이름을 모두 왼다는 건 어려운 일이었다. 그런 건 기옥 씨에게 필요하지도 다급하지도 않았다. 비교적 낯익은 대한항공이나 아시아나 또는 단풍잎이 크게 그려진 에어캐나다 정도는 분간할 수 있었지만. 아에로플로트나 가루다인도네시아, 메가몰디브항공 같은 건 쉽게 새겨지지 않았다. 기옥 씨는 그게 알고 싶은 적도 없었다. 대신 기옥 씨가 항상 궁금해하는 건 따로 있었다. 번번이 이해하려 해도 결국에는 납득이 안 되는 그것.

'사람들은 왜 이렇게 뭘 홀릴까.'

청소는 반복됐다. 이쪽이 괜찮으면 저쪽이 더러워지고, 저쪽을 정리하면 이쪽이 어지러워졌다. 기옥 씨는 맡은 일을 묵묵히 해냈다. 앞으로 몇십 분만 참으면 되니까. 더군다나 내일은 휴일이니까. 부엌에는 잘 다듬은 식재료가 있고. 그리고…… 그리고, 편지! 기옥 씨는 그제야 가방 속에 우편물이 있다는 사실을 깨달았다. 공들여 천천히 읽으려 아껴뒀던 걸, 하도 바빠 까맣게 잊고 있었다. 그리고 한 번 그 사실을 의식하자 그걸 빨리 읽고 싶은 마음이 조바심쳤다. 기옥 씨는 표가 날 정도로 자주 시계를 보며 하루 업무가 끝나기를 기다렸다. 그리고 얼마 뒤, 퇴근 시간이 되자 지금껏 여덟 시간이나 머물렀던 공간을 도망치듯 빠져나왔다. 그러곤 발걸음을 옮기다 파트장과 웬 여자가 심각한 얼굴로 마주하고 있는 모습을 발견했다. 자세히 보니 기옥 씨와 같은 층에서 화장실 청소를 하는 여자였다. 가끔씩 짧은 영어로 외국인들을 상대하는 걸 보고, 내심 존경의 눈으로 바라봤던 기억이 났다. 그래봤자 아주 단순한 단어로만 이뤄졌거나 문법이 엉망인 대화였지만 기옥 씨의 눈에는 대단해 보였다. 사람들은 그녀가 부평에 산다 해서 그냥 '부평 아줌마'라 불렀다. 청소 노동자들은 대부분 명찰이 있었지만, 몇몇 미화원들끼리는 그렇게 별명으로 통했다. 기옥 씨는 호기심 어린 눈을 숨긴 채 두 사람 사이를 천천히 지나갔다. 이윽고 파트장의 거친 목소리가 기옥 씨 있는 데까지 들려왔다.

"씨발, 누구는 명절에 나오고 싶어 나오나……"

눈치 빠른 부평댁이 재빨리 맞장구를 쳤다.

"어휴, 그러게. 갑자기 빵구를 내면 어쩐대요."

"요새 아줌마들은 참 책임감이 없어, 책임감이……"

그러자 부평댁은 자기에게 불똥이 튈까, 조그마한 목소리로 제 동료를 감쌌다.

"아프다잖아요…… 많이."

파트장이 버럭 언성을 높였다.

"니미, 그걸 어떻게 믿어?"

그러곤 담배가 든 상의 주머니를 더듬으며 딴 데를 봤다.

"됐고. 그거 아줌마가 좀 해요."

그제야 상황 파악을 한 부평댁이 펄쩍 뛰었다.

"네?"

두 사람에게서 멀어지며 기옥 씨는 귀를 쫑긋 세웠다. 여객 터미널 안의 왕왕거리는 소음 사이로 드문드문 '다음에 잘 챙겨준……' '추석에 갑자기 사람을 어떻게 구하……' 어쩌고 하는 말이 들려왔다. 여느 때처럼 부탁도 명령도 아닌 독특한 말투였다. 그러자 얼마 뒤 울먹이는 건지 짜증 내는 건지 모를 부평댁의 말소리가 크게 울려 퍼졌다.

"아휴, 안 돼요, 나도. 목포에서 아들 내외가 오는데, 아니 지금 다 왔다는데. 나 없으면 문도 못 따요."


동료들과 가벼운 명절 덕담을 나누고, 사무실을 빠져나온 기옥 씨는 곧장 집으로 가는 대신 터미널 근처의 벤치에 앉았다. 복장은 등산 티에서부터 챙 넓은 모자까지 집에서 출발할 때와 같은 차림이었다. 기옥 씨의 두 손에는 천 소재의 구찌 가방이 얌전히 들려 있었다. 기옥 씨는 무릎 위에 손가방을 올려놓고 구겨진 전단지 사이에서 흰색 봉투를 찾아냈다. 버스에서 읽으려니 올 때처럼 복잡할까 겁났고, 집에 도착할 때까지는 기다릴 수 없을 것 같아서였다. 그리고 기옥 씨에게는 오늘 이 편지가 필요했다.

편지는 영웅이에게서 온 거였다. 영웅이는 기옥 씨가 서른 넘어 어렵게 얻은 외동아들이었다. 애 아빠가 일찍 죽어 기옥 씨는 아이를 혼자 키우다시피 했다. 영웅이 아빠는 집안일은 뒷전으로 하고 어디 구경 가고 놀러 다니는 게 취미였는데, 새해 벽두에 해돋이를 본다며 강원도 어디 산에 올랐다 절벽에서 실족해 죽었다. 이제 막 뜨는 해를 등지고 사진기를 향해 포즈를 잡은 후였다. 집안일에 무심해서 그랬지 평소 농담 잘하고 낙천적인 양반이었는데, 죽을 때도 웃으면서 '김치~' 하고 떠났다. 그 뒤로 기옥 씨는 온갖 궂은일을 해가며 아들을 길렀다. 영웅이도 말수 적고 성실한 아이로 바르게 잘 자라 준 편이었다. 최근에는 호주로 어학연수를 간다며 열심히 아르바이트도 했는데…… 언젠가 엄마도 꼭 해외여행 보내드리겠다며 수줍게 약속한 적도 있었다. 비록 대단하지 않은 관광지라도…… 가이드의 깃발 아래 몰개성하게 우르르 몰려다니고, 적당히 사기를 당하고, 조악한 기념품을 사고, 바가지를 써도 좋을, 그런 여행을 말이다. 하지만 영웅이는 지금 교도소에 있었다. 평생 말썽 없이 자란 아이인데. 대학을 졸업하고 군대까지 갔다 온 녀석이 남의 집 택배를 훔쳐 졸지에 전과자가 되었다. 초범이니 가볍게 넘어갈 수 있었던 걸, 쫓아오는 택배 기사를 보고 당황한 나머지 발로 차서 내친 모양이었다. 영웅이는 절도에 폭행이 붙어 실형을 받게 되었다.

나중에 들은 말로 아들 녀석은 장물을 인터넷에 올려 어학연수비를 마련하려 했다고 했다. 그래서 거기 뭐가 들어 있었느냐고, 기옥 씨는 담당 경찰에게 물었다. 저쪽에서 '뭐가라니요?' 라는 반응이 돌아오자 기옥 씨는 영웅이가 갖고 도망가려 한 그 박스 안에 뭐가 들어 있었느냐고 재차 물었다. 담당자는 머뭇대다 서류를 한번 보곤 '유축기라는 데요' 라고 답했다. 몸을 푼 지 얼마 안 된 산모가 주문한 독일제 스윙 전동 유축기였다. 기옥 씨는 처음에 그 단어를 잘 못 알아들었다. 하지만 무슨 물건이면 어떠랴 싶었다. 영웅이도 어차피 몰랐을 것을. 간장게장일 수도, 조사가 완료된 설문지일 수도, 원터치 모기장 세트일 수도 있었을 것을…… 기옥 씨는 그 비루하고 구체적인 이름들이 하도 생생해, 힘이 빠져 웃었다. 그러고는 어찌 이리 쉬운가. 어째서 이렇게 한 가족의 단란이 시시하게 망가지는가 이해할 수 없었다. 기옥 씨의 머리가 빠지기 시작한 것은 그즈음이었다. 처음에는 별거 아니려니 했는데 머리를 감고 빗을 때마다 머리카락이 한 움큼씩 빠졌다. 그래도 기옥 씨는 내색 않고 매주 아들 면회를 갔다. 그리고 신문에서 건전하고 아름다운 기사를 볼 때마다 가위로 오려 부쳐주곤 했다. 16세 영국 소녀 스키로 남극 도달. 눈먼 11세 일본 소녀 열네 시간 달려 마라톤 완주. 청각 장애인 최초 공학박사 탄생. 이런 유의 기사들이었다. 영웅이는 그걸 끔찍이 싫어했다. 기옥 씨는 그 사실을 몰랐지만 말이다. 영웅이가 집에 전화를 하거나 엄마를 찾는 일은 없었다. 아들이 전혀 다른 사람이 돼가는 것 같아 기옥 씨는 애가 탔지만, 쉬는 날에 꼬박꼬박 자식 얼굴을 보러 갔다. 영웅이는 엄마에게 미안해하지도, 고마워하는 것 같지도 않았다. 그리고 꼭 그 때문은 아니지만 기옥 씨는 얼마 전, 아들과 사소한 말싸움을 한 뒤 면회를 2주째 안 간 상태였다. 그래 놓고 마음이 좋지 않아 잠자리에서 매일 뒤척였는데…… 다시 찾아갈까 싶으면서도 이번만은 아들이 먼저 연락해주길 바랐다. 그런데 정말로 오늘 영웅이에게서 편지가 온 거였다. 초등학교에서 숙제로 내준 어버이날 카드를 제외하곤 기옥 씨도 처음 받아 보는 거였다. 기옥 씨는 A4지를 가로로 두 번 접은 모양의 종이를 조심스레 펼쳤다. 그러곤 벌써부터 답장은 뭐라고 쓰나 걱정했다. 연필 잡아본 지 하도 오래돼 문장 하나를 완성하는 데도 엄청난 에너지가 들어서였다. 그리고 그건 기옥 씨가 아들에게 편지 대신 신문기사를 오려 보내는 이유이기도 했다. 기옥 씨는 편지지를 활짝 펴 설레는 맘으로 안에 담긴 내용을 바라봤다. 몇십 개의 줄이 그어진 하얀 편지지 위엔 볼펜으로 꾹꾹 눌러쓴 단 한 개의 문장이 적혀 있었다.

'엄마, 사식 좀.'

……순간 기옥 씨는 바보같이 종이를 뒤집어봤다. 혹시 뒷면에라도 뭐가 더 쓰여 있지 않나 확인해본 거였다. 하지만 편지지 뒤에도, 앞에도 다른 내용은 없었다. 잘 계시냐는 말도,

보고 싶다는 말도 없었다. 편지지 맨 윗줄에 적힌 엄마 사식 좀, 그 한마디뿐이었다.

기옥 씨는 모자를 벗어 의자 위에 올려놨다. 하루 종일 갑갑했는데, 가슴에 열이 올라 참을 수 없었다. 지나가던 몇몇 사람이 '어머' 하고 자기들이 무슨 해를 당하기라도 한 듯 기옥 씨를 바라봤다. 하지만 기옥 씨는 개의치 않았다. 기옥 씨는 고개 들어 먼 곳을 바라봤다. 구름 한 점 없이 깨끗한 밤하늘 위로 크고 휘영청 둥근 달이 떠 있었다. '추석'은 '가을 달빛이 가장 좋은 밤'을 뜻한다는데. 명절까진 아직 두 시간이나 남았지만, 거의 완벽하게 차오른 달을 보니 새삼 오늘 아침 기상 캐스터가 했던 말, '고기압'이라는 말, '황금'이라는 말, '전국'이라는 말 그리고 '맑음'이라는 말이 전부 맞는 말이었을지도 모른단 생각이 들었다. 전국의 오늘은 늘 맑았으며 내일도 틀림없이 화창할 거라는 예감이…… 그런데도 기옥 씨의 마음은 어쩐지 계속 스산하기만 했다. 머리에선 열이 나고 가슴 안에 외풍이 들어 그런지도 몰랐다. 기옥 씨가 알기로 공항 안에 제일 많은 단어는 '출발'이란 말과 '도착'이란 말이었다. 그런데 기옥 씨는 이 순간 수천 개의 표지판 아래서 어디로 가야 할지 모르는 고아 같은 얼굴을 하고 있었다. 기옥 씨가 하아— 얕은 숨을 뱉었다. 배가 고파 입에서 쓴 내가 났다. 생각해보니 오늘 먹은 것이 없었다. 그러자 문득 아까 가방 속에 넣어둔 마카롱이 떠올랐다. 어느 아기 엄마가 놔두고 가는 걸, 음식 버리는 게 죄스럽고 아까워 따로 챙겨둔 거였다. 기옥 씨는 자신의 구찌 가방을 뒤져 고급스런 종이 상자를 꺼냈다. 그러고는 먹기 너무 아까울 정도로 예쁜 색색의 파스텔 톤 마카롱을 바라보았다. 달걀과 우유, 설탕 등 기본 재료는 변함없지만 종류별로 송로버섯과 푸아그라, 라임과 장미가 들어간 것들이었다. 기옥 씨는 그중 분홍색 마카롱을 집어 빤히 바라봤다. 불안함과 호기심이 반반 섞인 표정을 하고서였다. 그것은 5백 원짜리 동전 비슷한 크기에 완벽한 구형을 이루고 있었다. 기옥 씨는 입을 크게 벌려 과자를 반쯤 베어 물었다. 처음에는 '아유 달어' 하고 살짝 몸서리쳤지만, 곧 프랑스 전통 과자의 그윽하고 깊은 단맛, 부드럽고 바삭한 식감을 조심스레 음미했다. 하지만 얼마 안 돼 기옥 씨의 안색은 이내 어두워졌다. 기옥 씨는 왠지 울 것 같은 얼굴로 나지막하게 웅얼거렸다.

'왜 이렇게 단가…… 이렇게 달콤해도 되는 건가……'

바람이 불자 기옥 씨의 브래지어 위에 핀 가짜 꽃들이, 이름을 알 수 없는 이국의 열대 식물이 휘청대는 느낌이 들었다. 기옥 씨의 얼마 안 되는 머리카락도 힘없이 흩날렸다. 일단 무언가 위를 자극하자 더 큰 허기가 밀려왔다. 기옥 씨는 가슴팍의 선득한 기운을 느끼며, 양 볼에 검버섯이 핀 달, 휑 덩그렁한 대머리를 드러내고 있는 큰 달을 망연히 바라봤다.

그러고는 부시럭— 봉투 안에 손을 넣어 노란색 마카롱 하나를 집어 들었다.


　얼마 뒤 기옥 씨는 다시 터미널 안으로 들어갔다. 그러곤 화장실 앞에 있는 무료 식수대에 몸을 기울여 목을 축였다. 혀끝에서 수돗물 특유의 비린 쇠 맛이 났지만 그런 건 아무래도 좋았다. 전에 백화점에서 근무할 때는 오줌도 잘 못 누고, 물도 못 마셨을 뿐 아니라, 감시 중인 인사과 직원에게 '아줌마는 왜 웃지 않느냐'는 얘기를 들어야 했다. 여기서도 기분과 상관없이 미소 지어야 할 때가 많았지만, 사람 얼굴을 보며 직접 물건을 팔 때보단 감정 지출이 덜했다. 그리고 다행인지 불행인지 승객들은 이따금 기옥 씨가 거기 있는 줄 모르거나, 있어도 없는 사람처럼 여겼다. 마치 많은 이들이 재떨이와 재떨이 청소부를, 승강기와 승강기 청소부를 동격으로 대하듯 말이다. 기옥 씨는 소매로 입가를 닦아냈다. 그러곤 주먹을 쥔 채 저기 누군가와 잡담 중인 파트장에게 용기 내어 다가갔다.
　"저기요……"
기옥 씨가 어렵게 말을 꺼냈다.
　"저기…… 아까 그 일 말이에요."
말이 끊긴 파트장이 성가신 듯 다소 예민한 얼굴로 대꾸했다.
　"예?"

"누가 못 한대서, 빵구 난 일 말이에요. 부평 아줌마가 하기 싫어하는 것 같던데."

파트장이 의아한 듯 기옥 씨를 빤히 쳐다봤다.

"근데요?"

파트장 앞으로 히잡을 쓴 무리가 우르르 지나갔다. 두 사람 사이에 잠시 어색한 기운이 흘렀다. 이윽고 기옥 씨는 힘을 내, 마치 좋아하는 남자에게 고백이라도 하듯, 설렘인지 수치심인지 모를 감정에 바르르 몸을 떨며 말했다.

"그 일…… 제가 하면 안 될까요?"

하지만 기옥 씨가 그 얘길 꺼내기 전부터 파트장의 얼굴은 이미 흙빛으로 변해 있었다. 기옥 씨는 그걸 의식하지 못한 채 천진하게 눈을 끔뻑였다. 아들의 편지를 읽은 뒤 정신이 멍해져, 본인이 방금 전 벤치 위에 두고 온 게 무엇인지 알아채지 못한 까닭이었다. 기옥 씨는 그저 자신이 윗사람에게 의견을 묻고 있는 중이라 생각했지만. 파트장의 눈에, 이 광경은 가운데 머리가 통째로 없어 마치 암 환자처럼 보이는 여자가 다짜고짜 자기를 찾아와 야근을 해도 되느냐고 묻고 있는 상황이었기 때문이다. 기옥 씨의 얼굴을 모르지 않는 파트장은 당황한 기색을 숨기려 했지만 동공만은 몹시 크게 벌어져 파르르 떨리고 있었다. 마치 놀라운 게 아니라 무서운 걸 보기라도 한 듯.

시간은 이미 밤 10시를 넘어서고 있었다. 세계는 전보다, 또 방금 전보다 검게 짙어져가고 있었다. 오늘이 어떤 날인지 모른 채 지금 막 한국에 온 방글라데시 청년은 생전 처음 겪는 추위에 두 눈을 동그랗게 뜬 채 주위를 둘러보았고. 자기 신랑이 틀림없이 좋은 사람일 거라 믿는 베트남 처녀는 목을 길게 뺀 채 마중 나온 한국 남자를 찾고 있었다. 늘어난 비행기 대수나 자연 감소분만큼 인원을 충원하지 않아, 점점 피로해져가는 한 비행사는, 조금 전 유니폼 단추가 떨어진 징조를 의식하지 않으려 애썼고. 출장 뒤 부정(不淨)의 죄책감을 덜기 위해 아내에게 줄 스카프를 산 중년 남성은 면세점 카드 기기에 이제 막 서명을 하고 있었다. 심드렁한 얼굴로 아이패드를 들여다보던 초등학생은 학교에서 숙제로 내준 '옷은 시집올 때처럼, 음식은 한가위처럼' 이란 속담의 뜻을 막 '터치' 하고 있었고…… 근처 유흥가 한복판에서 두 팔을 번쩍 든 파키스탄 사내는 '부대찌개' 네 글자가 쓰인 판자를 벌 서듯 들고 있었다. 드넓은 활주로에는 비행기 이착륙 지점을 밝히는 수천 개의 항공등이 은하수처럼 반짝였다. 그리하여 퀭한 눈을 한 여자가 두건을 쓴 채 여객 터미널 화장실 바닥을 닦는 이 밤. 추석에도 마트에 나가야 되는 엄마를 둔 한 초등학생이 본사 홈페이지에 들어가 '18, A마트, 내일 하루 종일 정전돼서 좆망해라' 라고 게시글을 쓰는 사이. 탑승 게이트 곳곳에서는 '사요나라(さようなら)' '톳진스(Totziens)' '굿바이

(Good bye)' '잘 가' 그리고 '안녕' 이란 말이, 전화하겠다는 말, 편지한다는 말, 그만 들어가라는 말, 울지 말라는 말이 간간이 들려오고 있었다. 추석이 내일이었다.

큐티클

*

　장마철도 아닌데 며칠째 비가 내렸다. 집을 비운 사이 변기
에 장구벌레가 꼬였다. 화장실 창문을 통해 꽃가루며 나방가
루가 실려온 듯했다. 물을 내리자 꼬물대던 벌레가 소용돌이
치며 사라졌다. 세계는 생각보다 썩기 쉬운 물질로 이루어져
있었다. 걸레질을 하고, 냉장고를 비우고, 욕실에 산성 세제
를 뿌린 뒤 방바닥에 누웠다. 뺨에 닿는 모노륨 장판의 기운
이 서늘했다. 창밖에서 간헐적으로 소음이 들렸다. 별들의 운
행처럼 긴 꼬리를 그으며 자동차가 도로 위를 회전하는 소리
였다. 피로가 풀리며 내 안의 피도 제 속도를 찾는 느낌이 났

다. 죽은 듯 엎드려 있다 날바닥서 그대로 잠이 들었다. 이따금 구급차의 사이렌 소리와 오토바이 굉음이 들려왔다. 잠 깊숙이 들어오지 못하고, 꿈 밖 이지러진 성운 사이를 찢고 지나가는 운석들. 몸을 작게 말며 서울의 리듬 속으로 무사히 돌아왔다고 생각했다.

얼마 전 지방에 다녀왔다. 입사 후 처음 있는 출장이었다. 여행용 가방이 없어 부천 사는 친구에게 캐리어를 빌렸다. 친구는 자기 몸뚱이만 한 가방을 종로까지 끙끙대며 가져왔고 나는 그걸 수유까지 끌고 왔다. 없으면 아쉽고 사자니 아까워 빌린 건데, 가방을 돌려줄 때는 후회가 컸다. 짐 때문에 택시를 타고 부천까지 갈 수는 없었다. 그 값이면 애초에 가방을 사는 편이 나았다. 택배로 부칠까 하다 친구에게 줄 선물도 있어 지하철을 탔다. 마침 만나기로 한 선배도 부천역 근처에 살고 있었다. 선배에게는 신약 마케팅 기획에 관한 조언을 구할 참이었다. 한낮의 국철은 한적했다. 덩치 큰 여행 가방과 나는 초면인 양 서로 겸연쩍게 앉아 있었다. 열차가 덜컹일 때마다 내 속에, 그리고 캐리어 속 텅 빈 어둠이 표 안 나게 흔들렸다.

*

집을 나서며 신발장 앞에서 꽤 머뭇거렸다. 손에는 각각 4센티미터와 9센티미터 높이 굽의 구두가 들려 있었다. 힐을 신고 지하철 탈 생각을 하니 엄두가 나지 않았다. 평소, 버스 노선이 익숙지 않아 지하철을 자주 이용하는 편이었다. 땅 밑으로 소라고둥처럼 끝없이 이어진 계단을 타고, 환승을 세 번 정도 하는 날엔 하루 백 개가 넘는 층계를 밟을 때도 있었다. 그럴 때면 왠지 내가 수천 개의 계단을 오르내리기 위해 서울에 온 게 아닐까 하는 생각이 들었다. 갈등하다 결국 4센티미터 펌프스를 택했다. 그러곤 얼마 안 돼 다시 9센티미터 힐로 바꿔 신었다. 비싼 값을 주고 샀지만 불편해서 잘 안 신는 가죽 수제화였다. 힐을 신고 빌라 5층에서부터 계단을 타고 내려왔다. 조심스레 걸음을 옮길 때마다 허공에서 탕— 탕— 소리가 났다. 발을 헛디딜까 불안했지만 굽이 주는 긴장감이 오랜만에 마음을 들뜨게 했다. 굽 끝에서부터 온몸이 싱싱하게 당겨지는 감각이 아찔했고, 불편도 특권이다 생각하니 더 그랬다. 팽팽한 걸음은 도시의 탄력과도 잘 어울렸다. 힐을 신은 내 모습은 어쩐지 좀 그럴듯했다. 그리고 오늘 나는 되도록 많은 사람들에게 '그럴듯해' 보이고 싶었다. 지적인 분위기를 주고 싶어 검정 스커트에 파란색 블라우스를 입었다. 옆구리에는 손바닥만 한 클러치백을 꼈다. 결혼식은 명동에서 1시에 열렸다.

깨진 아스팔트 안에 빗물이 고여 있었다. 시커먼 웅덩이 위로 하얗게 뜬 벚꽃이 보였다. 통 좁은 치마 사이로 최대한 보폭을 벌려 물 위를 폴짝 건너뛰었다. 구정물에 담긴 하늘이 파랗게 부서지며 출렁였다. 구두가 젖으면 안 되는데…… 종아리에 자꾸 흙탕물이 튀었다. 신호등 근처에선 햇살 아래 부유하는 풀씨들이 보였다. 먼지 뭉치처럼 나른한 듯 민첩하게 움직이는 꽃씨를 눈으로 좇았다. 씨앗으로 꽉 찬 계절. 마치 세상 모든 식물들이 '나는 살아 있어요! 그리고 앞으로도 살아갈 거예요!' 라고 외치며 사방에 전단지를 뿌리는 듯했다. 콧구멍을 벌름거리며 번식의 에너지를 들이마셨다. 폐 깊숙이 들어온 건 자동차 배기가스지만 물컹하고 비린 기운에 가슴이 봄밭처럼 부풀었다. 어쩌면 오늘 내 모습이 마음에 들어서인지도 몰랐다. 이런저런 곁눈질과 시행착오 끝에 가까스로 얻게 된 한 줌의 취향. 안도할 만한 기준을 얻는 데 얼마나 많은 비용이 들었던지. 상품 사이를 산책할 때 나는 엄격한 동시에 부드러운 사람이 됐다. 내가 원하는 게 뭔지 알고 있다는 데서 오는 여유. 그러나 원하지 않는 것 역시 정확하게 알고 있다는 식의 까다로움. 내가 틀릴 수도 있다는 의심을 버리자 쇼핑에 자신감이 붙었다. 그리고 원하는 게 많아졌다. 변화는 단순했다. 과거, 장식이나 색상 위주로 물건을 골랐다면 이제는 질감이나 선(線)을 보게 되었다. 그중에서도 선, 흔히 '잘 빠졌다'고 말하는 상품의 전체적인 맵시를. 좋은 옷을 입는 건 그것의 가격이나 옷감뿐 아니라 좋은 실루엣을 소유하는 것과 같다는 걸 깨달은 지도 얼마 되지 않았다. 명품은 아니어도 상품(上品)을 알아보는 눈이 생겼다 할까. 신호가 바뀌길 기다리며 상점 앞 스테인리스 기둥에 내 모습을 비춰봤다. 호들갑스럽지 않게 자기주장을 하고 있는 정장. 백화점 할인매장에서 산 너무 비싸지도 싸지도 않은 핸드백. 담담한 질감의 소가죽 구두. 4월, 친하지 않은 친구의 결혼식에 가는 길. 책가방에 점수가 잘 나온 성적표를 담아 집으로 뛰어가는 아이처럼 나는 히죽 웃었다.

지하철역 입구에 도라지를 다듬고 있는 할머니가 보였다. 이제 막 껍질이 벗겨진 도라지 향기가 알싸하게 코끝을 스쳤다. 맞은편 가판에는 하얗게 쌓인 좀약이 햇빛에 반짝이고 있다. 봄. 걸음마다 스치는 허벅지 맨살이 보드랍다. 인조견으로 된 스커트 안감에 다리가 감길 때마다 느껴지는 감촉의 외설. 날이 풀리고 몸이 풀리는 기분. 스물여덟. 이제 막 서른을 바라보는 내 몸이 알맞게 그리고 충분히 익어가고 있다는 느낌이 든다. 그간 몇 번의 연애가, 구직이, 이사가 있었다. 그리고 예전보다 몸에 대해 생각하는 시간이 많아졌다. 내 몸은 어리둥절한 얼굴로 서울에 갓 도착한, 스스로의 구매력을 어색해하던 스무 살 때보다 건강하다. 내가 나를 돌보는 느낌. 소비는 조심스럽고 수줍게 진행됐다. 장을 볼 때 일반 화장지 대신 무형광물질 티슈를 사고, 탄산음료를 집었다 생과일주스로 바꿔 들었다. 몇백 원 더 비싸지만 부드러운 국산 콩 두부를 먹고, 호기심에 일반 생리대보다 두 배는 비싼 유기농 소재의 패드를 써보기도 했다. 처음에는 좀 죄책감이 들었다. 생필품을 절약하지 않으면 돈 모으기가 힘든데. 씀씀이가 커 눈만 높아진 게 아닌가 싶어서였다. 하지만 변기에 앉아 화장지를 끊을 때마다, 부드러운 두부 조직이 식도를 건드릴 때마다 전에 없던 설렘과 만족이 찾아왔다. 그리고 만약 그런 '기분'도 구매할 수 있는 거라면 그걸 '계속하고' 싶다고 생각했다. 이 정도는 낭비가 아니라 경제적인 행복이라고. 술값으로 몇십만 원씩 쓰는 남자들보다 낫지 않느냐 합리화하며. 이건 오래 쓸 거니까, 이건 자주 사용하는 거니까, 라는 식의 근거로 분수에 맞지 않는 물건을 골라 담았다. '아주 조금 나은' 물건에 대한 욕구. 그러니까 그냥 다리미가 아닌 스팀다리미, 보통 드라이어가 아닌 음이온 드라이어, 일본 생맥주, 핸드 드립 커피, 고농축 에센스에 푹 전 마스크 팩……
한 번 높아진 눈은 다시 낮추기 힘들었다. 그리고 그렇게 된데는 직장 동료들의 조언도 한몫했다. 그녀들은 '다른 건 몰라도 이것만은' 식의 고집과 풍습을 공유했다. 다른 건 몰라도 가방은 비싼 걸 메야 한다, 다른 건 몰라도 화장품은 좋은 걸 써야 한다, 항상 입는 코트는 유명 브랜드로 걸쳐야 한다, 여자는 머릿결이 생명이다, 피부가 명함이다 등. '무엇 무엇 만은'의 목록은 점점 늘어갔다. 모든 게 중요하고 많은 게 필요였다. 나는 그 필요에 쫓기지 않았다. 필요에 의지했다. 소비는 내가 현재 대도시의 왕성한 생산 활동에 참여하고 있다는 사실을 상기시켜줬다. 나 역시 그 신진대사에 속해 있다는 느낌. 그리하여 뭔가 지불할 때, 나는 더 잘 생산할 수 있을 것 같은 암시를 받았다. 대학 졸업 후 언론사 시험에 몇 번 떨어졌다. 공중파 방송국의 프로듀서가 되고 싶었는데 오래 공부할 용기가 안 나 재빨리 외국계 제약회사 쪽으로 눈을 돌렸다. 직장에 다닌 지 3년. 많은 돈을 모으진 못했지만 얼굴은 예전보다 맑아졌다. 그건 단순히 깨끗한 피부가 아닌 그 사람의 환경, 영양 상태, 심리적 안정감, 여가, 자신감 등 모든 것이 어우러져 드러나는 '총체적인 안색'이었다. 물론 어릴 때부터 그런 낯빛을 타고나는 사람들이 있었다. 연예인 혹은 명사들의 얼굴이 그랬다. 나는 그 빛을 동경하면서도 한편으론 언짢아했다. 건강하기보다 지나치게 건강하다는 인상을 받아서였다. 그래도 나는 내 또래 친구들의 유행과 문법을 잘 따라가는 편이었다. 입사한 뒤 은행에서 직장인 대출을 받을 수 있었다. 그 돈으로 제일 먼저 방을 옮겼다. 서울 변두리에 자리한 그저 그런 원룸이었지만 그간 세를 산 집 중 가장 넓고 쾌적한 데였다. 처음에는 안도가 그다음엔 욕심이 찾아왔다. 정착의 느낌을 재생반복하기 위해 자꾸 이것저것을 사들이고 집을 꾸미기 시작했다. 월급날에 대한 확신과 기대는 조금 더 예쁜 것, 조금 더 세련된 것, 조금 더 안전한 것에 대한 관심을 부추겼다. 그러니까 딱 한 뼘만…… 9센티미터만큼이라도 삶의 질이 향상되길 바랐다. 그런데 이상한 건 그 많은 물건 중 내게 '딱 맞는 한 뼘'은 없었다는 거다. 모든 건 늘 반 뼘 모자라거나 한 뼘 초과됐다. 본디 이 세계의 가격은 욕망의 크기와 딱 맞게 매겨지지 않았다는 듯. 아직 젊고, 벌날이 많다는 근거 없는 낙관으로 나는 늘 한 뼘 더 초과되는 쪽을 택했다. 그리고 그럴 자격이 있다 생각했다.

두 팔을 살짝 벌린 채 균형을 잡아가며 지하도 계단을 내려갔다. 힐을 신은 경우 계단을 오를 때보다 내려갈 때 주의해야 했다. 날이 좋아 가슴팍과 겨드랑이에 금세 땀이 찼다. 지하도에 들어서자 오래된 시멘트 냄새가 확 풍겨왔다. 어딘가 늘 '피신'의 느낌을 주는 그늘 냄새였다. 시간을 확인하려 클러치백 안에서 휴대전화를 꺼냈다. 그러다 문득 그러라고 예정된 듯 혹은 그 예감을 가장하듯 손끝에 시선이 멈췄다.

'어떻게 할까?'

고개를 돌려 잠시 지하도 입구를 바라봤다. 네모난 구멍 속으로 쏟아지는 햇빛에 눈이 시렸다. 어쩌면 한 시간 일찍 집을 나선 순간부터 줄곧 '손'에 대해 생각하고 있었는지 몰랐다. 이미 마음먹었으면서, 처음부터 가능성을 열어두고 나왔으면서, 나는 좀 주저했다. 그러곤 얼마 있다 그 환한 빛을 향해 다시 걸어 나갔다

상점 외벽은 통유리로 돼 있었다. 어수룩한 도둑처럼 근처 기둥에 몸을 숨긴 채 동정을 살폈다. 손, 발 베이직 만 원, 레귤러 만 5천 원, 스페셜, 제모, 눈썹 문신…… 유리벽에 코팅지로 표기된 메뉴가 보였다. 베이직이 뭐지. 레귤러는 또 무슨 말이람? 만 원이면 국산 콩 두부 대여섯 개를 합친 가격과 맞먹는다. 마음을 정하지 못해 어물대다 주인 여자와 눈이 마주쳤다. 그녀는 초행자의 망설임을 잽싸게 알아채고 상긋 웃었다. 그냥 갈까 하다 결국 문을 열고 가게 안에 들어섰다. 봄인데도 벌써 에어컨이 작동되고 있었다. 가게 안쪽에 바지를 걷은 채 족욕을 하는 아가씨와 손톱을 말리고 있는 아주머니가 보였다. 앳된 네일 아티스트 두 명이 부지런히 그들의 말 상대를 해주고 있었다. 오랜 소비 경험상 나는 이런 데서 기죽은 태도를 보이면 안 된다는 걸 알고 있었다. 그래서 익숙한 듯 자연스레 행동하려 애썼다. 더불어 속물처럼 보이고 싶지 않은 마음에 겸손한 표정을 짓는 일도 잊지 않았다. 교육받은 사람답게, 당신을 존중한다는, 나는 으스대는 사람이 아니라는 식의 태도. 물론 그때마다 상점 주인들은 단번에 내

가 하수인 걸 알아보고 이리저리 재보며 다루려 했다. 무시와 격려를 번갈아 하며 등록과 매매를 부추겼다. 나는 '내가 왜 내 돈 쓰며 야단을 맞아야 하나' 울컥해하다 자존심 때문에 지갑을 열곤 했다.

'그렇지만 이번에는 휘둘리지 않으리라.'

등받이가 없는 의자에 꼿꼿이 허리를 세우고 앉았다. 오늘은 특별한 날이니까. 학창 시절 내내 경쟁심을 느껴왔던 친구의 결혼식이고, 대학 동기들도 많이 올 테니까. 가격에 너무 신경 쓰는 인상을 주지 않으려 노력하며 천천히 메뉴판을 훑었다. 발 관리를 제대로 받으려면 5만 원 이상이 든다. 손톱 매니큐어는 5천 원이니 해볼 만했다. 어차피 발은 구두코에 가려 보이지 않을 터였다. 광목 소재의 앞치마를 맨 주인 여자가 다가왔다. 가슴과 아랫배 주위에 군데군데 얼룩이 묻어 있었다.

"다음부터는 예약하고 오셔야 해요."

네일숍은 이번이 처음이다. 이태 전 동네에 네일숍이 생긴 걸 발견했는데, 그때만 해도 내가 고객이 되리라곤 예상하지 못했다. 사실 나는 당시 통유리 안으로 비치는 여자들을 은근 경멸했었다. 네일아트가 대중화되지 않았을 때고, 옷이나 피부에 돈을 쓰는 이들보다 훨씬 게으르고 사치스러워 보여서였다. 고가의 핸드백보다 훨씬 싸고, 조촐한 낭비인데도 왜 유독 엄격한 눈으로 바라보게 된 건지 몰랐다. 시골에서 오랫동안 자라온 내게는 나도 잘 모르는 금욕주의 같은 게 있었다. 그래서 왠지 네일아트가 궁극의 사치처럼 느껴졌다. 손톱만큼 숨기기 힘든 것도 없으니까. 명품 가방으로도 보석 반지로도 가릴 수 없는 게 손이니까. 그래서였을까? 내 발로 들어온 가게인데도 앉은 내내 죄지은 것처럼 가슴이 콩닥거렸다. 동시에 그건 설렘과 호기심의 박동이기도 했다.

"어떤 거 하실 거예요?"

나는 매니큐어를 하겠다고 했다. 여자는 내 손을 잡고 살피더니 이대로는 안 된다고, 케어를 먼저 받으라고 했다.

"케어요?"

여자가 판에 박힌 말투로 대사를 외듯 설명했다. 케어란 손톱 주위에 큐티클과 각질을 정리하고, 영양제를 바르는 걸 말했다. '베이직'이라는 메뉴가 바로 이 과정을 뜻했다. 원하면 마사지나 팩을 추가할 수 있다고 했다. 얘길 들어보니 케어 없이 매니큐어를 한다는 건 샴푸도 안 하고 린스를 바르겠다는 말과 같은 거였다.

"그럼 케어도 해주세요."

내심 잘됐다고 생각했다. 며칠 전부터 손톱 주위에 인 보푸라기 같은 살들이 여간 신경 쓰이는 게 아니었는데…… 뻐근하니 답답해 이상하게 가려운 느낌마저 들던 차였다. 케어에 매니큐어를 합치면 만 5천 원이었다. 생각보다 지출이 커 좀 울적해졌다. 내가 또 졌다는 기분.

"처음이신가 봐요?"

솔직하게 '그렇다'고 했다. 여자는 반색하며 회원권을 끊으라고 했다. 그게 더 경제적이라고. 베이직은 10회 10만 원, 거기에 매니큐어가 더해지는 레귤러는 15만 원, 프렌치와 그라데이션, 파라핀 팩 등 서비스를 자유롭게 이용할 수 있는 스페셜은 25만 원이었다. 그래도 이 동네가 싼 편이라고. 회원이 되면 팩이나 매니큐어를 몇 회씩 추가해준다고 했다. 나는 '아, 그렇게 놀라운 가격은 아니군요'라는 표정을 지어 보이려 애썼다. 여자는 개인 전용 영양제도 사라고 했다. 여기 회원들은 모두 그렇게 한다고. 그녀 뒤로 일렬로 쭉 세워진 2백여 개의 영양제가 보였다. 15밀리리터 용기에 각 회원의 이름이 적힌 스티커가 붙어 있었다. 나는 '오늘 하루만 하고 앞으로는 오지 말자' 다짐하며 일단 한 번 받아보고 결정하겠다며 시치미를 뗐다.

"그런데 케어는 며칠에 한 번씩 해줘야 하나요?"

"영양제는 이삼일 주기로 바르고 오일은 틈나는 대로 발라주는 게 좋아요. 케어는 일주일에 한 번은 하셔야 되고. 언니는 처음이니까 규칙적으로 와요."

요 조그마한 신체 부위에 엄청난 시간과 노력이 들어간다는 사실이 놀라웠다. 그리고 그런 여유와 관리가 기껍고 자연스러운 사람들이 많다는 게 신기했다. 아크릴 판 위에 수십

218

개의 손톱 모형이 전시돼 있었다. 주인 여자는 대뜸 내게 손톱이란 말이 어디서 온 건지 아냐고 물었다.

"뿔에서 왔대요, 뿔."

"아, 정말요?"

"그럼요. 제가 이거 배울 때 인터넷으로 찾아본 거예요."

손님들 환심을 사기 위해 늘어놓는 얘기 중 하나일 테지만, 물가에 선 사슴인 양 서로의 뿔을 정성스레 핥아주는 여자들의 모습이 떠올랐다. 손끝에서 한없이 뻗어 나간 길고 아름다운 열 개의 뿔도.

"영양제, 하실 거죠?"

"아, 네, 음, 얼마인데요?"

"4만 원이요."

여자가 덧붙였다.

"오일도 같이 하세요. 여기 이렇게 하얗게 일어나고 각질 생기는 거 다 건조해서 그런 거예요."

여자는 스포이트가 달린 조그마한 초록색 병을 꺼내 보였다. 나는 애매하게 웃었다. 눈치 빠른 여자가 화제를 돌렸다.

"참, 차 뭐로 하실래요?"

여자가 커피를 준비하는 동안 주위를 둘러봤다. 상점 내부는 보라색 톤으로 꾸며져 있었다. 진보랏빛 벨벳 쿠션과 의자, 연보라색 벽지, 모조 크리스털로 된 샹들리에, 곳곳에서 풍기는 기분 좋은 화학약품 냄새. 나름 우아하고 고급스러운 분위기를 연출하려 한 듯했다. 문득 '보라는 이쪽에서 상상하는 색이지, 저쪽에서 추구하는 색은 흰색이나 초록에 가깝지 않나' 의문이 들었다. 그러고는 그런 관념적인 생각이나 하고 자빠져 있는 스스로가 못마땅해졌다. 여자가 차를 내왔다. 당연히 원두커피일 거라 기대했는데 커피크리머를 뺀 인스턴트 커피였다.

"여기 손 올리세요."

키친타월이 깔린 탁자 위로 공손히 두 손을 내밀었다.

"언니 손 너무 건조하다. 손톱도 종이처럼 얇고."

여자가 펜치처럼 생긴 금속 도구에 칙칙— 세정제를 뿌렸다.

"아프면 얘기하세요. 이것도 살이라서 아파요."

손톱 주위를 한번 정돈해보고 싶다는 욕구는 사실 부천에서부터 생겼다. 그전까지는 남의 손이나 내 손에 별 관심을 가진 적이 없었다. 평소 누군가의 배꼽에 주의를 기울이지 않는 것처럼. 배꼽으로 누군가를 평가하고, 무시하고, 선망하지 않는 것처럼 말이다. 그런데 그날, 선배 언니를 만난 뒤로 나도 모르게 자꾸 손에 신경이 쓰였다. 자기 성기를 최초로 의식하고 수치심을 갖게 된 이브처럼. 일단 뭔가 알게 되자 그 앎에서 벗어날 수 없었다. 요 며칠 나는 다른 이들의 손톱을 표 안 나게 홀긋거리고 있었다. 거래처 사람을 만날 때도, 회사 사람들과 커피를 마실 때도, 버스 손잡이를 쥔 여대생 앞에서도 그랬다. 손톱을 관리하는 여자들은 생각보다 많았다. 숍에서 받은 게 틀림없어 보이는 것도 있었고, 스스로 꾸준히 다듬은 손도 여럿이었다. 그녀들에게 손톱 관리는 머리를 감고 목욕을 하는 것처럼 일상적인 일인 듯했다. 그걸 지나치게 정색하고 바라본 스스로가 좀 겸연쩍었다. 그래서 처음에는 나도 내 힘으로 손톱 정리를 해볼까 했었다. 하지만 어떻게 해야 할지 몰랐고, 손이 설어 뭘 꼼꼼하게 못 하는 편이라 겁부터 났다. 그렇다고 선뜻 네일숍에 가고 싶은 마음이 들지는 않았다. 내겐 새로운 걸 시도하는 경향이나 용기가 별로 없었다. 며칠 지나면 없어질 허영이려니 하고 기다렸는데…… 어느 순간 나는 더 이상 손톱에 대해 '생각하고' 있지 않았다. 나는 손톱에 '사로잡혀' 있었다.

부천에 간 날, 선배를 보기 전 친구부터 만났다. 식사 뒤에 후식이 따라 나오는 식당에서였다. 동네에선 나름 인기가 있지만 식탁보며 커튼이 낡고 촌스러워 보이는 스파게티 집이었다. 나는 친구에게 밥을 사고, 경주에서 산 나무 공예품을 선물했다. 친구는 앞으로도 여행 가방이 필요하면 언제든지 말하라고 했다. 나는 멋쩍게 웃으며 손사래 쳤다. 미안하기도 하고, 다시 캐리어를 끌고 종로에서 수유로, 수유에서 부천까지 오는 수고를 하고 싶지 않아서였다. 친구의 얼굴은 좀 고단해 보였다. 친구는 전문대학을 졸업하고 여행사에 다니다 그만둔 상태였다. 그리고 남산 꼭대기에 있는 카페에서 아르바이트를 하고 있었다. 얼마 전까지만 해도 '남산타워'였다 최근 'N서울타워'로 바뀐 데서였다. 벌써 1년이 넘어 준매니저급 대우를 받는 모양이지만 월급은 여전히 박한 듯했다. 친구는 돈을 모아 그래픽디자인을 공부하고 싶다고 했다. 서로 다른 대학에 가면서 좀 소원해졌지만 그녀와 나는 여고 때 단짝이었다. 친구는 후식으로 나온 커피를 홀짝이며 올여름에는 같이 여행을 떠나자고 했다. 태국이나 일본에 가 며칠 바람을 쐬고 오자는 거였다. 항공권을 일찍 예약해놓으면 싸게 다녀올 수 있다고, 자기가 아는 온갖 여행 상식과 할인 방법을 늘어놨다. 원래부터 친구는 여행이라면 사족을 못 썼다. 집안 형편이 넉넉한 편도 아닌데. 어떻게든 아르바이트를 하고 별별 에누리 사이트를 뒤져 계획을 세우곤 했다. 물론 대부분의 결심은 갑자기 터지는 재난과 부채, 사고 등으로 무산되기 일쑤였다. 그래도 대학 등록금을 버느라 휴학을 밥 먹듯 하던 친구에게 여행은 유일한 기쁨이자 사치였다. 반대로 나는 여행이라면 일단 귀찮아하고 보는 성격이었다. 나는 멀리서 노는 것보다 집에서 쉬는 것을 좋아했다. 관광보다 정착의 느낌이 간절했다. 그런데 그날, 친구가 태국에 가자는 얘기를 꺼냈을 때 웬일인지 탁 트인 해변과 파란 하늘이 눈에 아른거리며 '이참에 나도 휴가란 걸 한번 떠나볼까' 하는 마음이 처음으로 들었다. 더구나 태국이라니. 모두가 한두 번은 해외여

행을 다녀오는 판에 어디 가서 명함을 내밀 만한 추억은 되지
않을까 싶었다.

친구와 헤어지고 근처 찻집에서 선배 언니를 만났다. 졸업
후 통 연락을 안 하다 내 쪽에서 아쉬워 수소문한 선배였다.
학부 시절에도 그저 눈인사나 나누고, 가끔 형식적인 대화를
나누던 관계였는데…… 그사이 광고회사 쪽에서 꽤 입지를
다진 모양이었다. 선배는 만나자는 말에 당황하다 곧 약속을
잡자고 했다. 성가실 법도 한데 성공한 사람으로서 누군가에
게 조언을 해줄 수 있는 위치가 싫지 않은 눈치였다. 입사 3년
만에 내 이름으로 된 프로젝트를 처음 맡게 되었다. 며칠 뒤
신약 마케팅에 관한 방향과 전략을 제시하는 프레젠테이션
일정이 잡혀 있었다. 진급은 물론이고 연봉 협상에도 영향을
미칠 중요한 일이었다. 회사에서 어깨 너머로 배운 요령과 정
보가 없는 건 아니지만 선배를 만나 도움이 될 만한 이야기를
들어보는 것도 나쁘지 않을 것 같았다.

그녀는 몰라보게 예뻐져 있었다. 평범한 기성복 차림으로
나왔는데 분위기가 다르고 선이 달랐다. 긴장을 먹고 사는,
그러나 그만큼의 인정과 보상을 섭취하는 사람이 내뿜는 기
운이 느껴졌다. 그녀는 한 손으로 커피에 섞인 얼음을 휘저으
며 광고계의 뒷얘기와 여자로서 사회생활을 하는 것의 어려

움, 사내 알력 관계 등에 대해 얘기했다. 약간 과시적인 태도가 거슬렸지만 나 역시 공감하는 부분이 있어 지루하진 않았다. 오랜만에 만난 사이인데도 선배는 별로 어색해하는 것 같지 않았다. 아마도 수줍음은 사회생활의 적이라는 사실을 진작부터 알고 있어서인지 몰랐다. 이런저런 얘기 중 선배는 대뜸 내 입술이 부르텄다며 친근하게 나무랐다.

"너 마케팅부라며."

"예."

"그런데 입술이 그게 뭐야. 아무리 바쁘고 피곤해도 생기 있게 자신을 가꾸고 있는 모습을 보여주는 것도 경쟁력이야. 그런 것도 다 자기 관리라고."

나는 입술에 침을 바르며 고개를 끄덕였다. 그러곤 몇 가지 기억할 만한 것들을 메모하며 그녀 얘길 경청했다. 그러다 무심코 그녀의 손에 시선이 머물렀다. 이슬 맺힌 유리컵을 쥔 채 조용히 꼼지락거리고 있는, 매끄럽게 잘 다듬어진 열 개의 손가락이. 손톱 위론 반투명한 살구색 매니큐어가 칠해져 있었다. 주위엔 굳은살이 거의 없었다. 손톱마다 알알이 박힌 깨끗하고 균등한 크기의 반달은 또 얼마나 어여쁘던지. 그녀의 손은 스스로 과시하고 있지 않아 더욱 과시적으로 보였다. 수다를 떨며 맞장구를 치고 호응하는 내내 나는 선배의 손을 흘끔거렸다. 화려함이나 아름다움 때문만은 아니었다. 그 손에 자꾸 눈이 간 건 그것이 무척 '깨끗해' 보여서였다.

"이제 저기서 말리세요."

탁자 위에 놓인 플라스틱 재질의 둥근 기계가 보였다. 센서에 손이 닿자 웅— 하고 미지근한 바람이 새어 나왔다. 손을 내밀고 멍하니 앉아 그렇게 20분 정도를 기다렸다.

베이직 코스는 생각보다 섬세하고 복잡했다. 레귤러나 스페셜 과정은 그보다 더 세분화된 모양이었다. 여자가 처음으로 한 일은 기다란 줄로 내 손톱 하나하나를 간 거였다. 좌우로 줄이 움직일 때마다 손톱 가루가 먼지처럼 보얗게 날렸다. 손톱 가루를 들이마시지 않으려 숨을 몇 번 참았다. 다음 순서는 손톱 주위에 큐티클이 잘 불게 하는 용액을 바르는 거였다. 여자는 손톱 둘레에 오일을 묻힌 뒤, 펜치 모양의 금속 도구로 큐티클을 밀고 깎고 다듬었다. 짐작보다 시간과 품이 많이 드는 작업이었다. 나는 전문가의 솜씨에 감탄하며 전 과정을 주의 깊게 지켜봤다. 여자가 열 손가락에서 모두 걷어낸 큐티클을 휴지에 묻혀 한꺼번에 보여주었을 때는 자기 똥을 보고 좋아하는 어린아이처럼 흥미로워했다. 여자는 내가 손 관리에 너무 무심하고 게으르다며 농담조로 면박을 줬다. 정작 유리벽 바깥에서, 이 안의 여자들을 보고 태만하다고 생각한 건 난데, 숍에서는 반대의 논리가 통하고 있었다. 여자는 면봉에 솜을 둥글게 말아 아세톤에 적신 뒤 손톱 주위의 이물질을 꼼꼼하게 닦아냈다. 그런 뒤 스크럽 제품을 이용해 손

전체의 각질을 벗겨냈다. 곧 손등 위에 뜨거운 물수건이 얹어졌다. 여자는 그걸로 내 손을 닦아준 뒤 핸드크림을 바르고 유분기를 이용해 손바닥과 손가락을 고루 주물러줬다. 여자가 자기 손가락 사이에 내 손가락을 끼워 하나씩 튕겨줄 때마다 찌릿찌릿 전류가 흘렀다. 손톱에 단백질 성분의 영양제를 바르고 여자가 내게 어떤 컬러를 원하느냐고 물었다. 나는 펄이 들어간 살구색을 골랐다. 여자는 손톱 위에 같은 색 매니큐어를 두 번 칠한 뒤 '탑 코트'라 불리는 투명 매니큐어를 다시 덧발랐다. 매니큐어가 다 말랐을 땐 손톱마다 오일을 한 번 더 발라줬다. 총 열 번이 넘는 '발림'의 과정이었다. 평소 얼굴에 바르는 화장품도 대여섯 개를 넘지 않는데. 각각의 과정이 놀라울 따름이었다. '손'이 아니라 '손의 세부'를 만져주는 손길. 엷은 졸음이 몰려오며 어느 순간 '나는 케어받고 싶다. 나는 관리받고 싶다. 누군가 나를 이렇게 영원히 보살펴주었으면 좋겠다, 어린아이처럼' 하고 고해하고 싶은 충동이 일었다. 누군가 나를 오랫동안 정성스럽게 만져주고 꾸며주고 아껴주자 나는 아주 조그마해지는 것 같았고, 그렇게 안락한 세계에서 바싹 오그라든 채 잠들고 싶어졌다. 그리고 모든 과정이 끝났을 때 불가사리 같은 손을 쫙 펴 보이며 속으로 환하게 외쳤다.

'아! 손톱이 사탕 같아졌다!'

지갑을 찾자 여자가 꺼내주겠다고 했다. 혹시라도 가방 지 퍼나 소지품에 손톱이 긁히면 안 되기 때문이었다. 매니큐어 가 충분히 마르기까지는 최소 한 시간 이상이 필요하다고 했 다. 여자는 오늘 하루 조심하라는 말과 함께 내 지갑에서 만 5천 원을 꺼냈다. 선배를 만난 뒤로 한 번도 자르지 않아, 기 다래진 손톱은 더 맵시가 났다. 구두나 가방, 목걸이뿐 아니 라 몸 자체도 하나의 장신구가 될 수 있다는 사실이 신기했 다. 어쩌면 몸이야말로 가장 비싼 액세서리일지도 몰랐다. 두 손을 높이 들어 조명 아래 비춰봤다. 예쁘다. 그리고 깨끗하 다. 나는 책가방에 좋은 성적표와 함께 상장까지 얹어 가게 된 아이처럼 연신 비실비실 웃었다. 여자가 가만 미소 지으며 말했다.

"다음에는 더 과감한 걸로 하고 싶어질 거예요."

그러곤 클러치백을 건네주며 능청스레 물었다.

"어떻게, 회원권 끊어드릴까요?"


토요일, 명동 시내는 말할 수 없이 복잡했다. 웬만한 보도 는 발 디딜 틈이 없어 지하철역 입구를 통과하는 데만도 엄청 난 에너지를 쏟았다. 힐을 신고 뒤뚱거리며 명동 성당으로 향 했다. 4월인데도 후텁지근한 날씨가 여름 못지않았다. 대형 쇼핑몰의 스피커에서 댄스곡이 시끄럽게 흘러나왔다. 작은 상점들도 질세라 내레이터 모델들을 앞세워 호객 행위를 하고 있었다. 상인들은 서툰 일본어로 관광객을 붙잡고, 거리는 쇼윈도를 바라보는 수천 개의 눈들로 꽉 차 있었다. 명동 지리에 익숙지 않아 더듬더듬 청첩장에 붙은 약도를 보며 걸었다. 상점 밖, 에어컨디셔너의 실외기가 일제히 쏟아내는 열기에 숨이 막혔다. 한껏 꾸미고 왔는데 화장이 번지고 겨드랑이에 땀이 찼다.

'명동 성당에서 결혼하기 쉽지 않다던데. 누구랑 하는 걸까?'

신랑이 교사라고 했던가. 대기업에 취직하고 결혼하는 친구가 부러웠다. 그러면서도 한편으론 '친구가 잘돼 좋지만 또 지나치게 잘되지는 않아 다행'이란 생각이 들었다. 교사라면 좀 평범하다 싶고 신랑이 못생겼단 얘길 들어서였다. 오래전부터 나는 그녀가 훨씬 괜찮은 남자와 결혼하리라 믿어왔다. 그녀는 내 주위의 몇 안 되는 '인물 좋고 공부 잘하고 성격까지 좋은' 사람 중 하나였다. 질투심에 이불을 뒤집어쓴 채 그녀의 친절을 의심하고 분석한 밤도 여러 날이었지만. 그녀는 단순하고 긍정적인 사람이었다. 그래서 좀체 거리가 좁혀지지 않는. 여기저기서 사람들이 함부로 어깨를 치며 지나갔다. 손톱이 긁히지 않도록 조심하며 가방에서 휴대전화를 꺼냈다. 엄지와 검지를 뺀 나머지 손가락들이 예민하게 활짝 벌어졌다. 식에 좀 늦은 것 같다. 한 시간이나 일찍 출발해놓고, 네일 케어를 받느라 지각했다. 어마어마한 인파를 뚫고 헉헉대

며 길을 헤매다 명동 성당에 오르는 언덕에 도착했다. 한 손
으로 햇빛 가리개를 만든 뒤 자리에 서서 잠시 십자가를 바라
봤다.

결혼식은 모든 결혼식이 그렇듯 금방 끝났다. 그리고 다른
모든 결혼식과 마찬가지로 허망한 기분을 남겼다. 사실 식이
끝날 때만큼 어정쩡한 순간도 없었다. 사람들은 보통 식장에
서 만난 친구와 차를 마시러 가거나 영화를 보고 쇼핑을 하는
등 없는 일을 하나씩 만들었다. '집에 갈까?' 하다, 어쩐지 나
도 약속을 만들고 싶어졌다. 심란하기도 하고 마실 나온 김에
스커트를 휘날리며 좀 쏘다닐 요량이었다.

친구의 결혼식은 나무랄 데가 없었다. 백 년 넘은 고딕 양
식의 건물. 기도하듯 하늘을 지향하는 성당의 자태. 색색의
스테인드글라스에 스미는 햇빛. 고상한 분위기의 현악 삼중
주. 말쑥한 하객들. 아치형 천장에서 쏟아지는 따뜻한 조명과
종교적 분위기…… 많은 이들이 미소 지었고 온갖 종류의 부
드러움이 출렁거렸다. 신랑과 신부에게선 총체적으로 건강한
안색이 느껴졌다. 대학 동기 몇몇이 내게 알은체를 했다. 친
구들의 옷은 무척 과감하면서도 세련돼 보였다. 색깔이나 디
자인이 흔치 않은 거였고 그 천박하지 않은 화려함이 결혼식
의 화사한 분위기와 잘 어울렸다. 반면 내 옷은 너무 무난하
다고 할까 답답할 정도로 평범해 보였다. 친구들의 감각적인

정장을 보자 내가 의기양양하게 걸치고 온 것들이 유행이 지난 것처럼 느껴져 풀이 죽었다. 게다가 파란색 블라우스의 양쪽 겨드랑이가 걸어오는 동안 땀으로 얼룩져 군청색으로 변해 있었다. 다른 데도 아니고 겨드랑이라니. 웃기고 추접스러워 보이지 않을까 걱정됐다. 동기들과 형식적인 악수를 나누며 최대한 겨드랑이를 벌리지 않으려 애썼다. 내심 누군가 내 손톱을 봐줬으면 싶었지만 알아차리는 사람은 아무도 없었다. 부러 손으로 입을 가리고 웃고 머리카락을 자주 만져도 마찬가지였다. 동기 여자애들은 신부 화장이나 식장 인테리어 등 딴 곳에 정신이 팔려 있었다. 내 손에 가장 신경 쓰고 있는 건 나 자신뿐이었다. 게다가 공교롭게도 나는 신부의 단짝을 대신해 부케까지 받아야 했다. 차가 막혀 녀석이 아직 성당에 오지 못해서였다. 다른 사람들은 대부분 결혼했고 아이가 있었다. 나는 옆의 친구에게 '야, 네가 받아. 네가 더 친하잖아' 라고 속삭였다. 친구는 시큰둥한 투로 '난 독신주의자잖아' 라고 말하며 발을 뺐다. 나는 원하지도 않는 장기자랑 무대에 끌려 나가는 사람처럼 온갖 저항을 하며 몸부림치다 결국 하객들 성화에 못 이겨 신부 옆에 서게 됐다. 사람들은 내가 쑥스러워한다고 여기는 모양이었다. 신부는 꽃 주인이야 누가 되든 좋다는 식의 표정을 짓고 있었다. 언젠가 부케는 가장 싱싱하고 좋은 꽃으로 만들기 때문에 비싸다는 얘길 들은 기억이 났다. 친구가 든 꽃도 20만 원은 족히 넘어 보였다. 봉

우리가 시원스레 벌어진 화이트 튤립 다발이 별다른 장식 없이, 단아한 실크 리본에 묶여 있었다. 꽃봉오리 둘레가 레이스처럼 갈라진 흰 꽃잎과 길게 뻗은 초록색 줄기가 산뜻하고 순결한 인상을 줬다. 어정쩡한 자세로 신부 옆에 서서 몸을 꼬고 있는데 사진사가 신호를 보냈다.

"자, 하나, 둘, 셋 하면 던지세요."

사람들이 기대감에 찬 눈으로 일제히 나를 바라봤다. 나는 팔을 벌리지 않으려 애쓰며 엉거주춤 달려가다 바닥에 그만 꽃다발을 놓쳐버리고 말았다. 하객들은 모두 관대하게 웃었다. 사진사는 자주 있는 일이라는 듯 명랑한 목소리로 나를 격려했다.

"자, 다시 갑니다. 친구분 좀더 적극적으로 받아보세요. 이제 찍습니다. 하나, 둘, 셋."

나는 겨드랑이 얼룩을 들키지 않으려 이번에도 소극적으로 움직였다. 내가 몇 번이나 부케를 놓치자 신부가 당황하는 미소를 지었다. 나 역시 촬영이 지연돼 초조한 마음이 들었다. 혹 예식에 부정이라도 탈까 미안했다. 그러니 다시 신호가 오면 허공에 몸을 던져서라도 튤립을 받아내는 수밖에 없었다.

"자. 다들 여기 보세요. 마지막입니다. 친구분 준비하시고. 신부, 던지세요! 하나, 둘. 셋."

'찰칵—'

순간 사진기에 포착됐을 내 모습이 머릿속에 절로 그려졌다.

나는 하얗게 질린 얼굴로 '만세' 자세를 취하고 있었다. 내가
보여주고 싶은 건 예쁜 손톱이었는데 정작 하객들은 내 겨드
랑이에 생긴 커다랗고 우스운 얼룩만 보고 말았다. 앞으로도
그들은 영원히 나를 그렇게 기억하게 되겠지. 땀 흘리는 여
자…… 땀을 아주 많이 흘리는 여자…… 나는 부케를 꽉 안
으며 울상 진 채 활짝 웃었다. 하객들의 우레와 같은 박수 소
리가 오랫동안 들려왔다.

지하철역으로 향했다. 한 손에는 아까 받은 부케가 들려 있
었다. 지나가는 몇몇 이들이 나를 힐끔거렸다. 오전 내내 힐
을 신고 종종거렸더니 벌써부터 발이 붓고 허리가 아팠다. 보
도 곳곳에는 아직도 빗물이 고여 있었다. 구두가 젖으면 안
되는데 걸음마다 자꾸 구정물이 튀었다. 클러치백에서 물티
슈를 꺼내 종아리에 묻은 흙탕물을 닦아내는데 웬 승용차 한
대가 스윽 멈춰 섰다. 자신을 독신주의자라고 말했던 아까 그
친구였다. 그녀는 차창문을 내린 뒤 고개를 내밀며 "태워줄
까?" 물었다. 운전석 옆으로 그녀가 벗어둔 하이힐이 보였다.
친구는 무척 말랑말랑해 보이는 슬리퍼를 신고 있었다. 내가
괜찮다고 사양하자 친구는 방긋 웃고 떠났다. 결혼식은 미소
가 너무 많아 힘들다. 뭘 좀 마실까 하다 이참에 남산에서 목
을 축이는 것도 나쁘지 않을 거란 생각이 들었다. 마침 명동
이니 N서울타워에서 일하는 친구를 보러 가기로 했다. 퇴근

시간을 기다렸다 같이 저녁을 먹고 공원 주위를 산책하면 좋을 듯했다. 거리는 여전히 덥고 복잡했다. 손에 든 부케가 성가셨지만 버리기 아까워 계속 들고 다녔다. 당장은 불편해도 막상 병에 꽂아두면 며칠은 집 안이 환할 거란 기대가 들었다. 지하도 앞에 다다르자 웬 아주머니 한 분이 목청을 돋우고 있는 모습이 보였다.

"저축은행 신용카드 만드세요. 사은품 드립니다!"
대형마트나 백화점에서도 자주 듣는 소리라 지나치려는데 가판 한쪽에 수북이 쌓인 찜솥과 여행 가방이 눈에 띄었다. 아주머니는 흔들리는 내 눈빛을 금방 알아차리고 목소리를 높였다.

"신용카드 하시면 빨래 삶는 솥이나 여행 가방 드려요!"
걸음을 늦추어 살짝 여행 가방을 살펴봤다. 제법 크고 튼튼한 게 고급스러운 재질의 천이 씌워져 있었다.

'어차피 필요한데 하나 할까?'
이번 여름에 친구와 일본이나 태국에 가기로 한 약속이 떠올랐다.

'앞으로도 출장이 잦을 텐데. 번번이 가방을 빌릴 순 없잖아? 나뒀다가 나중에 신혼여행 때 써도 되고.'
카드사에서 각종 사은품을 주는 건 알고 있지만 캐리어가 나오는 건 드문 일이었다. 이대로 지나치면 언제 또 같은 조건을 만나게 될지 알 수 없었다. 하지만 그렇다고 온종일 캐리어를 끌고 다닐 수도 없는 노릇이었다. 다음에 할까? 돌아서려는데 아주머니의 목소리가 급기야 우렁차졌다.

"20만 원 상당의 가방 공짜로 드립니다. S사 정품, 고급 캐리어 가져가세요."

그러곤 내게 직접 말을 건넸다.

"하나 하세요. 첫해에는 연회비 무료고 영화관이나 패밀리 레스토랑 등 가맹점에서 할인받을 수 있어요. 여기 콘도와 놀이동산 이용권 등 혜택도 많아요."

입을 꾹 다물고 자리에 선 채 오늘 하루 여행 가방을 들고 다녀야 하는 수고와 20만 원의 가치를 저울질했다.

"우선 신청하시고 나중에 불필요하다 싶으면 가위로 잘라 내셔도 돼요."

아주머니가 짐짓 비밀스러운 투로 말했다. 나는 이미 신용카드가 세 개나 있어 망설였다. 무심코 손톱을 입에 물고 뜯는데 아주머니가 환한 목소리로 외쳤다.

"아유, 손이 참 예쁘시네요."

나는 '아, 네' 하고 손을 내려놓았다. 언젠가 백화점에서 일하는 친구로부터 '여자는 손톱과 가방으로 남자는 안경테와 시계로 소비 수준과 구매력을 판단한다' 는 얘기를 들은 적이 있었다. 아주머니의 칭찬을 들으니 이 순간 적어도 지불 능력이 없어 고민하는 것처럼 보이지는 않을 거란 안심이 들었다.

"가방은 오늘 가져가야 하나요?"

"예, 빈 가방이라 아주 가벼워요."

서류 작성은 간단하고 신속하게 이뤄졌다. 카드는 신용 등급 심사를 거쳐 며칠 뒤 인편으로 배달해준다고 했다. 개인정보수집 동의서에 인적 사항을 기입하는 사이 아주머니가 다정하게 상체를 기울이며 이런저런 조언을 해줬다. 두꺼운 화장을 한 콧잔등 뒤로 송골송골 땀이 맺혀 있는 게 보였다. 아주머니의 가슴팍과 겨드랑이 근처도 축축하게 젖어 있었다. 그녀의 땀 냄새를 맡으며 서둘러 서류에 서명했다. 그러곤 가방을 챙겨 시내로 나왔다. 지하철을 탈까 하다 택시를 이용하기로 마음먹었다. 부케에 클러치백에 여행 가방까지 들고 남산에 올라가려니 엄두가 안 났다. 택시비로 5천 원쯤 나올 테니 20만 원짜리 가방을 5천 원에 샀다 치면 19만 5천 원이 이득이지 않을까 하며 '빈 차' 등을 켠 택시를 향해 부케를 쥔 손을 번쩍 들어 올렸다.

\*

친구는 나를 보고 당황했다. 친구의 한 손에는 쟁반이 다른 한 손에는 주둥이가 긴 스테인리스 주전자가 들려 있었다.

"웬일이야?"

기대만큼 반겨주지 않아 좀 서운했지만 영업 중이라 그러려니 했다.

"웬일은. 너 보려고 왔지."

친구가 매니저의 눈치를 살폈다.

"나 5시에 끝나는데."

"괜찮아. 저기서 책 보고 있을게. 같이 저녁 먹자. 나 신경
쓰지 말고 일해."

나는 창가에 자리를 잡고 앉았다. 남자 종업원이 먼지 하나
없는 테이블에 컵 받침을 깔고 생수가 담긴 유리잔을 내려놓
았다. 아이스모카를 주문한 뒤 간이 책장에서 잡지 몇 권을
집어 왔다. 통유리 너머로 스모그에 싸인 시내 전경이 보였
다. 잿빛 한강, 빽빽이 들어선 빌딩과 다닥다닥 붙은 가옥들.
애써 찾아볼 풍경은 아니지만 음료와 함께 전망을 구매했던
느낌이 들었다. 주말이라 카페에는 사람이 꽤 많았다. 다른
자리에 앉은 이들도 턱을 괸 채 창밖을 바라보거나 담소를 나
누고 있었다. 얼마 뒤 옆 테이블에 꼬마가 유리벽에 코를 댄
채 뭐라 종알대는 소리가 들렸다.

"엄마 저게 뭐야?"

온화한 인상의 여자가 풍요로운 미소를 지으며 답했다.

"케이블카야. 저 안에 사람들이 있어. 이렇게 줄을 타고 꼭
대기로 올라오는 거야."

아이가 눈을 크게 뜨고 물었다.

"저렇게 높이 올라가다 갑자기 멈춰버리면 어떡해?"

여자가 아이의 머리를 쓰다듬어주며 말했다.

236

"걱정하지 마. 누군가 구해주러 올 거야."

유리잔을 들어 물을 마셨다. 투명한 유리컵을 우아하게 감아 쥔 손을 보며 한 번 더 흡족해했다. 친구는 종종거리며 끊임없이 뭔가를 나르고, 닦고, 움직이고 있었다. 그리고 이따금 나와 눈이 마주치면 어색한 눈웃음을 지었다. 나는 한 손으로 종아리를 주물렀다. 마음 같아선 발바닥도 마구 마사지하고 싶었지만 체면상 그럴 수 없었다.

택시를 타고 남산 초입에서 내려 케이블카를 탔다. 개인 차량은 남산에 들어갈 수 없다는 걸 기사 아저씨를 통해 뒤늦게 알았다. 봉화대 근처에서 내려 한참 계단을 올랐다. 여기가 끝인가 싶은 곳마다 층계가 한없이 이어졌다. 도중에 너무 힘들어 포기하고 싶을 지경이었다. 땅에 빗물이 고여 캐리어 바퀴 사이로 구정물이 튀었다. 백에, 캐리어에, 부케까지 들고 오는 길이 여간 힘든 게 아니었다. 온몸에 땀이 흐르고 블라우스 전체가 축축하게 젖었다. 발에는 이미 물집이 잡혀 있었다. 나중에는 여행 가방이고 부케고 어디 갖다 버렸으면 좋겠다는 생각이 들었다. 걷는 내내 옆구리에서 클러치백이 흘러내렸다. 가다가 멈추고 다시 걷다가 멈추어 백을 옆구리에 바싹 끼워 올렸다. 그러곤 나중엔 부케를 캐리어 안에 집어넣었다. 가방 속 벨트에 부케를 단단히 고정시키고 지퍼를 닫으면 괜찮을 것 같았다. 막연히 친구 얼굴이나 보자고 온 건데 완전 고난의 행군이었다. 더욱이 N서울타워에서는 입장료를 받고 있었다. 나는 피로에 전 얼굴로 초고속 엘리베이터를 타고 N서울타워 꼭대기 층까지 올라왔다. 이곳 밥값과 찻값이 만만치 않다는 걸 알았지만 그땐 이미 가격이고 뭐고 상관없이 어디든 널브러져 목을 축이고 싶은 마음이었다.

종업원이 기다란 유리잔에 생크림이 얹어진 아이스모카를 갖다 줬다. 빨대로 한입 쭉 빨아먹으니 머리가 쩽— 해지는 게 기운이 났다. 오래전 테이크아웃 커피점에서 아이스모카를 마셨을 때 그 깊고 그윽한 단맛에 반했던 기억이 났다. 커피 한 잔에 몇천 원이라니 학생 때라 엄두가 안 났는데. 햇빛이 작열하던 어느 여름날, 용기 내어 들어간 가게에서 난생 처음 마셔본 거였다. 그때 나는 '세상에 이렇게 맛있는 음료가 있다니!' 하고 감탄했다. 그러고 보니 부천에서 만난 선배도 비슷한 얘기를 했다.

"너 책은 좀 보니?"

"예, 보려고 노력하고 있어요."

"그래. 우리 같은 광고쟁이나 마케팅 쪽에 있는 사람들은 계속 공부해야 해. 고전은 기본이고. 신간도 부지런히 살피고, 시대의 흐름을 읽어야지."

선배는 유리잔을 매만지며 말을 이었다.

"왜, 박완서의 『엄마의 말뚝』이란 소설 보면 주인공이 국화빵을 처음 먹고 놀라는 장면이 나오잖아."

나는 머리를 긁적였다.

"아, 그래요?"

"그래. 그런 게 있어. 아무튼 그때 걔가 엿이나 꿀과 다른 팥앙금 맛을 뭐라 표현하냐면, 그건 서울의 감미, 대처의 추파였다, 뭐 이런 말을 해."

"⋯⋯"

"근데 난 요새 우리 세대 도시의 감미는 이 커피가 아닐까 싶어. 에스프레소나 아이스모카 같은 거. 카라멜마키아토나 아이스그린티 블렌디드 같은 거 말이야."

선배는 광고 회사 직원답게 감각적으로 말했다.

"뭐 로스팅 방법과 원두 종류에 따라 맛도 가지각색이고. 나도 이젠 단맛보다 신맛과 쓴맛에 더 끌리긴 하지만 말이야."

나는 선배 얘기를 들으며 가만 고개를 끄덕였다. 그땐 그냥 지나친 얘기였는데. N서울타워 꼭대기에 와 커피를 마시니 선배 얘기가 새삼 떠올랐다. 라디오 방송을 송출하기 위해 수십 년 전 서울에 처음으로 세워진 전자탑. 그 꼭대기에서 아이스모카를 홀짝이며 나는 잠시 신맛과 쓴맛을 구분하려 집중했다. 하지만 여전히 나는 단맛에 더 끌렸다. 시간이 충분하다면 나도 선배처럼 책을 많이 보고, 또 응용하며 살고 싶단 생각이 들었다. 나른한 표정으로 잡지를 넘기며 볼우물에 힘을 주어 커피를 쪽 빨아 마셨다. 카페인이 민들레 씨앗처럼 온몸에 퍼져 나가며 세포 하나하나를 건드리는 느낌이 났다.

해가 지자 바람이 꽤 선선했다. 친구와 나는 캔 맥주 몇 개를 사서 팔각정 근처로 갔다. 친구가 발목까지 오는 하얀 원피스에 낡은 이스트팩을 메고 앞장섰다. 언제 봐도 친구의 패션 감각은 참으로 난감했지만 하이힐을 신은 채 온종일 캐리어를 천형처럼 이고 다닌 내 모습도 썩 근사하진 않을 듯했다.

"목 좀 축이고 밥 먹으러 가자."

친구가 이를 드러내며 웃었다. 주위에는 즉석사진을 찍어주는 사진사와 돌계단에 앉아 쉬는 가족들, 외국인 관광객의 모습이 보였다. 우리는 비교적 사람이 적은 곳을 찾아 자리를 잡고 앉았다. 해 질 녘 축축해진 나무 냄새가 상그러웠다. 발밑에선 피둥피둥한 비둘기 몇 마리가 과자 부스러기를 부지런히 쪼고 있었다. 친구가 검은 봉지에서 맥주 두 캔을 꺼냈다. 냉장고에서 갓 꺼내 표면에 이슬이 맺혀 있었다. 친구가 맥주 캔을 따 내게 권했다.

"자."

나도 얼른 캔 하나를 집어 친구 것을 따주려 했다. 그러다 문득 '아, 오늘 손톱을 해서 안 되는데……' 하는 생각이 들었다. 캔을 잡고 주저하자 친구가 내 얼굴을 빤히 쳐다봤다.

"왜?"

"응? 아니야."

에라 모르겠다 싶어 알루미늄 따개 부분에 과감히 손가락을 갖다 댔다. 그러곤 손끝에 힘을 줘 딸각 따개를 들어 올렸다. 치익— 청량하게 탄산이 빠져나오는 소리와 함께 순간 검지 손톱이 찢어졌다.

"아야."

한 손으로 재빨리 다른 손을 감쌌다. 아프다기보다 아깝다는 생각이 먼저 들었다.

"다쳤어? 괜찮아?"

팔뚝에 돋은 소름을 비벼가며 나는 괜찮다고 했다. 친구가 걱정스러운 눈으로 상처를 바라봤다. 그러곤 이내 뭔가 발견한 듯 반색했다.

"어머, 너 손톱 했니?"

나는 손을 바싹 오므렸다.

"어? 아니."

친구가 덥석 내 손을 잡고 이리저리 살폈다.

"한 거 같은데?"

나는 손을 더 강하게 쥐며 딴청을 피웠다.

"아, 이거, 내가 한 거야."

결혼식장에서는 누군가 알아주길 그렇게 바랐는데 이상하게 친구 앞에선 감추고 싶은 마음이 컸다. 친구가 나를 비난할 리 없고, 그쯤은 대단한 사치도 아닌데 그랬다. 우리는 곧 건배했다. 친구가 좋다는 듯 크으— 소리를 냈다.

"이사한 데는 좋아?"

"응. 예전에는 방 크기랑 이불 크기가 거의 같았는데. 이사 와 처음으로 요를 까는데 요가 너무 쪼그매 보이는 거야. 그게 너무 좋았어."

친구는 내 얘기를 들으며 익숙한 솜씨로 제 종아리를 주물러 댔다.

"그래, 다음에는 수영장 딸린 원룸 없나 한번 알아봐. 칵테일 바도 차려놓고."

나는 신을 벗고 다리를 감싼 채 웅크려 앉았다.

"넌 어때?"

친구가 시선을 피했다.

"똑같지 뭐."

그러곤 잠시 남산 아래 펼쳐진 서울을 아득하게 바라봤다. 도심 바깥의 동떨어진 고요 탓에 저 아래 대처의 풍경은 이국에서 날아온 엽서처럼 낯설게 다가왔다. 알코올이 들어가자 하루의 긴장이 풀리며 몸이 노곤해졌다. 친구는 다리를 만지던 손으로 허리를 두드렸다. 나는 찢어진 손톱에서 느껴지는 이물감에 자꾸 신경 쓰였다. 우리는 말없이 호젓하게 맥주를 홀짝였다.

"참, 너 그 가방 정말 태국 여행 때문에 한 거야?"

나는 꼭 그런 건 아니라고 필요해서 가져온 거라고 했다. 친구가 얼마 있다 말을 이었다.

"나 사실 너한테 할 말 있는데."

정색하는 얼굴을 보자 갑자기 불안해졌다. 혹시 돈이 필요한 걸까, 어떤 식으로, 얼마까지 가능하다고 해야 의가 상하지 않을까, 그 짧은 순간에도 별 고민이 다 됐다.

"나 여행 못 갈 것 같아."

"어?"

"내가 먼저 가자고 한 건데 미안해. 그렇게 됐어."

무슨 일인지 물으려다 관뒀다. 이유는 단순하리라. 식구 중 누가 아프거나 사고를 쳤을 것이다. 자세한 내막은 모르지만 친구가 여행을 가려 할 때마다 늘 나쁜 일이 생기곤 했다. 나는 더 묻지 않고 그냥 알았다고 했다. 친구가 여행 가방을 멀뚱 쳐다봤다.

"있잖아……"

"응?"

"나 사실 여행 안 좋아해."

"뭐?"

친구가 의심의 눈초리를 보였다.

"진짜야. 내가 언제 너한테 여행 가자고 하디. 돈 굳어서 좋다, 야."

그러자 문득 까맣게 잊고 있던 부케 생각이 났다.

"참 아까 말한 부케 보여줄까?"

"응. 그 수치의 부케? 으하하, 어디 있는데?"

"여기."

한쪽 발로 여행 가방을 툭 쳤다. 비둘기 떼가 깜짝 놀라 후
드득 하늘로 날아갔다. 친구가 관심을 보이며 상체를 기울였
다. 나는 가방 앞에 쪼그려 앉아 지퍼를 풀었다. 그러고는 가
방을 활짝 열어 젖혔다.

"짜잔—"

"……"

"어?"

우리는 서로의 얼굴을 멍하니 마주 봤다. 가방 속 부케는 심
하게 망가져 있었다. 꽃잎도 여기저기 흩어져 멍들어 있는 상
태였다.

"부서졌네."

친구가 담담하게 답했다.

"그러네."

가방을 그대로 놔둔 채 다시 벤치로 가 앉았다. 주위는 서
서히 어둑해지고 있었다. 친구가 홀짝 맥주를 들이켰다. 나도
입안에 맥주를 털어넣은 뒤 말없이 앞을 바라봤다. 그렇게 오
래 여행 가방 옆에 있자니 어쩐지 우리가 떠나온 사람 떠나갈
사람이 아니라 멀리 쫓겨난 사람처럼 느껴졌다. 그리고 꽤 오
래전부터 그렇게 커다란 가방을 이고 다녔던 것 같은 기분도.
허리 숙여 찢어진 꽃잎 하나를 집어 들었다. 끝 부분이 갈색
으로 변해 있었다. 한참을 만지작거리다 손바닥에 올려놓고

후— 불었다. 부드럽고 선선한 4월 바람을 타고 하늘하늘 도심 속으로 꽃잎 한 점이 낙하했다. 큰 바람이 불어와 꽃잎은 고꾸라졌다 비상하길 반복하며 알 수 없는 곡선을 그리며 날아갔다. 친구가 맥주를 마셨다. 나도 맥주를 들이켰다. 그리고 어느 순간 우리에게 더 이상 맥주가 없다는 사실을 깨달았다.

"갈까?"

나는 엉덩이를 털며 일어섰다.

"그래."

친구가 내 대신 캐리어의 손잡이를 잡았다. 하얀 원피스에 끈 짧은 책가방을 멘 친구가 휘적휘적 앞장을 섰다. 9센티미터 구두를 신은 나는 절름발이처럼 뒤뚱뒤뚱 친구를 따라갔다. 언덕을 내려가는 우리 두 사람의 그림자를 따라 드르륵— 드르륵— 캐리어 바퀴 소리가 꼬리처럼 길게, 쉬지 않고 따라왔다.

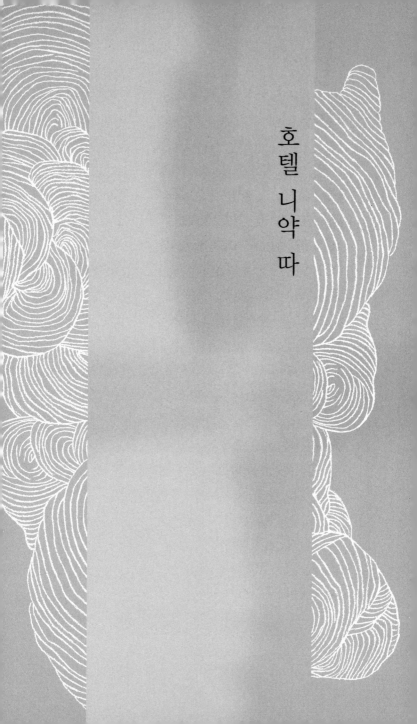

호
텔

니
약

따

은지의 여행 가방은 서윤의 것보다 두 배는 더 컸다. 그날 아침, 몸무게가 40킬로그램도 안 되는 은지가 창백해진 얼굴로 초대형 캐리어를 끙끙대며 끌고 왔을 때, 서윤은 한 손에 테이크아웃 커피를 든 채 얼빠진 얼굴로 물었다.

"대체 뭘 갖고 온 거니?"

서윤은 작은 크로스백 하나에 등산 가방을 메고 있었다. 은지는 친구의 단출한 짐 꾸러미를 흘깃대며 새치름하게 말했다.

"그럼 넌 뭘 갖고 온 건데?"

두 사람은 대학 동기로 입학 이래 지금까지 단짝처럼 지내온 사이다. 같은 과, 같은 나이에 비슷한 감수성과 문화적 취향을 지녔고, 가정 형편도 고만고만해 통하는 게 많은 친구.
유쾌하고 압축적인 말장난을 즐기고, 대화 도중 서로 같은 문
법을 사용하고 있단 느낌에 안도하는 관계였다. 은지와 서윤
은 친구 사이의 아기자기한 배려보다는 서로에게 건네는 다
정한 하대와 면박을 좋아했다. 그리고 대놓고 말은 안 했지만
본인들이 또래보다 똑똑하다 자부했다. 그 나이 대 젊은이가
자주 하는 오해 중 하나. 혹은 대부분의 인간이 죽을 때까지
하는 착각 중 하나를 그들도 하고 있는 셈이었다.

　"도대체 인간이 이십대에 총명하지 않으면 언제 총명할 수
있단 말인가?"
취하면 문어체로 말하는 습관이 밴, 늦깎이 복학생 선배가 소
주잔을 격하게 내려놓으며 '너희들의 총기도 그리 특별한 게
못 된다'는 얘길 거듭했을 때도, 두 사람은 비실비실 웃으며
재치 있는 답변만 궁리하고 있었다. 그 누가 어떤 진실을 알려
줘도 '맞아, 맞는데…… 내 경우엔 아니야'라고 믿던 이십대
초반의 일이었다.

　"안 늙을 줄 알았으니까."
최근 서윤이 맥주병을 매만지며 중얼댔을 때,

　"응. 절대로……"
은지가 조그맣게 끄덕인 건 이제 그들도 더 이상 어리다고 할
수만은 없는 나이가 되어서였다. 불과 얼마 전만 해도 어둑한
술집에 죽치고 앉아, 줄담배를 피우며 지적이고 허세 어린 농

담을 주고받다 봄 세상이 조금 만만하게 느껴지기도 했는데. 어느 날 자리에서 눈을 떠보니 시시한 인간이 돼 있던 거다. 아무것도 되지 않은 채. 어쩌면 앞으로도 영원히 이 이상이 될 수 없을 거란 불안을 안고. 아울러 은지와 서윤은 알고 있었다. 두 사람은 자신들이 가진 것 중 가장 빛나는 것을 이제 막 잃어버리게 될 참이라는 것을.

처음 여행을 제안한 건 은지였다. 진짜 어른이 되기 전 마지막 사치를 부려보자는 거였다. 한 3일 제주도에 가 회도 먹고 바닷바람이나 쐬고 오자고.

"나 돈 없는데."

서윤이 휴대전화를 턱에 괸 채 『벼룩시장』을 넘기며 대꾸하자, 은지는 아무렇지 않게 "나도 없어"라고 말했다.

"그래서? 훔치게?"

서윤이 〈한마음 보습학원, 중3 국어, 사회/경력자 우대〉란에 동그라미를 치며 물었다.

"아니, 엄마한테 꿀 거야."

"그럼 난?"

"꿍쳐둔 거 없어? 너 학원 2년 넘게 나갔잖아."

사실 서윤에게는 돈이 좀 있었다. 5년 전 교통사고로 돌아가신 할머니가 남겨준 보상금이었다. 학부 시절, 잦은 휴학에 안 해본 아르바이트가 없지만, 서윤이 그 비싼 사립대학의 등록금을 감당할 수 있었던 건 보험금 덕이 컸다. 쌍방과실에, 장례비며 온갖 자질구레한 일을 처리하고 나니 서윤이 손에 쥔 건 기천만 원 남짓이었다. 하지만 그것도 집세와 학비, 생활비로 써 얼마 남지 않은 상태였다. 서윤은 이것저것을 제하고, 할머니의 마지막 유산이랄 수 있는 5백만 원을 정기 예금에 넣어두었다. 그게 혈혈단신 서윤의 전 재산이었다. 서윤은 무슨 일이 있어도 그 돈만은 절대 손대지 않겠다고 다짐했다. 그리고 그 약속을 몇 년째 지켜왔다. 물론 은지도 서윤의 사정을 어느 정도는 짐작하고 있었다. 하지만 지나친 친절이나 배려는 저리 가라고. '그런 건 서윤과 친하지 않은 사람들이나 실컷 하라지'라는 식으로 제 우정을 지켰다. 이윽고 서윤의 망설임을 눈치챈 은지가 능청스레 말했다.

"야, 우리 분단국가에 살잖아."

"근데?"

"언제 전쟁이 날지 모른다고."

"그래서?"

"그러니까 최대한 하루하루를 쾌락적으로 살아야 되는 거야."

"……"

"갈 거지?"

서윤이 몇 초간 침묵하다 대꾸했다.

"아니."

은지는 원하는 게 있으면 움직이는 아이였다. 갖고 싶은 게 있음 사고, 맘에 드는 남자가 있으면 일단 사귀어보는 친구. 헤드라이트를 켜고 야간 운전을 하는 사람처럼, 불빛이 닿지 않는 시야 밖 상황이나 관계를 종종 까맣게 잊어버리기도 하는. 그리고 그게 주위 사람들을 가끔 얼마나 서운하게 만드는지 모르는 녀석이었다. 그리고 서윤은 은지의 그 활력을, 무모를, 낭비와 허영을 사랑했다. 그도 그럴 것이 은지의 행동에는 단순히 충동적이라고만 부르기엔 아쉬운, 진지함과 매력이 있었다. 서윤이 볼 때 은지는 자기를 객관화할 줄 아는 몇 안 되는 사람 중 하나였다. 은지는 허세를 부릴 때에도 그것이 허세인 줄 알고, 탐욕을 부릴 때에도 그것이 탐욕인 줄 알며 스스로에게 우스갯소리를 던지는 친구였다. 달콤한 과육으로 싸여 있지만 단단한 자기 씨를 갖고 있는 아이라고 할까. 반면 서윤은 몸보다 머리가 먼저 움직이는 편이었다. 신중하고 책임감이 강하며 겁이 많은 아이. 메시지보다는 뉘앙스를 중요시 여기고, 뭔가 잘 전달되지 않는 상황 앞에선 디테일을 포기하느니 대화 자체를 중단하겠다 마음먹는 종류의 인간 말이다. 그리고 은지는 서윤의 그 진지함을, 고민을, 성실과 교양을 좋아했다. 그도 그럴 게 서윤에게는 단지 '건전하다'고만 일컫기엔 섭섭한, 상스럽고 아름다운 어떤 감각, 말하자면 은지가 자신을 희화화하는 방식과 비슷한 유머 코드가 있었기 때문이다. 그러니까 일종의 균형 그리고 지렛대가 둘 사이 있는 셈이다. 아울러 본디 중산층이던 은지네 형편이 2000년대 들어 급속히 나빠진 점도 두 사람이 가까워지는 데 한몫했다.

서윤의 거절로 말미암아 두 사람의 여행 계획은 산뜻하게 무산됐다. 은지는 들뜬 마음을 접고, 대학원에 갈 목적으로 영어 학원에 등록했다. 학부 때 빌린 학자금 대출도 다 못 갚은 상태에서였다. 하지만 은지는 언제나 그래 온 것처럼 인생을 굴러가게 만드는 건 근심이 아니라 배짱임을 믿었다. 두려움을 극복하는 가장 좋은 방식은 두려움을 깔보는 거라고. 실은 본인도 믿지 않는 주문을 외워가며 말이다. 서윤의 경우, 두려움을 이기는 제일 좋은 방식은 두려움을 경험하는 거라 여기는 편이었다. 아니, 그보단 아예 두려움 근처에 가까이 가지 않는 편이 상책이라고. 진짜 공포는 그렇게 쉽게 감당할 수 있는 게 아니라며 말이다. 사실 서윤이 품고 있는 근원적인 두려움 중 하나는 가난이었다. 서윤은 오랫동안 그것이 제 삶 가까이 오지 못하게 흡사 파리 떼를 쫓는 사람처럼 두 팔을 휘저으며 뒷걸음질 쳤다. 혹 그게 누군가에게는 우스꽝스러워 보인다 할지라도. 당장 하지 않으면 안 되고, 할 수 있는 일들을 했다. 최근 서윤은 원장에게 말대꾸를 했다 학원에서 잘리고, 아르바이트 자리를 알아보는 중이었다. 주로 동네 근처에 있는 호프집과 카페, 패스트푸드점이었다. 하지만 여자 나이 스물일곱이면 '알바' 자리도 쉽게 나지 않는다는 걸 깨달았다. 가게 주인은 더 어리고 고분고분한 학생들을 원했다. 서윤도 이제는 자신이 그 정도 시급에 만족할 수 없다는 걸 알았다. 서윤은 짬짬이 구직 사이트를 뒤지고, 사서 자격증 취득을 위해 대학원 진학 준비를 하며 시간을 보냈다. 그리고 그즈음 6년째 사귀어온 남자친구가 서윤에게 이별을 고했다. 결혼 이야기만 빼놓고 모든 이야기가 오갔던, 서윤이 가족처럼 여겨온 사내였다. 서윤은 일주일간 거의 아무것도 먹지 않았다. 그러곤 방 안에 틀어박혀 누구도 만나지 않고, 아무 일도 하지 않으며 잠만 잤다. '넌 내 어디가 좋았어?' '응. 그냥 열심히 사는 게 보기 좋았어.' '뭐라고?' '아냐, 아냐, 으하하.' 쩛고 까분 게 엊그제 같은데. 갑자기 그게 농담처럼 느껴지지 않았다. 울고 매달리고 비난하고 다시 애원하길 몇 차례. 칩거 보름째 되던 날, 서윤은 미친 사람처럼 이부자리에서 벌떡 일어났다. 그러곤 곧장 은행으로 달려가, 자신이 목숨처럼 지켜온 정기 예금을 깼다. 서윤은 바로 휴대전화를 꺼내 단축번호 3번을 눌렀다.

"은지야."

"어."

오후 3시인데도 은지가 자다 깬 목소리를 냈다.

"우리 여행 가자."

은지는 잠시 머뭇대다 "그래" 하고 답했다. 그러곤 뭔가 궁리하는 말투로 "근데" 하고 덧붙였다.

"제주도 말고 동남아 어때?"

"갑자기 웬 동남아?"

"같은 값이면 한국에서 5일 놀 돈으로 보름은 쓸 수 있다는데?"

"누가?"

"다빈이가."


다빈은 두 사람과 더불어 국문과 삼총사라 불리는 친구 중 하나였다. 물론 서윤과 은지만큼 막역한 사이는 아니지만. 서윤은 둘보다 셋일 때 즐겁다고 느꼈고, 은지 역시 마찬가지였다. 다빈은 세 사람 중 가장 너그럽고 독립적인 성격을 갖고 있었다. 그래서 곧잘 은지와 서윤의 갈등을 중재해주곤 했다. 세 사람이 영화를 보고 차를 마신 뒤 헤어졌을 때, 은지와 서윤이 각기 다른 이유로 그날 일을 반추해보는 성격이라면, 다빈은 곧장 다른 일에 몰두하는 편이었다. 후회도 반성도 미련도 없이 그때그때 상황에 만족하는 아이. 성숙한 듯 천진하고 개인주의적인 듯 사교적인 친구가 다빈이었다. 자신의 꼭짓점이 두 사람보다는 좀 먼 곳에 놓여 있어, 세 사람의 관계가 어여쁜 정삼각형을 이루지 않는다는 걸 알면서도 다빈이 울적해하지 않는 이유는 그 때문이었다. 다빈은 현재 미국 동부에 있는 대학에서 비교문학 박사과정을 밟고 있었다. 방학 때면 종종 한국으로 와 두 사람을 만나고 메일도 심심찮게 보냈는데 근래 들어 뜸하던 게 소식이 없다 은지와 다시 연락이 닿은 모양이었다. 은지는 다빈과 트위터로 나눈 대화를 서윤에게 전했다. 다빈의 룸메이트가 하노이 대학 출신인데, 겨울 방학을 맞아 다빈을 고국으로 초대했다는 거였다. 만일 제주도에 갈 거면 차라리 그쪽으로 오라고. 하고 싶은 얘기도 많고, 보고 싶어 죽을 것 같으니 공항에서 꼼짝 말고 기다리라고. 아! 이러다 로마가 망했겠구나 싶을 정도로 향락적으로 놀아보자 했다.

여행 일정은 대략 20일이었다. 태국 찍고, 캄보디아 찍고, 베트남을 거쳐 라오스. 다빈은 중간에 하노이 공항에서 합류하기로 했다. 서윤은 일주일 전부터 꼼꼼히 체크리스트를 만들고 상비약과 자물쇠, 변환 플러그 등을 구입한 뒤 동남아 여행 사이트와 책자를 살피며 하루를 보냈다. 그리고 뜻밖에도 자기가 이번 여행을 꽤 기대하고 있다는 걸 알았다. 서윤으로서는 첫 해외여행이었다. 서윤은 큰맘 먹고 명동에 가 귀여운 원숭이가 그려진 민소매 티셔츠를 하나 샀다. 그러곤 '이건 기분 좋은 날에만 입겠다'는 결심 아래 차분하게 짐을 꾸렸다. 반면 은지는 당일 아침이 돼서야 부랴부랴 짐을 싸 인천공항으로 나왔다. 굽 높은 구두에 속눈썹까지 붙이고서였다. 하지만 비행기 탑승 전, 화장실에서 체육복 바지로 갈아입고, 인공 눈물에, 필름 타입의 구강 청정제, 목 베개까지 챙겨온 게 누가 봐도 여행 베테랑이었다. 은지의 능숙함은 출국 심사대를 통과한 뒤에도 빛을 발했다. 은지는 미로 같은 공항 내부를 잘 꿰고 있었고, 복잡한 매장 사이도 동네 구멍가게처럼 누볐다. 서윤은 은지 뒤를 졸랑졸랑 쫓아다니며 모든 것을 신기하게 둘러봤다. 한 나라와 다른 나라 사이에 바다와 하늘만 있는 줄 알았는데, 면세점이 있었다. 서윤은 친구를 따라 세계적으로 1분에 몇천 개가 팔린다는 에센스 하나를 샀다. 평소 같으면 이것저것을 꼼꼼하게 따져본 뒤 몇 번이나 들었다 놨을 텐데. 공항 안의 쾌적한 공기가 살갗에 닿자 화폐 감각이 무뎌지며 배짱이 생겼다.

비행기는 대만을 경유해 방콕에 도착했다. 현지 시간으로 밤 10시가 다 되어서였다. 입국 심사대에서부터 이국의 낯선 공기가 훅 밀려왔다. 향신료 같기도 하고, 오래된 카펫 냄새 같기도 한 무엇이었다. 은지는 캐리어를 찾자마자 '어휴, 얼굴 찢어지는 줄 알았네'라고 하며 가방에서 미스트를 꺼내 뿌렸다. 그러곤 서윤의 얼굴에도 같은 걸 칙칙 쏴주었다. 서윤은 이성과 입 맞출 때 그러는 것처럼 두 눈을 감았다. 그러곤 '무릇 여자들의 우정이란 이런 것이지' 끄덕거렸다. 두 사람은 화장실에 가 두꺼운 외투를 벗고 여름옷으로 갈아입었다.

그러곤 환전을 한 뒤 공항 밖으로 나왔다. 숙소는 아직 정해지지 않은 상태였다. 서윤은 멀찍이서 은지가 택시 기사와 서툰 영어로 흥정하는 모습을 지켜봤다. 서윤이 알아들을 순 있어도 따라 할 순 없는 기초 회화였다.

"4백 바트라는데?"

"어? 어."

서윤이 태국 지폐를 꺼내 은지에게 건넸다. 그러곤 문득 자신이 벌써부터 은지의 영어에 의지하고 있음을 느꼈다. 외국인과 단둘이 있다면 어떻게든 얘기해볼 수 있을 텐데. 같은 한국 사람이 곁에서 자신의 영어를 '평가'하고 있다 생각하니 쉽게 입이 떼어지지 않았다. 그리고 그것은 앞으로 두 사람이 겪을 불화의 작은 씨앗이 될 터였다.

한밤의 카오산 로드는 어둡고 음산했다. 두 사람은 전 세계 양아치들의 추파를 한 몸에 받으며 이국의 뒷골목을 헤매었다. 휴가철인데다 너무 늦은 시간에 도착해 방 구하기가 쉽지 않았다. 금목걸이를 한 백인 사내가 '어디서 왔냐'며 서윤 뒤를 어슬렁 따라왔다. 술 취한 몇몇은 '어디 가냐?' '도와줄까' 등의 영어를 남발하며 휘파람을 불었다. 그때마다 서윤은 일일이 목례를 해가며 어설픈 미소로 '노 땡큐'라 답했다. 은지는 서윤의 그런 태도가 못마땅했지만 내색하지 않았다. 은지가 볼 때 서윤은 아까부터 이들을 지나치게 상냥하게 대하고 있었다. 외국인도 사람이고, 그중에는 분명 나쁜 사람도 섞여 있을 게 분명한데 말이다. 반면 서윤은 은지가 타인에게 좀 무례하게 군다 싶었다. 특히 서비스업에 종사하는 사람들과는 눈도 마주치지 않고 주문에만 열중하는 게 다소 거만해 보이기까지 했다. 하지만 우선 숙소를 잡는 게 중요했다. 두 사람은 숨 막히게 후텁지근한 거리를 떠돌며 호텔 간판을 바지런히 살폈다. 누군가 큰 소리로 "곤니치와!"라 외쳤다. 은지가 "야밤에 웬 곤니치와?" 하고 삐죽거렸다. 얼마 뒤 저쪽에서 "아가씨 예뻐요!"라고 소리쳤다. 서윤은 모국어에 데이기라도 한 듯 화들짝 놀라 주위를 둘러봤다. 현지 청년 몇 명이 오토바이에 기댄 채 쪼개고 있었다. 서윤은 자기도 모르게 배낭을 꽉 부여잡았다. 은지가 "과연 우리는 국제적으로 쉬워 보이는 얼굴들이란 말인가" 하고 농담을 했지만 긴장하긴 그녀도 마찬가지였다. 두 사람은 겁먹은 티를 내지 않으려 애쓰며 갈 길을 재촉했다. 하지만 은지의 캐리어가 보도블록에 걸리고 자빠지는 바람에 걸음이 자꾸 지체됐다. 은지의 가방은 엄청난 바퀴 소리를 내며 굴러갔고 불필요한 이목을 끌었다. 서윤은 은지보다 조금 앞서 걸으며, 또 간간이 친구의 걸음에 보조를 맞추며, 앞으로 은지의 캐리어가 골칫덩이가 될지도 모른다는, 혹은 자기가 그것을 미워하게 될지도 모른다는 불길한 예감에 휩싸였다. 본인도 어느 정도 은지의 물건에 신세를 지고 있었으면서 말이다.

두 사람이 바가지요금을 물고 어렵게 들어간 곳은 '프렌들
리'라는 이름의 게스트하우스였다. 킹사이즈 침대 하나에 선
풍기 한 대, 비린내가 풍기는 욕실이 겸비된 방이었다. 문을
열자 천장 위에 있던 도마뱀 두 마리가 커튼 뒤로 휘리릭 몸
을 숨겼다. 순간 서윤의 얼굴이 흙빛으로 변했다. 은지는 "캄
보디아에는 호텔에도 도마뱀이 있대"라고 말하며 친구를 다
독였다. 두 사람이 제일 먼저 한 일은 짐 정리였다. 방이 좁
아 서윤은 바닥에서 은지는 침대에서 여장을 풀었다. 서윤이
갈아입을 옷과 세안도구를 꺼내는 데는 오랜 시간이 필요하
지 않았다. 하지만 은지는 뭐가 잘못됐는지 캐리어의 지퍼를
붙들고 한참 씨름했다. 얼마 뒤 은지의 캐리어가 큰 한숨을
토하듯 아가리를 활짝 벌렸을 때, 서윤은 친구의 가방이 왜
그렇게 뚱뚱했는지 비로소 이해할 수 있었다. 거기에는 온갖
장신구와 신발, 옷가지, 화장품 들이 들어 있었다. 물론 서윤
의 배낭에도 그런 게 없는 것은 아니었다. 하지만 은지의 가
방엔 각기 다른 디자인의 샌들이 세 컬레나 들어 있었다. 모
자도 옷도 마찬가지였다. 이건 유적지에서 입을 셔츠, 이건
레스토랑용 원피스, 이건 술집에서 걸칠 볼레로…… 종류도
쓰임도 가지가지였다. 은지가 앙증맞은 비키니 상의를 집어
들어올렸다.

"예쁘지? 네 것도 가져왔어."

그러곤 선글라스 두 개를 콘솔 위에 올리며 다정하게 말했다.

"혹시 안 가져왔으면 이것도 빌려줄게."


사실 은지의 캐리어가 무거운 이유는 따로 있었다. 그녀의 가방에는 아이팟과 충전기, 그리고 커다란 아이팟 도킹용 스피커가 들어 있었다. 서윤은 넋 나간 표정으로 은지의 옷 사이에 밀수품처럼 섞여 있는 전자 기기들을 내려다봤다. 여행 중 엠피스리나 시디플레이어를 가져오는 사람은 봤지만, 음향 기기까지 챙겨오는 인간은 처음이었다. 그것도 손바닥만 한 사이즈가 아니라『우리말 대사전』만 한 크기의 스피커가 양쪽에 달린 것을 말이다. 서윤은 여행 중 음악이 팬티보다 중요하다고 생각하는 사람이 아니었기에 단 한 장의 음반도 가져오지 않은 참이었다.

"왜? 아예 오디오를 가져오지?"

"그지? 시디가 음질은 확실히 좋은데."

예전에도 서윤은 '나는 음악 없이도 살 수 있을 거 같아' 라고 고백했다가 은지로부터 고생대 파충류 취급을 받은 적이 있었다. 그때 은지는 세상에서 제일 충격적인 얘기라도 들은 양 펄쩍 뛰었다. 그리하여 지금, 서윤에게 미비하나마 어떤 음악적 지식이라 할 만한 게 있다면 그건 모두 은지로부터 받은 거였다. 은지는 틈날 때마다 서윤에게 시디를 구워주고, 각 장르와 가수의 특징과 역사에 대해 설명해주곤 했다. 엘리엇

스미스가 어떻게 죽었는지, 빌리 홀리데이가 인생 막장에 찾아간 사람이 누구인지, 「심슨 가족」에 웃통 벗고 나오는 밴드는 또 누구인지 그 모든 걸 서윤은 은지에게 들었다. 그리고 그런 얘기를 할 때 고개를 살짝 기울이는 은지 모습이 퍽 멋지다고 생각했다. 두 사람이 막 친해졌을 때도 그 자리엔 음악이 있었다. 돈은 없고, 갈 데도 없고, 시간은 많아, 뭘 해야 할지 몰랐던 신입생 시절. 두 사람은 인근 대학 캠퍼스를 배회하고 있었다. 그리스 양식을 흉내 낸 모 대학의 원형 극장에서였다. 두 사람은 선득한 돌계단에 앉아, 이어폰을 한 짝씩 나눠 꽂은 채 머리를 맞댔다. 그러곤 은지의 시디플레이어로 모과이의 「섬머Summer」를 들었다. 날이 맑아 하늘에는 총총 별이 있고, 여름 미풍에 가슴이 널을 뛰는 게, 아무나 막 사랑해버리고 싶던 밤. 서윤은 어둡고 텅 빈 원형 극장 가장자리에 앉아, '섬머'의 전자 기타 음에 빠져 흥분한 채 말했다.

"있잖아, 머리 위로 우주가 쏟아지는 거 같아."

그러니까 좀 생뚱맞긴 해도, 은지가 스피커를 가져온 것에 서윤이 반대할 이유는 전혀 없었다. 사실은 좀 기쁘기까지 했다. 소리에도 겹이 있다는 것. 좋은 스피커를 통과한 소리는 음악이 아니라 건축이 된다는 것. 그것도 그냥 건물이 아니라 대성당이 된다는 걸 서윤도 어렴풋이 경험해봤기 때문이다. 샤워 후, 서윤의 기분은 한결 좋아졌다. 음향 기기의 모든 세

팅을 마친 은지 역시 마찬가지였다. 두 사람은 타이 맥주 '싱하'를 마시며 엠피스리플레이어를 타고 돌아가는 음표의 소용돌이에 몸을 맡긴 채 희희낙락거렸다. 그러곤 밤새 수다를 떨며 '우리가 싸울 일이 있을까?' 천진하게 자부했다.

　둘째 날도, 셋째 날도 마찬가지였다. 출국 후 며칠 동안 둘 사이가 그렇게 좋았던 때도 없었다. 처음 태국에서의 4일이 특히 그랬다. 은지와 서윤은 매일 맥주를 마셨고, 수영복을 입고 서로의 몸매를 비난하며 깔깔댔다. 어느 날엔가는 퇴폐업소에 잘못 들어갔다가 얼렁뚱땅 시원찮은 타이 마사지를 받았고, 똠양꿍 맛 컵라면과 수박 주스, 3달러짜리 스테이크를 먹으며 '싸다! 싸다!'를 연발했다. 그뿐만이 아니었다. 두 사람은 한밤중 이국의 다리 위에 서서, 누가 알아듣지 못한다는 이유만으로 차마 입에 담기 상스러운 단어를 '야호' 하듯 외쳤다. 그런 뒤 더 외칠 말이 없나 싶어 세상에서 가장 추잡하고 더러운 단어를 떠올리려 애를 썼다. 급기야 저속함이라면 절대 지고 싶어 하지 않는 은지가 선수 치듯 외쳤다.
　"빠구리!"
그러자 낯선 나라의 밤하늘 위로 '빠구리— 구리— 구리—' 하는 메아리가 아름답게 퍼져 나갔다. 서윤이 배를 잡고 웃으며 은지를 따라 했다.
　"빠구리!"

상말을 뱉고 난 뒤 얼굴이 갓 맑아진 은지가 가쁜 숨을 몰아쉬며 말했다.

"다빈이도 있었으면 좋았을 걸. 그치?"

서윤이 코맹맹이 소리로 대꾸했다.

"응. 진짜."


회비는 각각 120만 원씩 걷은 상태였다. 밤마다 서윤은 그 날 지출 목록을 꼼꼼하게 정리하고 일기를 썼다. 은지는 한국에 있는 남자친구와 통화를 하거나 책을 읽었다. 둘 다 국제전화 로밍을 해오지 않아 필요할 때면 공금이 아닌 개인 요금을 무는 방식으로 호텔 전화를 썼다. 하지만 아직 서윤은 누구에게도 전화를 한 적이 없었다. 좀더 정확히 말하자면 걸데가 없었고, 건다 해도 받아줄지 확신이 서지 않았다. 한 날 남자친구와 통화를 마친 은지가 물었다.

"넌 경민이한테 전화 안 해?"

서윤은 디지털 카메라에 담긴 사진을 넘겨보며 무심하게 답했다.

"응."

"왜? 경민이가 안 서운해해?"

"응. 요금 많이 나온다고, 한국 오면 하래."

서윤은 수첩을 꺼내 자연스레 말을 돌렸다.

"나 일기 썼는데, 한번 들어볼래? 여행 중 너에 대해 느낀

점을 적어본 거야."

"그래? 어디 한번 읊어봐!"

"내가 본 서은지. 추위와 더위에 약하고 배고픔 등 욕구가 해결되지 않으면 정신병자처럼 군다. 게으르고 충동적이지만 자기가 원하는 것을 할 땐 차분하고 이성적으로 바뀐다. 선택이 빠르고 실패를 두려워하지 않는다. 오래 걷는 것을 싫어한다. 길눈이 밝고 공간 감각이 뛰어나다. 손에 무거운 거 들고 다니는 걸 싫어한다. 고기와 커피를 좋아한다……"

은지는 서윤의 낭독을 심각하게 듣고 있다, 고개를 끄덕이며 '오, 맞는데?' 대꾸했다. 그런 뒤 '아, 그러고 보니 나도 적어놓은 거 있다' 라고 말하며 노트를 펼쳤다.

"내가 본 이서윤……"

서윤이 기대감에 찬 얼굴로 은지를 바라봤다. 좋든 나쁘든 자신이 객관적으로 평가되는 경험은 언제나 흥미로운 일이었다. 이윽고 은지가 낭창한 목소리로 말했다.

"팬티를 자주 갈아입는다. 팬티를 자주 빤다."

"……"


그날만이 아니었다. 서윤은 기분이 좋을 때마다 은지에게 자기가 쓴 일기를 노래하듯 읽어줬다. 주로 샤워를 마치고 잠들기 전 음악을 들을 때였다.

"태국에 와 있다. 우리는 틈나는 대로 딴 나라말을 하고 있다. 이곳에서 내 나라말을 딴 나라말이라 불러보니 좋다. 고국에서는 한국어를 '하는' 혹은 한국어가 '있는' 느낌이었는데, 외국서는 '한국어를 가지고 다니는' 기분이다."

"숙소를 옮겨 기쁘다. 내가 수세식 변기에 이렇게 기뻐하는 사람일지 몰랐다."

"태국의 신은 그들의 교인처럼 모두 몸매가 좋다. 나일론 끈 팬티를 파는 노점상인도, 뚝뚝이를 모는 청년도, 외국인의 관절을 꺾는 마사지사 언니도, 반바지가 귀여운 남고생도— 모두 신의 아이들이다."


은지는 친구의 직관력과 표현을 칭찬하며 서윤을 치켜세워줬다. 그러곤 가끔은 이견을 내거나 제 감상을 보탰다. 은지는 서윤이가 예민하고, 감탄을 잘하며, 뭔가 내면의 변화가 생기면 그걸 반드시 누군가와 나누고 싶어 하는 아이란 걸 확인했다. 그리고 그 상대가 자기란 게 기뻤다. 두 사람은 방콕의 씨암 광장과 시체 박물관과 아유타야 사원 등을 둘러보고, 사진을 찍고, 맥주를 마셨다. 숙소는 세 번 정도 바꿨고, 그 사이 예산의 3분의 1 정도를 썼다. 그리고 그 모든 여정의 처음과 끝에 엄청난 음향 장비를 싸고 푸는 일종의 '의식'이 있었다. 시간이 지날수록 쇼핑 목록은 점점 늘어갔고, 은지의 캐리어 또한 폭발 직전의 풍선처럼 거대하게 부풀어 올랐다. 아침마다 은지가 지퍼를 잡고 있는 동안 서윤은 은지의 가방

위에 올라타, 그것이 좀더 잘 닫힐 수 있도록 자신의 무게를
실어주었다.

 캄보디아에서의 여정도 비교적 순조로운 편이었다. 돈 관
리는 서윤이, 버스나 숙소 예약은 주로 은지가 맡았다. 은지
는 길눈이 밝아 초행길이라도 긴장하는 법이 없었다. 서윤은
지도를 보고 어디든 척척 찾아내는 은지가 미더웠고, 그 뒤를
졸래졸래 따라다니며 길 참견을 하는 자기가 좋았다. 하지만
갈등은 사소한 데서 시작됐다. 얼핏 보면 별거 아닌 문제들이
지만, 그런 것이 차곡차곡 쌓이자 어느새 두꺼운 벽이 되었
다. 캄보디아로 가는 중 봉고에서 서윤이 말실수를 했다. 흰
색 아오자이를 입은 베트남 여대생들이 '영어 할 줄 아느냐?'
고 물어왔는데, 은지가 대꾸하기 전 서윤이 섣불리 '아임 낫
잉글리쉬 웰'이라 답해버린 것이다. 그 말을 들은 베트남 아
가씨들은 조그맣게 키득댔다. 순간 은지의 얼굴이 빨개졌지
만 서윤은 눈치채지 못했다. 봉고는 네 시간가량 질주해 캄보
디아에 도착했다. 차에서 내리자마자 은지는 장시간 오줌을
참다 마침내 변기 위에 앉은 사람처럼 말했다.
 "아임 낫 잉글리쉬 웰(I'm not english well)이 아니라 아이
캔트 스피크 잉글리쉬 웰(I can't speak english well)이야."
서윤은 몹시 부끄러움을 느꼈다. 그러곤 '나쁜 년, 내가 한국
가면 제일 먼저 영어 공부부터 한다' 다짐했다. 잘생긴 외국

인이 인사를 건넸을 때, 소극적인 표정으로 미소만 지어야 하는 처지가 본인도 속 터지던 참이었다. 하지만 실수는 반복됐다. '죄송하다'는 뚝뚝이 기사의 말에, '괜찮아요(that's all right)'라고 할 것을 '네 말이 맞다(that's right)'라 하거나, 'a'를 붙일 곳에 'the'를 갖다 대는가 하면, 툭하면 시제를 잘못 쓰는 식이었다. 반면 은지는 단순한 영어라도 훨씬 재치 있게 사용했다. '어디서 왔냐'는 미국 남성의 뻐꾸기에 '아임 프롬 헤븐(I'm from Heaven)'이라 답해 상대를 웃게 하는 식이었다. 그때마다 서윤은 은지의 옆에 서서 애매한 미소를 지었다. 그리고 점점 은지가 자신이 통역해달라 부탁하는 말들을 귀찮아하고 있음을 느꼈다. 하지만 그때까지만 해도 그런 건 그렇게 큰 장애가 아니었다. 둘의 관계가 냉랭해진 근본적인 이유는 두 사람의 성격과 시각 차이에 있었다. 서윤은 어느 순간 여행 내내 물통을 자기가 들고 다녔다는 사실을 깨달았다. 같이 마시는 물이고, 관광 중엔 은지도 거의 빈손으로 움직였는데, 녀석이 그걸 모르는지 모르는 척하는 건지 한 번도 '내가 들까?' 묻지 않았던 거다. 서윤도 '이번에는 네가 들어'라고 하면 될 것을, '언제까지 그러나 보자'라는 식으로 꿍하게 버텼다. 한편 은지는 서윤이 유적지에서 내뱉는 감상들이 다소 피곤하게 느껴지던 참이었다. '어쩜 얘는 저런 관념적인 말들을 스스럼없이 하지?' 싶었고, '그걸 또 일일이 다 표현해야 하나' 못마땅했다. 이를 테면 앙코르 톰에 솟은 거대한 두상을 보고 "신의 얼굴이 무서운 건 아마 인간의 얼굴과 닮았기 때문이 아닐까?"라고 한다거나 "야! 근사하다. 이 나라 사람들 문화적 자신감이 상당했나 봐. 웬만해서 딴 동네 부족들 우습게 봤을 것 같아" 하고 동의를 구하는 모습이 그랬다. 은지는 속으로 '어우 진짜 나니까 들어준다' 했다. 서윤이 은지에게 서운한 건 더 있었다. 이따금 꺼내 입은 민소매 옷, 그러니까 서울에서 사 온 원숭이 티셔츠를 보고 어느 날 은지가 대뜸 "그거 안 입으면 안 돼?"라고 말한 것이다. 서윤이 "왜?"라고 묻자 은지는 망설이다 "그냥 좀 웃긴 거 같아서"라고 답했다. 은지는 정말 악의 없이 던진 거였는데 그 말은 서윤에게 커다란 상처가 됐다. 서윤은 그날 이후로 그 옷을 꺼내 입지 않았다. 그러곤 자신의 감정을 과장하기 시작했다.

'얘는 캄보디아 어린이들이 불쌍하다고 아무 때고, 그것도 공금으로, 덥석덥석 적선하면서, 정작 자기 옆에 있는 사람에 대한 배려나 관심은 조금도 없구나.'
서윤은 자신이 점점 치졸한 인간이 되어가고 있음을 느꼈다. 그러면서도 마음속으로 끊임없이 은지에 대해 불평하는 걸 멈출 수 없었다. 특히 은지가 아침마다 끙끙대며 짐을 꾸릴 때나, 창백해진 얼굴로 캐리어를 천형처럼 이고 다닐 때마다 부아가 치밀었다. 처음에는 덩치 큰 여행 가방을 끌고 다니는 모습이 귀여웠는데, 점차 답답하게 느껴졌고, 막판에는 목을

조르고 싶은 충동에 휩싸였다. 아니나 다를까, 앙코르와트에
도착했을 때 은지의 캐리어 바퀴가 덜컥 나가버렸다. 스피커
를 비롯해 온갖 물건의 하중을 견디지 못하고 결국 망가져버
린 거였다. 은지는 서윤의 눈치를 보며 공금을 좀 빌려달라고
했다. 두 사람 다 신용카드가 없는데다 그 상태론 아무 데도
갈 수 없어서였다.

"그럼 나머지 예산은 어쩌고?"

은지가 '다빈이 만나면 말해보자'고 했다. 은지와 서윤은 각
자의 불만에 대해 터놓고 얘기해본 적이 없었다. 하지만 둘
사이의 공기가 미묘하게 바뀌었다는 건 두 사람 다 알고 있었
다. 말하자니 쩨쩨하고, 숨기자니 옹졸해지는 무엇. 그 속에
서 13세기 크메르 양식의 절정이나 오래된 나무의 아름다움,
혹은 앙코르 여신의 젖가슴을 지나 이제 막 그들의 뺨에 닿는
바람 따위는 아무 의미가 없었다. 그들은 어느새 '어서 한국
으로 돌아갔으면' 하고 바랐다. 아니, 그보다는 베트남에서
합류하기로 한 다빈을 빨리 만나고 싶어 했다. 그러면 모든
게 제자리로 돌아갈 텐데. 그리고 아무 일도 없던 양 다시 유
쾌하게 여행을 즐길 수 있을 텐데 하고.


캄보디아에서의 마지막 날이었다. 이른 아침, 은지가 갑자
기 숙소를 옮기자고 했다. 서윤이 귀찮은 듯 '왜 그러느냐'고
묻자, 은지는 이 집엔 한국 사람이 너무 많아서 싫다고 했다.

객실도 좁고 서비스도 별로인 것 같다고. 서윤은 '어디 봐둔 데라도 있어?'라고 물었고, 은지는 '근처에 괜찮은 데가 있다'며 서윤을 잡아끌었다. 재미있는 사연이 있는 곳인데 꼭 한 번 가보고 싶다고.

"무슨 사연?"

은지가 비밀스러운 미소를 지었다.

"일단 가봐."

두 사람이 도착한 곳은 '니약 따NEAK TA'란 이름의 3층짜리 낡은 호텔이었다. 딱 봐도 30년은 족히 넘어 보이고, 어딘가 을씨년스러운 분위기를 풍기는 건물이었다. 호텔 주위는 이상하리만치 깨끗하고 조용했다. 두 사람은 현관 앞에 세워진 녹슨 물소 동상을 지나 로비로 들어섰다. 부드럽고 세련된 인상의 카운터 직원이 미소 지었다. 캄보디아인이 분명한데, 어쩐지 현지인으로 보이지 않는, 차가우면서도 부드러운 관상을 가진 아가씨였다. 로비 왼편으로 웬 백인 청년 하나가 상의를 벗은 채 영자 신문을 읽고 있는 모습이 보였다. 의자에 팔을 걸친 탓에 햇살 아래 드러난 금빛 겨드랑이 털이 찬란하게 빛났다. 은지는 카운터로 가 호텔 직원과 몇 마디 대화를 나눴다. 여자가 영어 발음을 하도 굴려, 처음에는 도통 이해할 수 없었지만, 거기 방 값이 다른 곳에 비해 두 배 이상 비싸다는 것 정도는 알아챌 수 있었다. 서윤은 호텔 직원이 은지를 깔본다는 사실을 눈치챘다. 행색 때문인지 영어 때문인지는 알 수 없었다. 서윤은 마음속으로 '치이, 그래도 우리나라가 더 잘사는데' 하고 투덜댔다. 얼마 뒤 은지가 멀찍이서 캐리어를 지키고 서 있는 서윤에게 다가왔다.

"120달러라는데?"

서윤이 눈을 둥그렇게 떴다.

"왜 그렇게 비싸?"

"얘기했잖아. 이 건물에는 사연이 있다고."

서윤이 채근했다.

"그러니까 그게 뭐냐고."

"있지, 어제 가이드 언니한테 들은 건데, 이 집에서 묵으면 자기가 평소 보고 싶어 한 사람을 만날 수 있대."

서윤이 살짝 짜증 어린 한숨을 내쉬었다.

"그게 무슨 소리야?"

"진짜 그렇다니까."

"아니, 그러니까 보고 싶은 사람을 여기서 어떻게 보냐고. 그 사람이 여기까지 날아와? 얘가 무슨 말도 안 되는 소릴 하고 있어."

"아냐. 내 말 끝까지 들어봐. 헛소문이 아니라 진짜 그런 일이 자주 생긴다나 봐. 여행 사이트에도 심심찮게 올라온 얘기라는데?"

"야! 됐어. 난 또 뭐라고. 딴 데 가. 딴 데."

"서윤아, 나 여기 꼭 묵고 싶어. 응? 우리 오늘 여기서 자

자. 한 번만. 응?"

"싫다니까."

"내가 언제 이렇게 부탁하는 거 봤어?"

"은지야. 그거 다 상술이야. 우리 돈도 거의 다 떨어졌잖
아."

"아니야. 정말 그렇대. 더욱이 누군가 만난다 해도 그냥 보
통 사람을 보는 게 아니래."

"……그럼 뭘 보는데?"

"있지, 이 집에서 자는 사람은 말이야."

"어."

"주위에 죽은 사람 중 자기가 가장 보고 싶어 하는 사람을
본대."

"……"


두 사람이 배정받은 곳은 2층 맨 끝 방이었다. 서윤은 마지
막까지 '니약 따'에 들어가는 걸 완강히 거부했다. 하지만 은
지가 하도 끈질기게 부탁하는 바람에 손을 들어줄 수밖에 없
었다. 안 그래도 은지랑 어색한데 이런 일로 괜히 불편해지고
싶지 않았다. 그나저나 귀신이라니. 은지는 왜 그런 말도 안
되는 소문을 믿고 있는 걸까? 서윤은 객실 곳곳을 수상하게
훑어봤다. 그러곤 바깥 날씨에 비해 지나치게 서늘한 실내 공
기를 언짢아하며 '하루만 참자' 다짐했다.

이날 오후는 훌쩍 지나갔다. 뚝뚝이 한 대를 전세 내 시내에서 멀리 떨어진 유적지 두어 곳을 휘이 둘러보고 나니 날이 금방 저물었다. 서윤은 실제 나이보다 훨씬 늙어 보이는 뚝뚝이 기사에게 팁으로 1달러를 줬다. 3일간 두 사람을 안내한 덕에 제법 친밀감을 갖게 된 '썸낭'이란 이름의 청년이었다. 썸낭은 제 또래의 한국 여자가 자신에게 담배와 음료수를 사주고 상냥하게 대해주는 것을 고맙게 생각했다. 그래서 숙소로 돌아오기 전, 이들을 지저분한 노점으로 데려가 전통 음료와 닭꼬치를 사주었다. 딴에는 서윤과 은지를 '친구'로 생각한다는 뜻이었다. 돌아오는 길, 은지는 지는 해를 가리키며 썸낭에게 "캄보디아 말로 태양은 뭐라고 하니?" 하고 물었다. 썸낭은 노랗고 불규칙한 치아를 드러내며 "크나이!"라고 답했다. 서윤은 썸낭을 따라 조그맣게 "크나이" 하고 중얼거렸다. 그러곤 자신이 태국이나 캄보디아에서 한 번도 그 나라말을 배워보려 하지 않았다는 사실을 깨달았다. 두 사람은 숙소로 돌아와 콧구멍과 귓바퀴를 비롯해 온몸에 낀 흙먼지를 구석구석 씻어냈다. 서윤이 몸에 타월을 두르고 나왔을 때, 은지는 음악을 틀어놓은 채 남자친구와 통화를 하고 있었다. 은지는 종달새 같은 말투로 남자친구에게 애교를 부리며 "보고 싶다"고 했다. 서윤은 침대에 엎드려 일기를 썼다. 물론 예전처럼 자기가 쓴 걸 은지에게 읽어주지는 않았다. 은지 쪽에서도 먼저 청할 마음은 없는 듯했다. 두 사람은 각자 어색하게 제 할 일을 했다. 은지는 서윤이 혹 노트에 자기 욕을 쓰고 있는 건 아닌지 신경 쓰였다. 본인도 상대에 대한 불만이 한가득했던 터라 그런 의심이 들었다. 사실 은지가 고국에 돌아가자마자 제일 먼저 하고 싶은 일은 남자친구에게 서윤의 흉을 찢어지게 보는 것이었다. 어느 정도 그 다짐이 은지를 버티게 해주고 있었다. 한편 서윤은 헤어진 남자친구를 떠올리고 있었다. 자기한테 그렇게 모질게 굴었는데, 난생처음 외국에 와 맛있는 음식을 먹고 좋은 풍경을 보니 경민이 생각이 났다. 왜 경민이랑은 그 흔한 제주도 한 번 갈 생각을 못해봤을까 하고. 서윤은 여행 도중 딱 한 번 경민에게 전화를 건 적이 있었다. 그것도 한밤중에 공중전화로 은지 몰래 건 거였다. 수신번호가 낯설어 그랬는지 저쪽에선 금방 전화를 받았다. '그러지 말자' 수없이 다짐했건만, 서윤은 경민의 목소리를 듣자마자 평소 자기라면 절대 하지 않았을, 지금 생각해도 얼굴이 화끈거리는 유치한 질문을 했다.

"너 나 만나서 불행했니?"

그러곤 곧장 자신의 행동을 후회했다. 저쪽에서 긴 침묵이 이어졌다. 초조해진 서윤이 황급히 변명하려는 찰나 경민이의 나직한 목소리가 들려왔다.

"아니."

"……"

"그런 거 아니었어."

"······"

"힘든 건 불행이 아니라····· 행복을 기다리는 게 지겨운 거였어."

은지는 엠피스리플레이어에서 「골드베르크 변주곡」을 찾아 재생 단추를 누른 뒤 불을 껐다. 은지는 새우잠을 자듯 모로 누워 스피커에서 흘러나오는 연주곡을 경청했다. 그러곤 '1700년대 바흐가 작곡한 음악을, 2000년대 캄보디아에 온 한국 여자가 1900년대 글렌 굴드가 연주한 앨범으로 듣는구나' '이상하고 놀랍구나' 하고 생각했다. 세계는 원래 그렇게 '만날 일 없고' '만날 줄 몰랐던' 것들이 '만나도록' 프로그래밍돼 있는 건지도 모르겠다고. 하지만 은지가 굳이 이 곡을 튼 이유는 따로 있었다. 서윤이 이 음악을 좋아한단 사실을 알아서였다. 두 사람은 침대에 누워 멀뚱 천장을 바라봤다. 그러곤 한동안 아무 말도 하지 않았다. 얼마 뒤 먼저 입을 뗀 것은 서윤이었다. 서윤은 무슨 암호 같은 말을 조그맣게 내뱉었다.

"남신의주유동박시봉방······"

은지가 베개에서 머리를 들었다.

"뭐?"

"백석 시잖아. 아내도 없고 집도 없고 한 상황에 무슨 목수 네 헛간에 들어와서 천장 보고 웅얼거리는······"

"난 또…… 근데?"

"이게 신의주 어디 박시봉 씨네 주소를 그대로 적은 거잖아?"

"그렇지."

"고등학교 때 그 설명을 듣는데 그게 좀 먹먹하게 다가오더라고. 제목이 주소라는 게."

"……"

"뭐라더라, 시적 화자니 주제니 이런 건 모르겠고, 그냥 이 시를 떠올리면 좁고 어두운 공간에 갇힌 한 남자가 생각나. 자기가 누워 있는 초라한 장소의 주소를 반복해서 중얼대는 사내가."

"……"

"그리고 낯선 데서 자게 되면 나도 모르게 그 주소지를 따라 부르게 돼. 남신의주유동박시봉방…… 남신의주유동박시봉방…… 하고."

"왜?"

"몰라. 궁금해서 자꾸 웅얼거리게 되는가 봐. 따라 하다 봄 쓸쓸하니 편안해지기도 하고."

"너는 과연……"

은지가 짓궂게 놀려댔다.

"국문학도로구나."

다시 긴 정적이 흘렀다.

"은지야."

"응?"

"여기 왜 오자고 그랬어?"

은지가 활달하게, 그리고 진심으로 말했다.

"응? 귀신 보고 싶어서."

"진짜?"

"응."

"너는 어떤 귀신 만나고 싶은데?"

"몰라. 백석 만날까? 하아. 딱히 생각나는 사람은 없는데. 그러니까 더 궁금해지더라고. 누가 오려나."

"안 무서워?"

"응."

은지가 두 눈을 깜빡이며 물었다.

"그럼 너는 누구 보고 싶은데?"

서윤이 망설임 없이 단호하게 답했다.

"나는 아무도 안 만나고 싶어."


한밤중 서윤은 이상한 기운에 눈을 떴다. 어렴풋이 실눈을 떠 주위를 둘러봤지만 어두워 아무것도 보이지 않았다. 어디선가 끼이익— 끼이익— 불길한 소리가 났다. 누군가 오래된 나무 계단을 밟고 한 발 한 발 올라오는 기척이었다. 그것은 점점 서윤 쪽 객실로 다가오는 듯했다. 은지를 깨우려 했지만 몸이 말을 듣지 않았다. 드르륵— 드르륵— 정체를 알 수 없는 그것의 움직임은 계속됐다. 그 께름칙한 소리는 점점 커지더니 이윽고 서윤 앞에 뚝 멈췄다. 온몸에 소름이 돋는 게 오싹했다. 동시에 침실 주위가 환해지더니 별안간 캄보디아의 시골 마을로 변했다. 서윤은 이글거리는 붉은 노을을 보고 겁에 질린 듯 '크나이……' 하고 중얼댔다. 이윽고 아까부터 드르륵 소리를 낸 존재가 모습을 드러냈다. 서윤은 '그것'이 무언지 알아채자마자 가슴이 터질 듯한 슬픔에 휩싸였다. 그리고 그때부터 주체할 수 없는 눈물이 쏟아지기 시작했다. 그것은…… 5년 전 돌아가신 할머니였다. 할머니는 한 손으로 손수레를 끌고 있었다. 그러곤 손녀가 자기를 바라보고 있다는 사실도 모른 채 거리에서 폐지를 주웠다. 몇 걸음 가다 허리 숙여 상자를 줍고, 다시 몇 발짝 가다 신문을 그러모으는 식이었다. 한쪽 다리가 불편해 절름거리며 골목 안을 누비는 게 살아 계실 적 모습 그대로였다. 서윤의 객실은 곧 대형마트의 '자율 포장대'로 바뀌었다. 할머니는 5백 원짜리 빨래비누 하나를 사 대형 박스에 담은 뒤 주위를 연신 두리번거리며 다른 상자를 계속 구겨 넣고 있었다. 물건을 포장하는 척 종이 상자를 수집하는 거였다. 서윤의 양볼 위로 뜨거운 눈물이 사정없이 흘러내렸다. 생전에 폐지를 모아 자신을 키운 할머니 생각이 나 그런 건 아니었다. 할머니가 자기를 못 알아보는 게 서운해 그러는 것도 아니었다. 서윤이 그토록 서럽게 우는 건 할머니가 죽어서도 박스를 줍고 계시다는 사실 때문이었다. 서윤은 외마디 비명과 함께 자리에서 일어났다. 은지가 화들짝 놀라 서윤에게 다가왔다. 은지는 "서윤아? 괜찮아? 응? 왜 그래?" 하고 물으며 서윤을 안았다. 서윤은 아무 대꾸도 하지 못한 채 침대 위에 뻣뻣이 누워 아주 오랫동안 큰 소리로 울었다.

다음 날 두 사람은 호텔을 떠났다. 그러곤 메콩 강을 따라 베트남으로 향했다. 물빛 하늘빛이 그윽해 침착하고 평온한 마음이 들었다. 은지는 지난밤 일에 대해 아무것도 묻지 않았다. 대신 간밤에 아이팟이 고장 난 것 같다며, 하노이에 도착하면 애플 서비스 센터부터 찾아봐야겠다고 화제를 돌렸다. 은지는 서윤의 집안 내력에 대해 잘 알지 못했다. 서윤이 자기를 집에 초대한 적도, 부모님께 인사시켜준 적도 없어서였다. 다만 언제였더라. 현대문학 스터디 때 서윤이 "교수님들 세대는 가난이 미담처럼 다뤄지는데 우리한테는 비밀과 수치가 돼버린 것 같아"라고 웅얼대던 것을 기억하고 있었다. 은지는 그동안 서윤과의 감정도 풀 겸 먼저 이런저런 얘기를 꺼냈다.

"후에라고 베트남의 경주 같은 곳이 있는데 고즈넉하고 참 좋대. 아마 네가 좋아할 거야. 다빈이 만나면 거기 꼭 가보자고 하자."

"응."

"나짱도 가자. 우리 비키니 한 번 더 입어야지?"

"그래."

두 사람이 탄 배 옆으로 조그맣고 길쭉한 쪽배 하나가 따라 붙었다. 배 안에는 캄보디아 소년 두 명이 타고 있었다. 그중 대여섯 살쯤 돼 보이는 꼬마 아이의 목에 커다란 뱀이 걸려 있었다. 그리고 그 옆에 그 애 형으로 보이는 소년이 관광객 을 향해 구걸을 하고 있었다. 뙤약볕 아래 그대로 노출된 꼬 마는 뱀을 목에 두른 채 피곤한 듯 꾸벅 졸고 있었다. 가만 보니 뱀도 따라 졸고 있는 듯했다. 몇몇 백인이 그들에게 돈 을 던져주는 모습이 보였다. 서윤과 은지는 캄보디아에서 이 미 너무 많은 걸인을 보아온 터라 다른 데로 시선을 돌렸다.

얼마 뒤 두 사람은 베트남 국경에 도착했다. 서윤은 등산 가방을 멘 채 배에서 폴짝 뛰어내렸다. 하지만 은지가 육지에 발을 딛기까지는 보다 복잡한 과정이 필요했다. 캐리어 무게 가 어마어마해 점프며 이동이 쉽지 않아서였다. 더욱이 은지 는 굽 높은 샌들 차림에 한 손에는 비닐 쇼핑백까지 들고 있 었다. 가방에 다 못 들어간 생필품과 기념품 따위를 담은 거 였다. 두 사람은 검문소로 가기 위해 잡초가 우거진 야트막한 언덕을 올라야 했다. 다른 관광객들 또한 마찬가지였다. 은지 는 언덕 초입에서부터 몇 번 자빠졌고 결국 온몸에 흙먼지를 뒤집어쓰고 말았다. 그런데 마침 한 무리의 베트남 아이들이 이제 막 국경에 도착한 여행객을 향해 쏜살같이 달려왔다. 하나같이 강마른 게 체구가 작은 소년들이었다. 햇빛 아래 반짝이는 메콩 강 주위로 잠자리 떼가 날아다녔다. 어른의 얼굴을 한 늙은 아이들이 소란스레 외국인의 짐을 날라주며 호객 행위를 했다. 검문소가 있는 데까지 가방을 옮겨준 뒤 팁을 받으려는 모양이었다. 서윤은 지친 얼굴로 멍하니 그들을 바라봤다. 그 안에도 나름 위계질서가 있는지 중간에 약한 아이의 몫을 가로채는 녀석이 보였다. 근처에서 보초를 선 경비원 두 명이 소극적으로 손을 휘이— 저으며 녀석들을 쫓아냈다. 그때마다 아이들은 일제히 물러섰다 잠자리 떼처럼 다시 모여들었다. 그런데 순간 예닐곱쯤 돼 보이는 사내 아이가 은지의 캐리어를 강탈하듯 낚아챘다. 은지가 뭐라 할 틈도 없이 순식간에 일어난 일이었다. 소년은 동글동글 선량하고 약삭빠른 눈으로 방긋 웃은 뒤 '도와드리겠다' 말했다. 그러곤 어깨에 은지의 캐리어를 이고 씩씩하게 앞장서 갔다. 은지는 소년의 행동에 당황하다 체념과 피로와 짜증이 섞인 말투로 중얼거렸다.

"에이씨, 들어주면 나는 땡큐고."

소년들은 저마다 캐리어를 등에 이고 있었다. 언덕길이 무르고 가팔라 바퀴 달린 가방을 끌고 가기에 얄궂어서였다. 서윤은 은지의 짐을 채간 소년의 움직임이 어딘가 어색하다는 걸 눈치챘다. 중심을 못 잡고 기우뚱거리는 게 가만 보니 한쪽 다리를 절고 있었다. 순간 서윤의 동공이 커다랗게 열리더니, 얼굴 전체가 고통스럽게 일그러졌다. 서윤이 야멸치게 은지를 불렀다.

"야, 서은지."

"응?"

"도로 갖고 와."

방금 전 서윤이 한 말이 도저히 믿기지 않는다는 얼굴로 은지가 반문했다.

"뭐?"

"저 가방, 다시 갖고 오라고."

순간 은지의 얼굴이 귀밑까지 빨개졌다.

"뭐라고?"

그러자 서윤이 정신 나간 사람처럼 고함치기 시작했다.

"네 캐리어! 니 꺼니까 니가 들라고!"

은지는 애써 호흡을 가누려 노력했다. 하지만 눈에는 이미 이슬이 맺혀 있었다. 은지는 눈물을 보인 자신이 못마땅한데다 억울함과 수치심이 북받쳐 몸을 떨었다.

"그렇지? 네가 늘 옳지? 너만 항상 바르지? 너만 잘났지?"

"뭐 이년아?"

은지가 울먹이며 쉬지 않고 쏘아댔다.

"그래서? 그렇게 착해서 썸낭이 꼬치구이 줬을 때 슬쩍 버렸니? 더러워서 겁났어? 너는 몰래 치웠다고 생각할 테지만 다 봤다고. 그때 썸낭 표정이 어땠는지 알아? 그래도 난 다 먹었다고. 다 먹었다고 이 나쁜 년아."

은지는 그 자리에 털썩 주저앉았다. 그러곤 입을 벌린 채 아이처럼 울었다. 저쪽 검문소 앞에서 영문을 모르는 소년이 어리둥절한 얼굴로 두 사람을 바라봤다. 그러곤 얼마 안 있다 짧은 영어로 '하이! 나 여기 있어요. 이리로 와요'라고 외쳤다.

그리고 그게 끝이었다. 두 사람이 직접적으로 말을 섞은 것은. 서윤과 은지는 하노이 공항에 죽치고 앉아 다빈만 기다리고 있었다. 1분이 10분처럼 10분이 영원인 양 느껴지는 시간이었다. 약속 시간이 훌쩍 지나도록 다빈은 공항에 나타나지 않았다. 출국 게이트에서 목을 길게 뺀 채 일일이 탑승객의 얼굴을 확인해도 마찬가지였다. 참다못해 먼저 전화를 한 건 은지였다. 하지만 그것도 순전히 '혹시나' 하는 마음에 걸어본 거였다. 몇 번의 신호음 끝에 저쪽에서 다빈이 전화를 받았다.

"헬로우?"

"야!"

"헬로우?"

"너 뭐야."

은지의 연락에 놀란 쪽은 다빈이었다. 다빈은 며칠 전 공항에 못 간다는 메일을 보냈는데 아직 안 본 거냐며 어쩔 줄 몰라 했다. 그러곤 미안하다고. 한참 전에 연락한 거라, 이미 확인 했을 거라 믿었다 했다. 순간 은지는 욱하는 기분이 들었지만 '그러냐' 고 마음에도 없는 소리를 했다. 다빈은 한 번 더 미 안하다고, 베트남 출신 룸메이트와 갑자기 사이가 틀어져 그 렇게 됐다고 설명했다. 은지는 '괜찮다' 고 말하려다 화가 나 전화를 툭 끊어버렸다. 은지가 돌아왔을 때 서윤은 시선을 피 하며 딴청을 부렸다. 서윤은 통화 내용이 궁금했지만 먼저 말 을 걸지는 않을 모양이었다. 은지는 서윤으로부터 두어 자리 떨어진 곳에 주저앉았다. 그러곤 대체 이 여행을 어떻게 마무 리해야 좋을지 몰라 맥없이 먼 곳만 바라봤다. 서윤 역시 부 루퉁한 얼굴로 공항 천장을 응시했다. 이들의 발길이 어디로 향할지 또 어디에 머물지는 아직 예측할 수 없었다.

서른

언니 잘 지내요? 언니를 언니라 불러보는 게 얼마 만인지 모르겠어요. 실은 오늘 언니 이름을 보고도, 언니가 언니인지 몰라 한참을 쳐다봤어요. 언니도 제 이름은 아는데 성이 떠오르지 않아 집 안을 한바탕 뒤졌다고 했지요? 어떻게 성도 모르는 사람이 그리울 수 있을까 피식 웃다가, 엽서를 내려놓고 부직포에 싸인 물건의 포장을 끌러봤어요. 그러곤 내용물을 든 채 한동안 그 자리에 붙박여 있었답니다. 얼마 뒤 지나가던 후배가 묻데요. 거기 무슨 나쁜 소식이라도 적힌 거냐고.

언니, 저는 지금 제 방에 앉아 있어요. 서울에서 구한 여섯 번째 자취방이에요. 언니와 같이 있던 데를 포함하면 일곱번

째일까요? 거기는 방이 아니라 칸이었는데. 사임당독서실. 여성 전용이니 신사임당처럼 훌륭한 아내이자 어머니가 되라고 그렇게 지었을 텐데. 정작 그 안에는 훌륭해지는 것까지는 바라지 않아도 보통의 기준에 다다르기 위해 안간힘을 쓰는 여자들이 많았지요. 무엇이 보통인지는 모르지만, 그저 사람들이 그렇게 부르는 곳 언저리에 금이라도 한번 밟아보려 애쓰는 사람들이요. 언니는 전북에서 사범대학을 졸업한 아가씨. 나는 부모님께 효도해야 된다는 각오로 충남에서 올라온 재수생이었지요. 거기서 1년. 주위 여자들은 몇 번 바뀌었지만 언니와 저는 처음부터 쭉 같은 자리에 있었단 걸 기억해요. 한 칸에 네 명, 칸과 칸 사이에 벽이 아니라 커튼이 있고, 잠을 잘 땐 책상 위로 의자를 올려야 하는 데서, 그래도 늘 예약 대기자가 줄을 설 정도로 인기가 많던 그곳에서, 언니와 나, 등을 맞댄 채 자주 밤을 새우곤 했잖아요. 그래서인지 지금도 언니를 생각하면 제일 먼저 뒷모습이 떠올라요. 침침한 스탠드 아래서 밤새 뭔가 쓰고 외던 언니의 굽은 어깨가요. 아마 언니 눈에 제 뒤태도 비슷하게 보였겠죠? 우리 둘 다 꿈 말고도 이고 있는 것이 많았으니. 그래도 언니가 제 뒷모습을 본 것보다 제가 언니 뒷모습을 본 적이 더 많을 거예요. 눈꺼풀 위로 산사태처럼 쏟아지는 잠을 어쩌지 못해 만날 헤드뱅잉만 하다, 먼저 잠자리에 든 건 제 쪽이었으니까요.

언니, 여기 제 앞에는 공책만 한 창이 하나 있어요. 열리진
않고 장식처럼 그냥 박혀 있는 거예요. 테두리도 손잡이도 없
는 유리판인데 나름 신축 건물이라고 멋을 내느라 그런 모양
이에요. 그래도 창은 창이라고 동네 모습이 훤히 내다보이는
데, 이 집이 도로를 등지고 있어 창 너머로 온통 주택가뿐이
에요. 건물 간격이 좁아 볕 들 겨를이 없는 다세대주택과 크
고 작은 빌라, 다락이 세모나게 솟은 1980년대풍 양옥을 비
롯해 지은 지 얼마 안 된 아파트촌 따위가 얕은 산등성이를
따라 주르륵 연결돼 있어요. 얼핏 봄 쓸쓸하지만 고요하고 가
지런한 풍경이에요. 하루 일을 마치고 고단하게 잠든 서울의
얼굴 같기도 하고요. 지금은 새벽이라 불 밝힌 집이 많지 않
은데, 몇몇은 추위 덕에 더 오롯하게 빛나네요. 그중 저기 제
일 꼭대기, 뉴타운에 들어선 아파트는 저녁마다 회사 로고를
본뜬 네온등을 밝히는데요, 그게 어두운 허공에 붕 떠 있으
면, 어느 땐 천공의 섬 같고, 또 어떤 때는 모두에게서 모든
것을 승인받은, 이 세기의 대표적인 문장(紋章)처럼 보이기
도 해요. 그래서 저는 이따금 유리벽에 코를 박은 스푸트니크
의 개를 떠올리며 밖을 바라봐요. 그러면 이 방이 어떤 공간
이나 장소가 아닌, 어디론가 계속 이동 중인 물체처럼 느껴지
거든요. 이제 저쪽 세계와는 같은 시공을 공유할 수 없겠다는
예감을 안고, 묵직한 가속도를 내며 지구로부터 멀어지는 우
주선처럼요. 아무튼 오늘도 멀리 캄캄한 도시 위엔 붉고 노랗

고 희고 푸른 불빛들이 알사탕처럼 뿌려져 있어요. 깨물어 먹
고 싶을 만큼, 예쁜 서울이에요, 여기.

  언니, 언니를 본 지 벌써 10년이 흘렀네요. 보푸라기 인 폴
리에스테르 재질의 책가방을 메고, 알람 소리 어지러운 육교
를 지나 '노량도'에 입성한 게 엊그제 같은데. '합격해야 탈출
할 수 있는 섬'이라고, 다들 그런 식으로 우스갯소릴 하곤 했
잖아요. 그때는 언니가 되게 언니처럼 느껴졌는데 이제 저도
서른이네요. 그사이 언니에게도 몇 줄로 요약할 수 없는 시
간들이 지나갔겠죠? 바람이 계절을 거둬가듯 세월이 언니로
부터 앗아간 것들이 있을 테죠? 단순히 '기회비용'이라고만
하기엔 아쉽게 놓쳐버려 아직도 가슴을 아리게 하는 것도. 말
해도 어쩔 수 없어 홀로 감당해야 할 비밀과 사연들도요. 그
래서 사실 오늘 언니가 8년 동안 임용이 안 됐었단 얘기를 들
었을 때 가슴이 먹먹했어요. 8년. 8년이라니. 괄호 속에 갇힌
물음표처럼 칸에 갇혀 조금씩 시들어갔을 언니의 스물넷, 스
물다섯, 스물여섯…… 서른하나가 가늠이 안 됐거든요. 합격
자 발표를 기다리는 동안 마음속에 생기는 온갖 기대와 암시,
긴장과 비관에 대해서라면 저도 꽤 아는데. 자식 노릇, 애인
노릇 등 온갖 '도리'들을 미뤄오다 잃게 된 관계들에 대해서
도 전혀 모르는 바는 아닌데. 좁고 캄캄한 칸에서 오답 속에
고개를 묻은 채, 혼자 나이 먹어갔을 언니의 청춘을 생각하니

마음이 아팠어요.

저요? 언니도 알다시피 그해 저는 J대 불문과에 합격했어요. 그게 언니가 아는 제 안부의 전부지요? 그러니 저희 과 사무실로 우편을 보내신 걸 테고요. 언니가 제 전화번호를 물어봤는데 조교가 '바뀐 연락처를 아는 사람이 없다'고 했다는 걸 들었어요. 실은 사정이 생겨 그간 사람들을 거의 만나지 않아왔거든요. 휴대전화를 없앤 지도 꽤 됐고. 소포가 왔으니 찾아가란 메일을 받고 며칠을 고민하다 학교에 들렀어요. 그리고 오늘 언니가 보내준 엽서와 선물을 받았어요. 아 참 언니, 이번에 아기 엄마 되신 거 진심으로 축하해요. 언니를 못본 새 언니가 그렇게 멋진 일을 해내리라곤 상상하지 못했어요. 만일 제가 언니의 아기라면 내 엄마가 언니란 사실이 무척 기뻤을 거예요. 저는 지난 10년간 여섯 번의 이사를 하고, 열 몇 개의 아르바이트를 하고, 두어 명의 남자를 만났어요. 다만 그랬을 뿐인데. 정말 그게 다인데. 이렇게 청춘이 가버린 것 같아 당황하고 있어요. 그동안 나는 뭐가 변했을까. 그저 좀 씀씀이가 커지고, 사람을 믿지 못하고, 물건 보는 눈만 높아진, 시시한 어른이 돼버린 건 아닌가 불안하기도 하고요. 이십대에는 내가 뭘 하든 그게 다 과정인 것 같았는데, 이제는 모든 게 결과일 따름인 듯해 초조하네요. 언니는 나보다 다섯 살이나 많으니까 제가 겪은 모든 일을 거쳐갔겠죠? 어떤 건 극복도 했을까요? 때로는 추억이 되는 것도 있을까요? 세상에 아무것도 아닌 것은 없는데. 다른 친구들은 무언가 됐거나 되고 있는 중인 것 같은데. 저 혼자만 이도 저도 아닌 채, 아무것도 아닌 것이 되어가고 있는 건 아닐까 불안해져요. 아니, 어쩌면 이미 아무것도 아닌 것보다 더 나쁜 것이 되어 있는지도 모르고요. 소식을 전하면서도 한편으론 언니가 이런 얘기는 너무 많이 들어봤다고 할까 봐 겁이 나요. 언니는 이제 육아와 적금, 시가와의 관계나 건강 문제에 부딪힐 테고. 이전에 절박했던 문제는 그다음 과제들에게 자리를 내주어야 한다는 걸 아는 나이일 테니까요. 그렇지만 지금은 이 얘길 언니에게밖에 할 수 없어 편지를 써요. 다 써놓고 끝끝내 부치지 못할지라도. 오늘 밤 제가 할 수 있는 일을 하려고요.

언니, 저는 부모님의 반대를 무릅쓰고 불문과에 갔어요. 프랑스란 나라에 대한 막연한 환상이 있었고, 외국어를 몸 안에 지니고 다니면 칼을 찬 듯 어디서든 든든할 것 같았거든요. 살면서 아무리 안 좋은 상황과 마주쳐도 악귀 쫓듯 제가 가진 칼을 휘이휘이 휘두르며 '저리 가, 나는 언제든지 떠날 사람이야' 하고 큰소리칠 작정이었고요. '취직은 어쩌려고 그러냐' 화를 내는 아버지껜 '정 안 되면 교직 이수라도 해서 선생님이 되겠다' 호언장담했지요. 선생은 뭐 쉬운 건 줄 아나, 누군가는 발끈하겠지만 그땐 저도 어려서 그냥 그런 줄 알았어요. 그런데 언니, 저는 신학기가 다 지나서야 우리 과에 그런 제도가 없다는 걸 알게 되었어요. 교직 이수는커녕 신입생이 점점 주는 추세라 과가 없어질지 모른다는 사실도요. 그렇게 독문과도 철학과도 사학과도 사라질 거라 하데요. 그래도 그땐 그냥 소문이었는데 최근에 그 얘기가 정말 구체화되고 있는가 봐요. 실용 어쩌고 부실 어쩌고 학교 곳곳에 붙은 대자보도 그렇고, 애들 표정도 그렇고, 오랜만에 찾은 모교 분위기가 어수선했거든요. 그래도 저는 대학 시절 내내 성실하고 검소하게 생활하며 부모님께 무언가를 입증해 보이려 노력했어요. 잘생긴 총각 강사한테 생리 결석 사유서까지 꼬박꼬박 내가며 성적 장학금도 받고, 도서관과 행정실에서 근로 장학생으로 일하고, 편의점이나 커피숍에서 틈틈이 아르바이트도 했는데, 그마저도 학비와 생활비를 충당하기에는 충분치 않았어요. 휴학과 복학을 번갈아 하다 보니 졸업도 거의 7년 만에 하게 됐고요. 그래도 돌이켜 봄, 그때 저는 놀라울 정도로 건강했던 것 같아요. 내가 나를 책임지고 있다는 자긍심 같은 것도 있었고, 이 모든 게 경험과 지혜로 남아 저를 성장시켜 줄 거라 믿었거든요. 그래서 재수 때와 다름없이 새벽밥 먹고, 친구들이랑 '인강'도 불법 공유하고, 학생식당의 '오늘의 메뉴'에 일희일비하며 꿋꿋하게 살았어요. 얼마 안 되는 돈이지만 월급 중 일부를 부모님께 보내드리기도 했고요. 자잘한 생활비는 설문지 아르바이트나 서빙을 통해 벌었어요. 큰돈은 주로 일명 '마루타 알바'라고 불리는 병원 생동성 시험이나 인근 보습학원 강의로 만질 수 있었고요. 그때 저는 애들한테 저도 잘 모르는 한문이랑 논술 같은 것을 가르치며 세금 빼고 한 달에 60만 원가량을 받았어요. 교무실 청소랑 학부모 상담, 문단속, 복사기와 프린터기 관리 등의 일도 도맡아 했고요. 하지만 당시 제가 다닌 면목동 학원의 아이들은 정말이지 공부를 너무너무 못했어요. 나중에 잠깐 일한 중계동이나 목동 아이들에 비하면 기본조차 되어 있지 않았지요. 그래도 그 애들, 제가 전공을 속이고 저희들을 가르치는 풋내기 강사란 걸 아는지 모르는지 저를 참 잘 따라주었어요. 그중 천사 같은 얼굴로 담배 냄새를 풍기며 곧잘 '선생님!' 하고 안기던 여고생은 대학에 가고 난 뒤로도 제게 연락을 해왔어요. 그전에도 시도 때도 없이 문자를 보냈는데 '샘 짱 웃겨요' '샘 뭐하세요. 저는 친구 집에 와서 놀고 있어요. 숙제하기 싫어요' '샘이 우리 학교 한문 선생님이었으면 좋겠다. 우리 한문 존나 짜증나' '샘 근데 샘은 왜 저한테 먼저 문자 안 하세요' 같은 시시껄렁한 메시지들이었지요. 그래도 누군가 그렇게 저한테 어려움 없이 안기면 걔들과 결코 오래 볼 사이가 아니란 걸 알면서도 가슴 한쪽에 슬며시 온기가 퍼지는 걸 느낄 수 있었어요. 왜 물이 한가득 든 투명한 비커 안에 스포이트로 잉크를 한 방울 떨어뜨리면 순식간에 아름다운 뭉게구름이 생기며 액체의 성질이 바뀌게 되잖아요? 그때 제 마음이 그랬던 것 같아요. 사람들의 작은 배려나 선의 하나에 쉽게 흔들리고 감동하고 저 역시 가능하면 조그마한 답례라도 하고 싶어졌으니까요. 아이들은 산만하고 유치했지만 그 나이 또래다운 재치와 상상력을 발휘하기도 했어요. 한번은 '사람 손가락이 여덟 개라 팔진법을 쓰면 어떻게 될까?' 라는 논술 주제를 준 적이 있는데, '주판알이 네 개로 나뉠 거다' '4에서 반올림을 하게 될 거다' '십중팔구가 아니라 칠중육오가 될 거다' 라는 식으로 말해 저를 놀라게 했어요. 그럴 때면 애들 한테 오히려 제가 배우는 느낌이 들었고요. 또 한번은 '구름 또는 비와 나누는 정이라는 뜻으로, 남녀의 정교(情交)를 이르는 말을 네 글자로 답하시오' 란 문제에 '운우지정(雲雨之情)' 대신 '오르가즘' 이란 말을 써놓은 바람에 채점하다 음료수를 뿜은 적도 있어요. 학생 중에는 평소에 저랑 한마디도 안 하다 이따금 딸기우유나 초콜릿을 건네고 가는 여중생도, 말수 적고 속이 깊어 언제나 부모님을 걱정하는 남고생도 있었어요. 공부를 하도 한 탓에 수업 중에 코피를 쏟는 아이도, 갑자기 복도로 뛰어나가 토를 하는 아이도 있었고요. 그런데 언니, 요즘 저는 하얗게 된 얼굴로 새벽부터 밤까지 학원가를 오가는 아이들을 보며 그런 생각을 해요.

'너는 자라 내가 되겠지…… 겨우 내가 되겠지.'

무슨 일이 있었던 거냐고요? 저도 그걸 잘 설명할 수 있었으면 좋겠어요. 어느 날 눈뜨고 보니 제가 다른 사람이 돼 있더라고요. 이전에도 채무자. 지금도 채무자. 예나 지금이나 빚을 진 사람이라는 건 똑같은데. 좀더 나쁜 채무자가 되었다고 하는 게 맞을까요. 언니, 저는 언니와 헤어진 뒤 여러 가지 일을 하며 학창 시절을 아슬아슬하게 마쳤어요. 사회 초년생인 제겐 여전히 천만 원가량의 학자금 대출이 쌓여 있었지만, 취직만 되면 언제든 갚을 수 있을 거라 낙관했어요. 그런데 그 구직이란 게 생각보다 잘 되지 않았어요. 불문과 출신에다 나이도 많고, 여자인데다 용모도 그저 그런 저를 뽑아주는 데는 없었거든요. 그런데 엎친 데 덮친 격으로 아버지가 교통사고를 당하는 바람에 집안이 휘청거리게 되었어요. 아버지가 사고를 냈다기보단 최종 책임을 져야 하는 복잡한 종류의 문제였지요. 한 날 아버지 친구가 아버지 화물 트럭을 빌려 몰고 나간 모양인데, 그길로 다른 승용차 석 대를 들이받고 그 자리에서 돌아가셨다나 봐요. 유명을 달리하신 분은 그 밖에도 한 분이 더 계셨고, 다친 사람은 더 많았다 하고요. 그 일로 원래부터 여유가 없었던 우리 집은 더 이상 복구가 안 될 정도로 폭삭 주저앉고 말았어요. 집안에 닥친 불운의 자장이 너무 강해, 잘못 하다간 나까지 빨려들어 갈 것 같아 돕고 싶기보단 도망치고 싶단 생각이 들 정도였죠. 안 그래도 집에서 경제 활동을 하는 사람이 없던 차에, 집주인은 보증금과 월세를 올려달라고 하더군요. 모아둔 '알바' 비는 진작 바닥났고, 은행에선 매일 독촉 전화가 오고. 정말이지 할 수만 있다면 저도 누군가에게 '케이크가 들어 있지 않은 케이크 상자'를 보내고픈 심정이었어요. 제 동기 중 누가 그런 식으로 경기도에 있는 사립중학교에 들어갔단 얘기를 들은 뒤였거든요. 그런데 그때 예전 남자친구에게서 연락이 왔어요. 근처에 일이 있어 왔는데 얼굴이라도 잠깐 보자는 거였죠. 헤어진 지 3년 만의 일이었어요.

혈색이 좋아 보였어요. 평소 잘 안 입는 양복을 걸치고 나왔는데 새삼 잘생겨 보이기까지 하더라고요. 그 사람은 그날 제게 오리고기를 사주며 수줍은 듯 조용한 말투로 얘기했어요.
"나 이제 돈 잘 벌어……"
자랑도 과시도 아닌 그 한마디가 이상하게 뭉클하데요. 그 사람, 예전에 얼마나 어렵게 살았는지, 우리가 왜 자주 싸웠는지, 그리고 어떤 이유로 나를 떠났는지 알고 있던 터라, 지금까지 용기를 잃지 않고 살아준 것만으로도 고마웠어요. 5년 연애하고, 저랑 헤어질 즈음엔 이미 삼십대 초반의 신용불량자가 되어 있던 사람인데…… 사치를 한 것도 사채를 쓴 것도 아니고 열심히 논문 쓰다 보니 그렇게 돼 있었거든요. 저는 미련도 질투도 없이 옛 연인의 성공을 조용히 축하해주었어요. 그리고 얼른 나도 취직해 오빠한테 한턱 쏘고 싶다고 했죠. 아, 제가 처음에 그 사람이랑 어떻게 만났는지 얘기했던가요? 학원에서 만났어요. 면목동에서. 인상이 흐릿해 처음엔 별 관심 없었는데. 한 날 원장한테 간식을 당당하게 요구하는 모습을 보고 호감이 생겼어요. 그때 우리 학원 선생님들은 모두 만성적인 허기에 시달렸는데, 학원에선 별도의 식비나 간식이 나오지 않았어요. 근데 회의 시간에 그 사람이 벌떡 일어나더니 원장한테 그러더라고요.

"시험 때고 하니 쉬는 시간에 빵이라도 하나씩 주셨으면 좋겠습니다."

물론 그 순간 목소리가 엄청 떨리고 갈라졌지만. 동시에 경력이 없어 원장 말에 무조건 순종하던 영어 선생님과 나이와 체면상 그런 얘길 꺼낼 수 없던 수학 선생님의 얼굴에 기쁨이 스치는 걸 저는 보았어요. 그리고 그게 시작이었지요. 우리는 밥 몇 번 먹고, 영화 보고, 술 마시고, 가끔 서로의 어린 시절 이야기도 하다, 같이 잠도 자게 되었어요. 그 사람이 국문과 졸업 논문으로 '빠지다'라는 동사의 발생에 대해 썼다는 것도 그즈음 알게 되었고요. '어떻게 그런 게 몇십 장짜리 글이 될 수 있을까, 역시 내가 모르는 세계는 광대하고 신기하구나.' 그렇그렇한 눈으로 남자친구를 보던 때가 엊그제 같네요. 어쨌든 우리는 서로에게 '빠졌'어요. 어느 땐 제 자취방에서 해가 지는지도 모른 채 서로를 안고 마냥 뒹굴었지요. 그리고 그때 저를 위로해준 건, 제가 직접 손을 뻗어 만질 수 있는

300

누군가의 체온이었어요. 욕망이나 쾌락은 그다음 문제였지요. 어쩌면 사람 살아가는 데 필요한 온기는 그리 많은 양이 아닐지도 모른다고, 이만하면, 이 정도면 충분하다면서요. 아마…… 그 사람도 그랬을 거예요. 그러니까 그날 자기가 가진 옷 중 가장 괜찮은 걸 입고 나와 앉아 있었던 걸 테고요. 우리는 이런저런 안부를 주고받은 뒤 밥을 먹고 차를 마시고 호프집까지 갔어요. 나중엔 그 사람 상사인가 하는 사람도 합석했는데, 제 남자친구가 자리를 잡는 데 도움을 준 선배라고 하데요. 취기가 올랐을 즈음 제 옛 애인은 술잔을 기울이며 꽤 어른스러운 말투로 중얼댔어요.

"살아보니 사람이 제일 큰 재산인 거 같더라."

그리고 두 달 뒤, 저는 한 달에 3백만 원, 많게는 천만 원도 벌 수 있다는, 그렇지만 그전에 제가 먼저 물건을 8백만 원어치 사야 된다는 이상한 회사에 들어가게 되었어요.


'열심히만 하면 누구나 꿈을 이룰 수 있다'고 말하는 오십 대 남성의 강의를 들었어요. 너무 빤해서 들을 게 없는 강연 같죠? 맞아요, 언니. 그런데 그 빤한 게 사람 맘을 막 쥐고 흔들데요? '꿈'이라는 말을 듣는데 가슴 한쪽이 싸한 게 찌르르 아픈 것도 같고 좋은 것도 같고 심장이 빠르게 뛰었어요. 그리고 실은 제가 아주 오래전부터 그런 말을 간절히 듣고 싶어 했다는 걸 깨달을 수 있었어요. 말 그대로 '교과서에 나오는 말' 같은 거. 올바르고 아름다운데, 실은 아무도 믿지 않는 말들 말이에요. 너무 옳아서 조금은 종교적으로 보이지요? 그런데 언니, 요즘 같은 세상에 열심히만 하면 누구나 꿈을 이룰 수 있다는 말만큼 믿고 싶은 교리가 또 어디 있겠어요. 물론 저도 처음부터 무장해제되지는 않았어요. 못 이기는 척 연수원에 들어가면서도 '나 배운 여자야, 그렇게 호락호락하지 않다'고 자만하며 팔짱 끼고 있었으니까요. 저는 제 이성과 의지와 논리를 믿었어요. 그리고 전 남자친구 말마따나 들어보고 아니다 싶음 그 자리서 그냥 나오면 되는 줄 알았고요. 남자친구는 제가 설득에 넘어가지 않자 결국 이런 말을 했어요. 들어보고 정말 나쁜 곳이다 싶음, 여기가 그렇게 안 좋은 데라면, 네가 나를 구해줘야 하지 않겠냐고.

사당에 있는 지하 강당에서 3박 4일 연수를 마치고 일대일 면담을 했어요. 전에 호프집에서 만난 남자가 저를 기다리고 있었어요. "이거 다단계 아니냐"고 묻자 그는 그렇지 않다고, "선진국형 신개념 네트워크 마케팅"이라 하데요. 저는 그게 무슨 뜻인지 몰랐지만, 방금 전 들은 강연에 홀려 있던 터라 그러려니 했어요. 저랑 집안 형편이나 가족 관계, 성격 등 겹치는 게 많은 사람이 고생 끝에 이사급 위치까지 오른 얘기를 듣고 나니 '어쩌면 나도 저렇게 될 수 있을지 모른다'는 희망이 생겼거든요. 그리고 그때 저는 사람 죽이는 일만 아니면 돈이 되는 일은 뭐든 하고 봐야 될 정도로 상황이 절박했어요. 담당자는 절 안심시키려는 듯 사업자등록증을 보여주고 이 회사가 병역 특례까지 되는 곳이라고 덧붙였어요. 그러곤 바로 합숙소로 들어갔지요. 연수원에서 도보로 30분 정도 떨어진 곳에 있는 다세대주택이었어요. 창문에 쇠창살이 달린 반지하 건물이었는데, 제일 먼저 자물쇠가 채워진 신발장이 눈에 들어왔어요. 그래도 그땐 막연히 '신발을 도둑맞지 않으려고 그러나 보다' 생각했어요. 상급자를 따라 문을 열고 들어가자, 부엌 싱크대에서 머리를 감고 있던 남자가 무슨 공포 영화에서 그러는 것처럼 물을 뚝뚝 흘리며 비스듬히 저를 쳐다보데요. 그 옆에는 솔이 잔뜩 휜 30여 개의 칫솔이 숟가락 통에 아무렇게나 꽂혀 있었고요. 집 안 가득 퀴퀴하고 기분 나쁜 냄새가 났어요. 저는 어리둥절한 얼굴로 재빨리 주위를 살폈어요. 홍삼액, 항균 타월, 은나노 비누, 양파즙, 양말 따위가 담긴 상자가 여기저기 천장까지 쌓여 있었어요. 그들이 팔 물건이 아니라 산 물건이었죠. 저도 이미 한 세트 구매하고 들어가는 참이라 한눈에 알아볼 수 있었고요. 우리는 그걸 초기 투자 비용이라 불렀어요. 화장실을 지나 큰방으로 가다 양변기에 쪼그리고 앉아 오줌을 누고 있는 여자와 눈이 마주쳤어요. 여자는 화장실 문을 5분의 1쯤 열어두고 있었는데 놀랍게도 문가에서 누가 지키고 있더라고요. 설마 남녀가 이런 데서 같이 지내나 싶었는데, 정말 다 큰 처녀 총각들이 한 방에서 생활하고 있었어요. 같이 먹고 자고 싸고 하면서요. 처음 뵙겠습니다. 기어들어가는 목소리로 인사를 하자 사람들이 핏기 없는 얼굴로 박수를 쳐줬어요. 그러곤 잘 왔다고, 웃으면서 가짜 환대를 해줬지요.

합숙소에 들어간 뒤 휴대전화를 압수당했어요. 그러곤 제가 아는 모든 사람에 대한 정보를 털어놔야 했지요. 조금 알건, 적당히 알건, 꽤 잘 알건, 모르면 조사해서라도 파일을 만들어야 했어요. 그 사람 나이, 성별, 거주지는 물론 학력, 콤플렉스, 종교, 건강 상태, 군필 여부, 타지 생활 경험 유무에 이르기까지요. 뭔가 잘못 되어가고 있단 생각이 들었지만 인정할 용기가 나지 않았어요. 거기 많은 사람들이 믿고 있는 것을 그냥 저도 따르고 싶었거든요. 저처럼 머리 굵은 아가씨도 그랬는데, 이제 갓 스물, 스물하나 된 친구들은 오죽했겠어요. 특히 제가 있었던 곳은요, 언니. 사당에서 뉴타운으로 지정됐다 사업이 이뤄지지 않아 꽤 오랫동안 방치돼 슬럼가처럼 흉흉해진 동네였어요. 거기서 저처럼 공동생활을 하며 '선진국형 신개념 네트워크 마케팅'을 하는 젊은이들이 꽤 많았어요. 처음엔 저도 한 5백? 아니 천 명쯤 되나? 싶었는데 실제로는 거의 만 명 가까이 된다 하더라고요. 전국 단위도 아니고 단지 그 동네에 있는 애들만 꼽아봐도 말이에요. '칼밥' 먹고 '칼잠' 자고 최악의 환경에서 지내는 애들이 아침이면 거짓말처럼 말쑥하니 정장으로 갈아입은 뒤 변신을 하고 나왔어요. 그러곤 삼삼오오 무리 지어 우르르 파도처럼 한 도시로 쏟아져 나오는데 그 모습이 가위 장관을 이룰 정도였어요. 그쯤 되니 '저렇게 많은 사람이 하는 일이 그렇게 이상한 일일 리 없다'는 자기암시를 걸게 되더라고요. 저 역시 1년치 합숙비며 식비까지 미리 낸 뒤라 발을 빼기 어려웠거든요. 아, 돈이요? 회사에서 다 알아서 해줬어요. 저는 대출 조건이 안 되는데, 무슨 중개인을 통해 가짜 보증을 서준 다음 현금으로 통장에 바로 꽂아주더라고요. 근데 진짜 신기하게도 그때는 돈 몇백이 우스워 보였어요. 곧 있으면 5백도 벌고, 2천도 만질 수 있다는데 그게 뭐 대수야 했던 거지요. 그땐 왜 그런 얘기가 믿겼는지 모르겠어요. 저 바보 같죠? 근데 거기 있으면 그렇게 돼요, 진짜로. 우리 중 정말 '바보' 같아 보이는 사람은 아무도 없었거든요. 제가 좀 나이가 있는 편이지, 나머지는 대부분 씩씩하고 또랑또랑한 대학생들이었어요. 왜 예전부터 사회의 지식인 집단으로 봐주던 그 '대학생'들 말이에요. 굳이 차이가 있다면 과거에는 대학생이 학생운동을 했고, 지금은 다단계 판매를 하게 됐다는, 그 정도일까요. 숙소에 있는 친구 중에는 집에 안 들어간 지 3년이 넘은 사람도 있었어요. 명절 때도 회사에선 저희를 놓아주지 않았어요. 출장이다, 봉사활동이다, 뭐라 둘러대라 시켰는데 저도 적당히 핑계를 댔던 기억이 나요. 사원 중엔 지방에서 올라온

학생들이 많아 집에다 거짓말하기가 편했어요. 저는 제가 산 5백만 원어치의 양파즙을 물 대신 매일 먹어가며, 나머지 3백만 원으로 산 비누와 칫솔, 양말 등을 써가며 하루하루를 보냈어요. 그리고 영업 요령을 익혀가며 그동안 알고 지낸 사람들의 이름을 하나씩 지워가기 시작했어요. 그중에는 제가 짝사랑한 선배도 있고, 어릴 적 소꿉친구도 있었어요. 제가 어려울 때 저를 잠시 방에 거둬준 언니도 있었고, 시험 때면 같이 대학 도서관에서 머리를 맞댄 채 공부한 동기도 있었어요. 저는 그때 하루 열 통이 넘는 전화를 하며 제 이름을 수없이 말했어요. 안녕, 나 수인이야. 잘 지냈니. 안녕, 나 수인이야. 오랜만이지? 안녕하세요, 저 수인인데 통화 괜찮으세요? 물론 그중에는 제 이름도 잘 기억 못하는, 정말 일 때문에 두세 번 본 사람도 있었어요. 어느 때는 그게 더 편했고요. 회사에선 우리를 혼자 못 다니게 하고, 두셋씩 짝을 이뤄 생활하도록 했어요. 그중 저를 감시했던 팀장급 여자는 제게 이런저런 유용한 정보를 전수해주며 저를 키웠지요. 매달리는 느낌을 줘선 안 된다, 조급해해서도 머뭇거려서도 안 된다, 전화는 몇 시 사이에 해라, 식당에선 네가 벽을 등지고 앉아라, 뭐 그런 지시들이었죠. 그 여자는 매번 제 고객 관리 카드를 꼼꼼하게 체크하고 논술 선생처럼 첨삭을 해줬어요. 그래야 자기한테 돌아가는 몫도 커졌으니까요. 그렇게 한 1년 있다 보니 제 카드가 2백 장 가까이 불어 있더라고요. 그런데요, 언니, 당시 저를 가장 힘들게 한 건 인간적인 고뇌나 갈등, 이런 게 아니었어요. 그때 제 머릿속에 강박관념처럼 꽉 차 있던 건 너무나 사실적인 배고픔이었어요. 언니, 저는 지금까지 그렇게 형편없는 밥을 먹어본 적이 없어요. 밥이라기보단 냉장고 속 이것저것을 그러모아 맑게 끓인 꿀꿀이죽 비슷한 거였어요. 빙 둘러앉아 그걸 모두 매끼마다 허둥대며 먹었고요. 21세기에 그런 일이 벌어지다니 그것도 서울 한복판에서 미래가 창창한 젊은이들에게 일어나다니 안 믿겨지시죠? 근데 그랬어요. 지금도 여전히 그러고 있을 테고요. 그렇게 해서 뭘 팔았느냐면요, 생필품을 팔았어요. 건강식품을 팔고, 사치품을 팔았어요. 천 원짜리 마스크팩을 20만 원에 판다든가, 3만 원짜리 시계를 58만 원에 넘긴다든가, 15만 원짜리 핸드백을 120만 원에 건네는 식이었어요. 그런데, 그런 줄 알았는데, 어느 날 정신을 차리고 보니 제가 팔고 있는 게 물건이 아니었더라고요. 제가 팔고 있던 건 사람이었어요, 언니. 그런데도 저는 끝까지 그 일이 결국 '모두에게' 좋은 일이라고 생각하려 애썼어요. 하부 판매원이 늘어나면 늘어날수록 모든 판매원들에게 득이 되는 일. 그러니까 나 역시 그 순환에 기여하고 그 구조를 받쳐주면 나뿐 아니라 모두에게 돌아갈 몫이 커진다고 착각했던 거죠. 그리고 제가 그렇게 단순한 논리에 매료된 건, 피라미드 제일 아래에 있는 사람을 애써 보지 않으려 했기 때문인지도 모르겠어요. 그게 내가 되리라곤 생각지 않았거나. 나만 아니면 된다는 식으로요.

언니, 다행히 저는 지금 그곳에서 나왔어요. 대신 다른 사람이 그 자리에 들어가게 됐지요. 관례라고 하나 규칙이라 하나. 하부 판매원들을 계속 포섭해오는 게 일이었던 터라 크게 문제될 거라 생각지는 못했어요. 어쩌면 저 스스로 머릿속에 스위치 하나를 꺼놨던 건지도 모르고요. 회사 쪽에서도 저한테 재미를 다 본 눈치였어요. 이미 연락할 만한 사람에게는 전부 손을 대 더 이상 고객이 늘지 않아 몇 달간 돈을 만져보지 못한 상황이었거든요. 그런데 하필 그때 그 아이에게서 연락이 왔어요. 이름이 혜미라고…… 그러니까 그게 누구냐면요…… 제 제자였어요, 학원 제자.

'샘 잘 지내요? 그냥 낙엽 보니까 샘 생각나고 궁금해서 문자했어요. ㅋㅋ'
회사에서 나를 떠보는 건가 싶어 처음엔 께름칙한 기분이 들었지만, 망설이다 '실례지만 누구시냐'는 식의 답문을 보냈어요. 그러자 얼마 안 돼 바로 답장이 오더라고요.
'샘 저 혜미예요. 아놔 섭섭 ㅜㅜ'
아! 혜미. 그 애는 몇 년 전 면목동에서 만난 학생들 중 하나였어요. 왜 그 항상 담배 냄새 풍기며 천사 같은 얼굴로 안기곤 했다던 아이 말이에요. 혜미는 저조차 이름을 처음 들어보

는 전문대학에 들어갔고, 성인이 된 뒤에도 저랑 술을 먹고
싶다며 일부러 저희 동네까지 찾아왔던 아이였어요. 그 뒤로
몇 번 문자 주고받다, 이상하게 귀찮기도 하고 다시 만날 일
이 없을 것 같아 전화번호를 지웠는데. 새삼 연락을 해온 거
였어요. 순간 저는 짧은 고민에 빠졌어요. 제 머릿속의 혜미
는 여전히 조그마한 여고생으로 남아 있는데. 그런 아이에게
이런 일을 시켜도 되나 머뭇거려졌어요. 그런데 옆에 있던 상
급자가 바로 지시를 내렸어요. 판매원들에게 '생각할 틈'을
주지 않는 건 회사가 가장 잘하는 일 중에 하나였거든요. 저
는 정해진 순서대로 그애에게 반가움을 표하며 어떻게 지내
냐고 물었어요. 혜미는 쑥스러운 듯 낮에는 자고 밤에는 멀티
플렉스 영화관에서 팝콘을 팔며 반 백수로 지내고 있다고 했
어요. 그리고 그때부터 저는 저도 모르게 기계처럼 줄줄 몸에
밴 대사를 쏟아내고 있었어요. 그러지 말아야 했는데. 마치
작동 단추에 따라 움직이는 자판기 같았어요. 선생님이 강남
에 잘 아는 연예 기획사가 있는데 요새 거기서 인턴 사원을
뽑는다더라, 거기 우리 과 선배가 다니는데 조만간 보기로 했
어, 심심하면 너도 올래?

  ……성화 언니. 언니와 헤어진 지 10년이 흘렀네요. 언니
기억 속의 저는 어떻게 남아 있을까요. 그때 언니랑 많은 얘
기를 나눠보진 못했지만, 당시 저는 시골 출신 재수생으로서

저 때문에 부모님이 희생하고 있다는 엄청난 죄책감을 갖고 있었어요. 이름난 대학에 들어가 하루빨리 두 분 짐을 덜어드려야 한다는 강박에 쫓기었고요. 그래서 새벽에 자고 일어나는 생활을 반복했는데, 아침마다 제가 졸고 있으면 언니는 이부자리를 펴주었지요. 그러면 저는 한숨 자고 일어나 식권밥을 사 먹으러 나갔고요. 그때 노량진 식당가에선 한 끼에 3천원 하는 식권을 30개 묶어 개당 2천 원 가격으로 팔았는데, 그중에서 저는 닭곰탕을 잘하던 현대식당과 찬은 형편없지만천 5백 원이란 가격이 매력적이던 고향식당을 애용하곤 했어요. 고향식당은 지하에 있어 잠깐만 있다 나와도 온몸에 음식냄새가 뱄고요. 그런데 사실 저는 밥이란 것 자체를 잘 먹지않았어요. 그땐 뭘 먹어도 소화가 안 됐고, 식사 시간이 아까운 데다, 배가 부르면 너무 졸려서 되도록 조금만 먹으려고 했거든요. 그래서 저는 점심으로 빵을 자주 사 먹었어요. 그때우리 독서실 뒤쪽에 뚜레쥬르가 처음 문을 열었는데 거기 신기하고 맛있는 빵이 많았어요. 빵을 사면 총 금액의 5퍼센트를 적립해주기도 했고요. 저는 그곳에서 1년 동안 천 원 남짓하는 빵을 참 많이 샀어요. 지금도 유명한 수학 강사 한석경이나 지금은 공무원 국어 강사로 방향을 튼 유민선의 수업을듣기 위해 줄을 서 있을 때, 강의와 강의 사이에, 혹은 자습실에서 공부를 할 때도 입에 빵을 물고 있었어요. 반대로 언니는 식권 밥을 먹지 않았지요. 언니는 식비를 아끼기 위해

독서실 냉장고에 간단한 밑반찬을 두고 한솥도시락에서 말 그대로 '밥'만 사다 먹었어요. 그리고 언니가 휴게실에서 식사 중일 때 제가 지나치기라도 하면 항상 제게 밥은 먹었냐고, 안 먹었음 이리 와서 같이 먹자고 말해주곤 했어요. 그때도 언니는 다정한 데가 많았어요. 제 빨래를 걷어다 예쁘게 개어 놔준다든지, 풀다 만 시험지 위에 사탕이나 비타민을 한두 알 놓는다든지 하는 식으로 주위를 살폈으니까요. 한번은 언니가 나를 업어주기까지 한 적이 있는데 기억나세요? 왜 사임당독서실은 독서실과 휴게실 사이에 현관이 넓어 반드시 실내화를 신고 다녀야 했잖아요. 그런데 한 날 현관 앞에 공용 실내화가 한 짝도 보이지 않자, 언니가 다 큰 저를 업고 휴게실을 건너 제 방까지 데려다 줬었어요. 그때 언니는 위태롭게 움직이면서 계속 깔깔댔었는데. 수능을 하루 앞둔 어느 날, 언니는 제게 시험을 잘 보라며 맥도날드에서 치즈버거를 사주었어요. 선물로 수면 양말까지 내밀면서요. 언니도 임용 고시가 얼마 남지 않았을 때였지요. 얼마 뒤 저는 고시원을 나와 시골로 내려갔어요. 짐을 빼던 날, 여전히 어느 대학에 가야 할지 몰라 고민하던 제게 언니는 이왕이면 서울에서 학교를 다니며 경험을 쌓고 가능성의 범위를 넓혀보라고 조언해주었어요. 떠나기 전 저는 언니에게 뚜레쥬르 마일리지 카드를 주었어요. 1년 동안 20만 원어치 빵을 먹어 만 원가량 적립금이 쌓인 카드였어요. 언니, 이걸로 케이크 사드세요.

언니 꼭 합격하세요. 또 연락해요, 우리.

언니. 오늘 제가 받은 엽서에는 언니가 장수 끝에 임용고시에 합격했다는 소식이 적혀 있었어요. 주변이 평안해지자 문득 내 생각이 났다고. 수인이. 이름이 수인인 건 확실한데 성이 떠오르지 않아 애를 먹다가 서랍 속 뚜레쥬르 카드가 생각났다고. 찾아보니 강수인이라고 쓰여 있었고, J대에 간 게 기억나 과 사무실로 연락을 했다고 말이에요. 저는 언니가 보내준 엽서를 다 읽기도 전에 호기심을 참지 못하고 선물 꾸러미부터 끌러봤어요. 포장지를 연 순간, 곁에 있던 후배가 제 얼굴을 보고 '거기 무슨 나쁜 소식이라도 적힌 거냐'고 물은 건 그 때문이었을 거예요. 그때 제가 뚫어져라 보고 있던 건 10년 전, 누군가 빵집 카드 위에 또박또박 적어 넣은 바로 제 이름이었으니까요. 비석처럼 거기 그 네모난 칸에 적힌, 먼 과거에서 배달된 제 이름을 보자 저도 모르게 왈칵 눈물이 날 것 같았거든요.

언니, 이제 이 편지를 마쳐야 할 것 같아요. 그 전에 혜미. 그 아이의 근황에 대해 마저 말씀드릴게요. 사실 합숙소에 들어간 뒤에도, 그 아이는 몇 번 연락을 해왔어요. 하지만 저는 한 번도 전화를 받지 않았지요. 저 역시 망가진 몸과 마음을 추스르고 가까스로 일상생활에 적응해나가느라 애를 먹고 있었거든요. 그런데 한참 뒤 혜미에게서 다시 문자 메시지가 왔어요. 하지만 저는 그때도 답장을 주지 않았지요. 문자는 몇 주 걸러 또는 몇 달 걸러 오기도 했어요. 그런 게 차차 뜸해지더니 어느 순간 뚝 끊겨버리데요. 저는 내심 그 사실에 안도했어요. 제가 전화번호를 바꾼 것도 그 즈음이었지요. 아무 연고 없는 이 동네로 이사를 온 것도, 사람들과 담을 쌓고 산 것도요. 내가 아는 사람도, 나를 아는 사람도 없는 곳에 살고 싶단 핑계였지요. 고향에 내려갈까 했지만 부모님 뵐 면목이 없었어요. 가까운 사람에게 신세를 지자니 주위에 남은 사람이 아무도 없었고요. 딱 한 명, 저를 진심으로 도와주려 한 동기 남자애가 있는데 '쟤가 나한테 왜 저러지? 뭐 원하는 게 있나?' 하는 식으로 피하게 됐어요. 그리고 어쩌면 그 애, 혜미도 비슷한 혼란을 겪었는지 모르겠어요. 언니…… 저는 혜미가 잘 해나가주길 바랐어요. 붙임성 좋고 밝은 아이니까. 어쩌면 정말 큰돈을 벌고 있을지도 모른다고 제멋대로 상상했지요. 어릴 때부터 혜미는 당차고 구김살이 없었어요. 학교에선 좀 '노는 아이'로 취급받은 모양이지만 목소리도 크고, 잘 웃는 데다, 욕도 잘 하는 귀여운 제자였어요. 한번은 제가 학원에서 비질을 하고 있는데…… 혜미가 다가와 뭐라 속삭인 적이 있어요. 뭔가 대단히 중요한 정보를 알려주려는 듯 심각한 얼굴이었지요. 목소리는 들릴 듯 말 듯 작은데 표정만은 생생해 입 모양을 보고 메시지를 해독해야 했어요. 가만 보니 혜미는 제게 '선생님! 치마……!' 라고 말하고 있었어요. 제가 그날 짧은 원피스를 입은 탓에 허리를 숙일 때마다 허벅지가 보여 아슬아슬했나 봐요. 혜미는 연극적인 얼굴로 역시 입 모양만 벌려 또박또박 "이러면 남자애들 꼴려요"라는 말을 전해주었지요. 제가 지금 누구 앞에서 어떤 어휘를 쓰고 있는지도 모른 채, 저의 언니라도 되는 양 말이에요. 걱정스러운 말투와 꿈틀대는 눈썹이 하도 진지해 웃음이 날 지경이었지요. 저는 "네 치마가 더 짧다, 이 녀석아!" 하고 핀잔을 주었지만, 비질이 끝날 때까지 그 아이가 제 뒤에 계속 서 있어주었던 걸 기억해요. 그리고 또 뭐가 있더라? 맞다, 혜미는 책상 위에 손거울을 놓고 수업 시간 내내 머리를 만지곤 했어요. 몇 번 지적해도 말을 듣지 않을 만큼 자기 머리 스타일을 끔찍이 아꼈지요. 제가 꿀밤을 먹였을 때도 '에이씨, 머리는 건드리지 마요' 라고 할 정도였으니까요. 그런데 한 날 강의실에 들어갔더니 아이들이 제 생일 파티를 준비하고 있었어요. 사내 아이 몇몇은 풍선을 불고, 여자 아이들은 그걸 머리에 비벼 하늘로 올리는 작업을 하는 중이었지요. 그러면 풍선 표면에 정전기가 일어 천장에 띄울 수 있다는 걸 알고 있는 모양이었어요. 형광등 근처에는 이미 노랑, 파랑, 분홍 등 색색의 풍선들이 두둥실 떠 있었어요. 칠판에는 '강수인 선생님, 사랑해요!' 라는 말까지 쓰여 있었죠. 그런 건 학원에서 정말 인기가 있는 선생님만 받을 수 있는 이벤트 중 하나였어요.

저는 기쁘고 쑥스러워 주위를 둘러봤어요. 아이들은 깜짝 파
티를 들킨 게 아쉬운 눈치였어요. 그런데 그중 저기 교실 맨
뒤에서 혜미가 벌서듯 두 손을 높이 든 채 자기 머리에 풍선
을 마구 비비고 있는 모습이 보이더라고요. 그것도 아주 열심
이었죠. 혜미는 저와 눈이 마주치자 상큼하고 건방지게 씩 웃
었어요. 만화 주인공처럼 머리털이 일제히 하늘로 곤두선 상
태였죠. 아마, 그래서였을 거예요. 그 애가 잘 있으리라고 확
신한 건. 언제 어디서든 그렇게 해맑은 미소를 보이며 세상과
'맞짱' 뜨고 있을 거라 믿어버린 건요. 그런데요, 언니, 그 애
가요…… 얼마 전, 엄청난 빚에 시달리고 파탄 난 인간관계
를 견디다 못해 괴로워하다가 자살을 시도했다는 얘기를 들
었어요. 제 방 문고리에 목을 매었다는데…… 다행히 응급실
로 실려가 목숨만은 건질 수 있었다고. 그런데 뇌에 무리가
가서 지금은 식물인간이 된 채 병실에 계속 누워 있다고 말이
에요.

　언니. 가을이 깊네요. 밖을 보니 은행나무 몇 그루가 바람
에 후드득 머리채를 털고 있어요. 세상은 앞으로 더 추워지겠
죠? 부푼 꿈을 안고 대학에 입학했을 때만 해도 저는 제가 뭔
가 창의적이고 세상에 보탬이 되는 일을 하며 살게 될 줄 알
았어요. 그런데 보시다시피 지금 이게 나예요. 누군가 저한테
그래서 열심히 살았느냐 물어보면 '그렇다'고 대답할 수 있을

것 같은데. 어쩌다, 나, 이런 사람이 됐는지 모르겠어요. 요즘 저는, 밤에 잠자리에 누울 때마다 이상한 소리를 들어요. 휙휙— 차들이 바람을 찢고 지나갈 때 내는 그런 소리를요. 마치 제가 8차선 도로 한가운데에 서 있는 느낌이에요. 왜 오락의 고수들 있잖아요. 걔네들은 정신없이 쏟아지는 총알이 아주 커다래 보인다던데. 다가오는 모양도 영화 속 슬로모션처럼 느껴진다 하고요. 저도 그랬으면 싶어요. 지금 선 자리가 위태롭고 아찔해도, 징검다리 사이의 간격이 너무 멀어도, 한 발 한 발 제가 발 디딜 자리가 미사일처럼 커다랗게 보였으면 좋겠어요. 그리고 언젠가 이 시절을 바르게 건너간 뒤 사람들에게 그리고 제 자신에게 이야기하고 싶어요. 나, 좀 늦었어도 잘했지. 사실 나는 이걸 잘한다니까 하고 말이에요. 하지만 당장 제 앞을 가르는 물의 세기는 가파르고, 돌다리 사이의 간격은 너무 멀어 눈에 보이지조차 않네요. 그래서 이렇게 제 손바닥 위에 놓인 오래된 물음표 하나만 응시하고 있어요. 정말 중요한 '돈' 과 역시 중요한 '시간' 을 헤아리며, 초조해질 때마다, 한 손으로 짚어왔고, 지금도 뚫어져라 바라보고 있는 그것.

　'어찌해야 하나.'

그러면 저항하듯 제 속에서 커다란 외침이 들려요.

　'내가, 무얼, 더.'

언니, 저는 어떻게 해야 할지 모르겠어요. 제가 어찌하면 좋을지 누구에게라도 물어보고 싶은데, 지금 제 주위에 남아 있는 사람이 아무도 없어요. 언니 제가 뭘 할 수 있을까요. 제가 무얼 하면 좋을까요. 그 애가 있는 병원에 찾아가고 싶지만 도무지 용기가 안 나요. 그리고 요즘 하루에도 몇 번씩 이런 생각을 해요. 그때 그 애가 내게 먼저 연락하지 않았다면 얼마나 좋았을까. 그때 내가 그 학원에 나가지 않았다면 얼마나 좋았을까. 아니, 그보다는 차라리 내가, 스무 살 무렵의 내가, 그 애가 좋아할 만한 사람이 아니었다면 얼마나 좋았을까 하고요. 언니, 앞으로 저는 어떻게 될까요. 마흔의, 환갑의 나는 어떤 얼굴로 살아가게 될지, 어떤 말을 붙잡고 어떤 믿음을 감당하며 살지 모르겠어요. 바뀌는 건 상황이 아니라 사람일까요. 그렇다면, 그럼에도 불구하고 누군가를 바꿀 수 없게 만드는 건 무엇일까요. 언니는 엽서 끝자락에 그렇게 적었죠? 세월은 가도 옛날은 남는 거 같다고. 조만간 다시 옛날이 될 오늘이, 이렇게 지금 제 앞에 우두커니 있네요. 언니, 지금 제가 갖고 있는 옛날 휴대전화에는 아직도 그 애가 보낸 메시지가 저장돼 있어요. '샘 여기 분위기 쩔어요. 원래 이런 건가염. 샘 배고파요. 밥 사주세염. 샘 왜 제 문자 씹어요. 샘 전화 좀. 샘 어디세요. 샘 전화 한 번만. 샘 저 좀 꺼내주세요……' 이 편지를 부칠 수 있을지 모르겠어요. 만일 언니가 지금 이 편지를 읽고 있다면 아마 제가 혜미가 있는 병원에 찾아갔다는 뜻일 거예요. 그게 아니면 여전히 아무것도 못한 채 주저하고 있다는 의미일 테고요. 언니, 저를 기억해주어 고마워요. 그리고 제게 고맙다고 말해줘서 고마워요. 전 그런 얘기를 들을 만한 사람이 아닌데…… 그럴 자격이 없는데…… 제가 오늘 언니에게 무얼 받았는지 전하기 위해 이 편지를 써요. 언니는 그게 뭔지 이미 알고 있을 테지만. 언니가 준 것과 내가 받은 것은 다를 수도 있으니까요. 잘 지내요, 언니. 언니가 정말 잘 지내주었으면 좋겠어요. 기회가 된다면…… 만일 그럴 수 있다면, 또 쓸게요, 언니.

해설

# 비행운의 꿈, 혹은 행복을 기다리는 비행운
## ── 김애란과 그 막막한 친구들

### 우찬제

## 1. '비행운'을 위한 서사적 변명

"힘든 건 불행이 아니라…… 행복을 기다리는 게 지겨운
거였어"(「호텔 니약 따」, p. 277). 그렇게 말한 젊은이가 있
다. 그는 얼마 전 오래 사귀었던 여자친구와 헤어진 터였다.
해외여행 중이던 그녀로부터 국제전화가 걸려온다. 누군지
알지 못한 상태에서 전화를 받은 그에게 그녀는 적잖이 당혹
스런 질문을 해온다. "너 나 만나서 불행했니?" 글쎄, 바로
답하기 곤란하다. 이내 그는 나직하게 말한다. 불행한 것은
아니었다고, 행복을 기다리는 게 지겹고 힘들었다고 말이다.
별스러울 것 없어 보이는 이 대화 장면에 마음이 오래 머문

다. 그의 목소리가 이명처럼 귓가를 맴돈다. 소설은 이 두 남녀의 관계를 중심으로 한 이야기가 아니었다. 그러기에 잠깐 끼어들었다가 이내 물러난 사소한 위성 삽화에 불과한 대목이었다. 그런데도 나는 왜 그의 목소리에 끌릴 수밖에 없었을까. 아마도 그의 목소리에서, 그 목소리에서 연상되는 그의 포즈와 마음의 처지에서, 우리 시대 젊은 세대의 어떤 집단무의식 내지 아비투스를 발견하는 우울을 경험한 탓이 아니었을까. 또는 그런 목소리를 위무하고 그런 우울을 애도하는 작가 김애란의 '이야기 약손'에 시나브로 공감하고 몰입했던 까닭이 아니었을까. 어쩌면 김애란의 세번째 소설집 『비행운』 읽기는 예의 목소리와 관련한 모종의 판타지와 대화하는 형국이 될 것 같은 예감이 들기도 한다.

「호텔 니약 따」에서 서윤의 옛 남자친구 경민이, 어떤 처지에서 어떤 행복을 기다렸는지는 구체적으로 얘기되지 않는다. 다만 그는 아직 행복을 욕망해야 하는, 혹은 준비해야 하는 상황에 놓여 있고, 그 행복에의 욕망은 여전히 차연되고 있을 뿐만 아니라 오히려 실존적 상황은 악화일로에 있어, 젊은 청춘의 사랑 하나 제대로 품을 가슴조차 지니지 못한 신산한 상태라는 것을 유추할 수 있을 따름이다. 그다음 장면에서 서윤은 여행에 동행한 친구 은지에게 백석의 시 「남신의주유동박시봉방」을 거론한다. 이는 이역 여행자의 처지인 자신들의 모습을 떠올리게 하지만, 앞선 경민의 처지를 연상하게도 한다.

320

백석의 화자는 아내도 집도 없는 사내였다. 추운 겨울날 목수네 헛간에 들어 자신의 불우한 처지를 생각한다. "나는 내 뜻이며 힘으로, 나를 이끌어가는 것이 힘든 일인 것을 생각하고,/이것들보다 더 크고, 높은 것이 있어서, 나를 마음대로 굴려가는 것을 생각하는 것인데" 같은 시구에서 명료하듯, 사내의 "어지러운 마음"에는 "슬픔"이나 "한탄" 따위가 앙금처럼 가라앉아 있었다. 한없이 속절없는 주체의 처지와 그런 주체를 압도하는 가공할 만한 대타자의 억압 사이에서 비탄의 앙금은 심연처럼 깊어지고, 그 심연에서 역설적으로 인식의 의지적 지평을, 백석의 화자는 마련하고자 한다. 드물게도 "굳고 정한 갈매나무라는 나무를 생각하는 것"이 바로 그것이다. 그러나 백석의 화자와는 달리 김애란이 응시한 젊은 영혼에게는 "갈매나무"라는 장치마저 준비되어 있지 않은 것 같다. 갈매나무마저 생각할 수 없는 처지에서 행복을 마냥 욕망해야 하는데, 그에 반비례하여 행운이 아닌 비행운(非幸運)만 가중되는 형국이니, 정녕 문제적인 정경이 아닐 수 없겠다.

김애란의 두번째 소설집 『침이 고인다』(문학과지성사, 2007)에 수록된 「자오선을 지나갈 때」 「도도한 생활」 이후 대부분의 인물들은 그런 경민들이거나, 그 친구들이거나, 아니면 적들이다. 한없이 막막하고 아득한 상황에서 그보다 더 나쁜 상황으로 치닫는다. 대학을 졸업하고도 변변한 일자리를

얻지 못하거나(「호텔 니약 따」「너의 여름은 어떠니」), 취업을
했다 하더라도 만족할 수 없는 수준이다(「큐티클」「서른」).
중년 하층민의 고단한 처지를 다룬 「그곳에 밤 여기에 노래」
나 「하루의 축」에서는 그 핍절함이 더욱 곡진하다. 사정이 딱
하다 보니 이야기 속의 인간관계는 더욱 나빠지기 일쑤다.
「호텔 니약 따」에서 두 친구 사이는 매우 소원해지고, 「너의
여름은 어떠니」나 「서른」에서는 자신이 좋아했던 남자에게서
어이없이 배신당한다(김애란의 여러 소설에서 옛 남자친구들은
종종 느닷없이 배신자의 기호로 등장한다). 나아가 「서른」의
경우는 남자친구에게 배신당했던 여주인공이 자기 제자를 배
신하는 것으로 그려져 충격을 더한다. 「물속 골리앗」은 악화
일로 플롯의 한 절정을 보인 소설이며, 그런 가운데에서도 과
연 신생의 가능성이 있을지의 문제를 곤혹스럽게 탐문한 이
야기가 「벌레들」이다. 장편 『두근두근 내 인생』(창비, 2011)
역시 매우 극적인 플롯에 바탕을 둔 서사다. '두근두근'의 아
이러니는 희망과 좌절, 욕망과 절망의 함수를 교란하며 악화
일로의 존재상을 역동적으로 의미화한다.

이런 이야기들에 대해 우리는, 이 소설집의 표제인 '비행
운'의 모호한 메타포와 관련지어 그 맥락을 재구성해볼 수도
있겠다. 현실에서 안주할 정처를 마련하지 못한 이들은 지금,
여기가 아닌 다른 곳을 종종 동경한다. 작가가 『두근두근 내
인생』에서 들려준 음악 「글라이드Glide」(영화 「릴리 슈슈의

모든 것」의 사운드트랙)의 노랫말처럼, "멀리 날아올라/또다른 곳으로/모든 것에서 멀리 떨어져"(p. 247) 비상하고 싶어 한다. 가령 「그곳에 밤 여기에 노래」에서 택시 기사 용대는 중국에서의 새로운 삶을 동경하고, 「하루의 축」에서 공항 청소 노동자 기옥 씨는 비행운(飛行雲)을 보며 자신도 어디론가 훨훨 떠나고 싶어 한다. 하지만 결코 그들은 자신들의 구역을 벗어나지 못한다. 「큐티클」에서 직장 여성도 사정은 크게 다르지 않다. 「호텔 니약 따」처럼 비행운을 그리며 떠났다고 하더라도 동경했던 세계와 조우하지 못한 채 더 나쁜 상황으로 전락하고 만다. 다른 소설들에서도 비행운을 동경하며 기획했던 꿈들은 대개 이루어지지 않는다. 그래서 경민의 발화처럼 행복을 기다리느라 지치는 경우가 많다. 김애란의 소설에서 대개 비행운의 꿈은 아이러니컬하게 구조화된다. 비행운의 꿈을 꾸면 꿀수록, 그러니까 비행운에 대한 동경이 핍절할수록, 비행운(非幸運)의 악순환에 빠지게 된다. 이렇게 비행운(飛行雲)과 비행운(非幸運) 사이의 속절없는 거리에서, 작가 김애란은 우리 시대의 의미심장한 서사 단층을 마련하고, 감동적인 이야기 그물을 짠다. 비행운(飛行雲) 구름 그림자에 가려진 비행운(非幸運)의 속사연을 웅숭깊게 펼친다. 그 이야기 궤적을 통해 우리는 2010년대 소설의 가장 진실한 숨결과 교감하는 행운을 누리게 된다.

## 2. 막막한 존재들과 악화일로 플롯

"사람들이 비행운이라 부르는 구름"(p. 176)을 매일 보며 인천공항에서 청소 일을 하는 오십대 중반 여성 기옥 씨의 하루 일을 다룬「하루의 축」이야기부터 시작해보자. 어디론가 떠나거나 어디에선가 돌아오는 사람들을 위한 장소인 공항에서 그녀는 나름의 비행운을 동경하지만 제 날개를 달지 못한다. "현대의 복잡하고 거대한 시스템이 정적(靜的)으로 평화롭게 돌아갈 때, 그 무탈함이 주는 이상한 압도, 안심, 혹은 아름다움 같은 것"(p. 176)이 느껴지는 공항에서, 그녀는 "마치 많은 이들이 재떨이와 재떨이 청소부를, 승강기와 승강기 청소부를 동격으로 대하듯"(p. 200) 화장실 취급을 당하는 사물화된 화장실 청소부이다. 그녀의 일상은 남루하고 때때로 수치스럽다. "취향도 계통도 없이 어지러이 놓인 세간도 그렇고 애석하다 못해 어딘가 참혹한 느낌을 주는 기옥 씨의 머리도 그랬다"(p. 172). 아들 영웅이 어렸을 때 남편은 실족사로 가족을 떠났다. 그럼에도 애써 아들 하나는 잘 키우려 했는데, 어학연수 비용을 마련하기 위해 택배를 훔쳤다가 붙잡힌 영웅이는 그만 실형을 살게 된다(영웅이라는 소망의 이름과 좀도둑이라는 현실 사이의 이 참혹한 아이러니라니!). 너무나도 허망하게 한 가족의 단란한 희망이 무너져 내리던 그 순간부터 그녀는 스트레스성 탈모 증상을 보인다. 이야기의 현재 시간은 마침 추석 전날이다. 집에서 나름대로 대보름맞이를 하다가 배달된 편지를 미처 읽지도 못한 채 가방에 넣고 공항에 출근한다. 일하던 내내 내일은 결코 일하지 않고 쉴 것이라고 다짐하던 그녀는, 사식 좀 넣어달라는 아들의 편지를 공항에서 읽고는 자신의 흉한 머리를 가렸던 챙이 넓은 모자를 벗고 있다는 사실조차 망각한 채 파트장에게 달려가 내일 추가 근무를 해도 되겠느냐고 말한다. 이런 그녀의 모습을 본 파트장은 "마치 놀라운 게 아니라 무서운 걸 보기라도 한 듯"(p. 201) 파르르 떤다. 추가 근무는커녕 자기 근무 시간도 박탈당할지 모른다는 불안감을 자아내는 결국이다. 남편의 실족사, 아들의 도둑질, 자신의 스트레스성 탈모와 실직 위기, 이런 연쇄를 통해 기옥 씨 가족은 단란하고 행복한 꿈으로부터 너무나도 멀리 떨어져나간다. 자신들의 의지와 상관없이, 그야말로 속절없이, 악화일로 플롯에 갇히게 된 형국이다.

「그곳에 밤 여기에 노래」의 택시 기사 용대는 어려서부터 주위의 홀대를 받았고, 하는 일마다 행운이 따라주지 않았던 비행운(非幸運)의 인물로 형상화된다. 그나마 자신의 생에서 가장 행운의 시기로 기억될 명화와의 만남은 너무나 안타깝게도 짧기만 했다. 서른일곱에 만난 조선족 여성 명화는 그와 결혼하여 함께 행복을 일구어나가는 듯했지만, 불과 몇 달 만에 위암 진단을 받아 투병하다 이내 지상에서 육신을 거두어 간다. 둘은 함께 '기회의 땅'으로 여겨지는 중국에서 새로운 출발을 하려 했다. 용대가 중국어를 배우기 시작한 것도 그래서다. 그러나 용대가 기초 중국어를 제대로 익히기도 전에, 그러니까 함께 탈 비행기 근처로 가기도 전에, '비행운(飛行雲)의 꿈'은 추락하고 만다. 여기서 그가 마지막까지 웅얼대는 중국어 회화 대사가 "제 자리는 어디입니까?" "여기서 멉니까?"(p. 168) 라는 것은 재삼 눈길을 끈다. 어려서부터 행운이 따라주지 않던 용대는 아직 지상에서 '제 자리'를 찾지 못한 비행운의 인물인 것이다. 그곳이 어디인지, 얼마나 먼지 알지 못하기에 막막하기만 하다. 그러니까, 그것은 단순한 중국어 회화가 아니라, 매우 간절한 실존적 소망의 질문에 속한다. 이런 질문을 거듭 계속하며 기다려야 하기에, 경민이 그랬듯이 용대 역시 지겹고 힘들기만 하다. 경민의 나이 이후로도 십 년 가까이 용대에게 그 비행운이 지속되었다는 것은 매우 안타까운 일이 아닐 수 없다.

「벌레들」의 주인공은 전세금이 저렴하다는 이유로 재개발 지구로 전세를 얻어 들어간다. 이제까지 살던 집 중에서 가장 넓고 환한 집이어서 더욱 행복할 수 있기를 꿈꾼다. 그러나 아래쪽 재건축 구역에서 베어낸 오래된 나무에서 기어 나오는 무수한 벌레들의 침입으로 그녀는 무척 곤혹스러워한다. 벌레와의 전쟁으로 허둥대던 순간 수납장 위의 반지 케이스에 담겨 있던 결혼반지가 창밖 절벽 아래 공사장으로 떨어진다. 당황한 그녀는 남편에게 전화하지만 연결되지 않는다. 할 수 없이 직접 만삭의 몸으로 절벽 아래 공사장으로 내려가서 반지를 찾으려 하지만 그만 양수가 터져 아무도 도와줄 이 없는 공사장 돌무덤 위에서 고립 상태로 출산을 해야 할 위기에 처한다. 싼 전세를 얻은 것은 얼마간 행운이었지만, 그것은 아이러니컬하게도 비행운의 연쇄를 부르는 행운이었던 셈이다.

「너의 여름은 어떠니」에서 서미영의 처지 또한 딱하기는 마찬가지다. 어렸을 적 고향에서 물에 빠진 자신을 구한 적인 있는 병만의 사고사 소식을 들은 그녀는 고향으로 문상을 가려던 참에, 케이블방송에서 일하는 대학 선배의 전화를 받는다. 대학 신입생 시절부터 그녀가 마음을 주었던 선배여서 나갔지만, 선배는 기대와는 달리 그저 먹기 대회 프로그램에 엑스트라로 출연해줄 것을 강권한다. 뚱뚱하고 잘 먹는 후배를 이용하려 한 것이다. 미영은 차마 거절하지 못하고 촬영에 임하지만 매우 참담한 느낌에 빠진다. 선배에 대한 기대가 좌절로 급전직하 추락하는 순간이다. 결국 그녀는 최악의 상황이 되어 예정했던 문상도 포기한다. 어렸을 적 물에 빠졌을 때, 그녀는 "아무도 내가 죽어가고 있다는 걸 모른다는 고립감. 그리고 그걸 누구에게도 전하지 못한다는 갑갑함"(p. 41)에 포획되는 트라우마를 경험한 바 있다. 이런 고립감과 갑갑함은 김애란의 여러 소설에서 되풀이되는 문제적인 증후에 속한다. 장편 『두근두근 내 인생』에서도 그렇고, 「벌레들」이나 「물속 골리앗」에서도 마찬가지인데, 「너의 여름은 어떠니」에서 서미영은 어린 시절 물속에서 경험했던 고립감을 기대했던 선배에 대한 좌절의 심상으로 재체험하면서 상처받는다.

「큐티클」의 여주인공은 사정이 한결 나은 편이다. 아마도 김애란 소설에 등장하는 주인물 중에서 경제적 형편이 가장 좋은 인물에 속할 것이다. 대학 졸업 후 3년 동안 언론사 시험에 낙방하자 바로 외국계 제약회사로 방향을 틀어 취직해 있는 상태이다. 시골 출신이지만 "이런저런 곁눈질과 시행착오 끝에 가까스로 얻게 된 한 줌의 취향"(p. 210)도 지니게 되었고, "내가 나를 돌보는 느낌"(p. 212)도 감각하게 되었다. "만약 그런 '기분'도 구매할 수 있는 거라면 그걸 '계속하고' 싶다고 생각했다. 이 정도는 낭비가 아니라 경제적인 행복이라고." "설렘과 만족" 혹은 "경제적 행복"을 추구하고 싶어 하고, 자기 "또래 여자들의 유행과 문법을 잘 따라가는 편"(p. 213)인 그녀는 "단순히 깨끗한 피부가 아닌 그 사람의 환경, 영양 상태, 심리적 안정감, 여가, 자신감 등 모든 것이 어우러져 드러나는 '총체적인 안색'"에 대한 욕망 또한 상당한 편이다. 그런데 그녀의 욕망은 현재의 능력(구매력)에 비해 늘 한 뼘 정도 초과하는 것이었기에, 미래의 능력에서 가불하곤 한다.

서울 변두리에 자리한 그저 그런 원룸이었지만 그간 세를 산 집 중 가장 넓고 쾌적한 데였다. 처음에는 안도가 그다음엔 욕심이 찾아왔다. 정착의 느낌을 재생반복하기 위해 자꾸 이것저것을 사들이고 집을 꾸미기 시작했다. 월급날에 대한 확신과 기대는 조금 더 예쁜 것, 조금 더 세련된 것, 조금 더 안전한 것에 대한 관심을 부추겼다. 그러니까 딱 한 뼘만…… 9센티미터만큼이라도 삶의 질이 향상되길 바랐다. 그런데 이상한 건 그 많은 물건 중 내게 '딱 맞는 한 뼘'은 없었다는 거다. 모든 건 늘 반 뼘 모자라거나 한 뼘 초과됐다. 본디 이 세계의 가격은 욕망의 크기와 딱 맞게 매겨지지 않았다는 듯. 아직 젊고, 벌 날이 많다는 근거 없는 낙관으로 나는 늘 한 뼘 초과되는 쪽을 택했다. 그리고 그럴 자격이 있다 생각했다. (pp. 213~14)

　이러한 가불을 통해 자신을 취향을 업그레이드하고 경제적 행복을 추구하려 하지만 늘 부족함을 느낀다. "분위기가 다르고 선이"(p. 223) 다른, 그야말로 "인정과 보상을 섭취하는 사람이 내뿜는 기운이 느껴"지는 대학 선배와의 대비를 통해 결여를 더욱 확인한다. 유난히 빛나던 선배의 손에 자극받은 그녀는 모방 욕망처럼 손톱 관리를 받는다. 선배의 손을 본 이후 그녀는 "손톱에 '사로잡혀' 있었"(p. 221)던 것이다. 친구 결혼식장에 가는 길에 손톱 관리를 받은 그녀는 환해진 느낌 속에서 "어쩌면 몸이야 말로 가장 비싼 액세서리일지도"(p. 227) 모른다고 생각한다. 그러나 행운은 거기까지였다. 예상보다 많이 걸린 손톱 관리 시간 때문에 서둘러 결혼식장에 가야 했던 그녀는 겨드랑이에 땀이 찬다(「큐티클」의 그녀와 「그곳에 밤 여기에 노래」의 용대는 유난히 땀을 많이 흘리는 인물로 설정되어 있다). 예기치 않게 부케를 받게 되었는데 겨드랑이 땀을 들키지 않으려다 아주 우스꽝스런 장면을 연출한다. 결혼식이 끝난 후 사은품으로 여행용 캐리어를 준다는 신용카드를 신청한다. 친구가 얼마 전 해외여행을 가자고 제안했는데 자기에게는 적당한 캐리어가 없었던 것이다. 그런데 막상 그 친구를 만나니 사정상 여행을 못 가게 되었다고 한다. 지친 몸을 달래려고 친구가 권한 캔맥주를 따다 예쁘게 관리받은 손톱도 쪼개진 상태였다. 경제적 행복과 취향의 업그레이드를 위한 욕망과 노력에도 불구하고, 이런저런 비행운(非幸運)들이 겹쳐지면서, 비행운(飛行雲)의 꿈은 좌절된다.

이 소설집에서 비행운(飛行雲)을 직접 일으키는 경우는 「호텔 니약 따」가 유일하다. 대학 동기로 입학 이래 단짝 친구로 지내온 은지와 서윤이 동남아 여행을 함께한다. "같은 과, 같은 나이에 비슷한 감수성과 문화적 취향을 지녔고, 가정 형편도 고만고만해 통하는 게 많은 친구. 유쾌하고 압축적인 말장난을 즐기고, 대화 도중 서로 같은 문법을 사용하고 있단 느낌에 안도하는 관계"(p. 249~50)인 그들이었다. 그러나 여행이 계속 되는 가운데 둘 사이의 틈은 서서히 벌어지게 된다. 외향적이고 실천적이고 행동력 있는 활력을 지닌 은지와 신중하고 책임감이 강한 머리형인 서윤의 다른 성격은 평소에는 나름대로 균형을 이루고 조화를 이룰 수 있는 것이라고 피차 생각했었다. 그러나 몸의 피로가 더해지고 예상치 못한 사태들이 생기게 마련인 여행지에서 서로는 균형의 지렛대를 잃게 된다. 견해 차이가 생기고, 사소한 말다툼과 시비가 벌어지고, 또 반복되고 하면서 피차 앙금이 두터워진다. 베트남에서 동참하기로 한 제3의 친구 다빈이 사정상 오지 못하게 되었다는 소식을 접한 그들은, 그리고 그들의 관계는 그야말로 '멘붕(멘탈 붕괴)' 상태에 빠진다. 「호텔 니약 따」의 결구는 이렇다.

　　은지는 서윤으로부터 두어 자리 떨어진 곳에 주저앉았다. 그러곤 대체 이 여행을 어떻게 마무리해야 좋을지 몰라 맥없이 먼 곳만 바라봤다. 서윤 역시 부루퉁한 얼굴로 공항 천장을 응시했다. 이들의 발길이 어디로 향할지 또 어디에 머물지는 아직 예측할 수 없었다. (p. 286)

이 소설집의 다른 인물들과는 달리 직접 비행운(飛行雲)을 일으킨 유일한 경우이지만, 그들의 비행운은 제대로 된 날개

를 지니지 못한 것이어서 결국 비행운(非幸運)으로 추락하고
만다. 이 또한 악화일로 플롯에 속한다 할 것이다. 이 소설뿐
만 아니라 여러 편에서 김애란은 막막하고 아득한 심연처럼
결말을 구성한다. 사정은 점점 더 나빠지다 보니 그런 처지의
인물들이 겪는 막막함의 광장 공포 내지 불안은 매우 극적인
구성적 상징을 획득한다. 이 점이 소설집 『비행운』을 관통하
는 공통된 서사 문법의 하나이다.

아랫도리에서 칼로 에는 듯한 고통이 전해졌다. 나는 힘주
어 콘크리트 조각을 쥐었다. 멀리 보이는 장미빌라는, 모텔과
교회는, 아파트는 여전히 평화로워 보였고, 나는 이 출산이 성
공적일 수 있을지 확신할 수 없었다. (「벌레들」, pp. 80~81)

나는 다시 기다려야 했다. 비에 젖어 축축해진 속눈썹을 깜
빡이며 달무리 진 밤하늘을 오랫동안 바라봤다. 그러곤 파랗
게 질린 입술을 덜덜 떨며, 조그맣게 중얼댔다.
"누군가 올 거야."
칼바람이 불자 골리앗크레인이 휘청휘청 흔들렸다. (「물속 골
리앗」, p. 126)

결국 나는 두 손으로 얼굴을 가린 채 크게 울어버리고 말았
다. '손톱으로 그렇게 누르면 아팠을 텐데……' '많이 아팠을

텐데……' 하고. 천장 위 형광등은 여전히 꺼질 듯 말 듯 불
안하게 흔들렸다. 아직 상복을 벗지 못한 채 울고 있는 나를,
여름옷을 주렁주렁 매단 2단 옷걸이가 무심히 그리고 오랫동
안 굽어보고 있었다. (「너의 여름은 어떠니」, p. 44)


## 3. 고립감의 절정 혹은 막막함의 광장 공포

　김애란의 이야기 속 친구들은 「너의 여름은 어떠니」의 서미
영처럼 어린 시절 트라우마가 있든 없든 간에 종종 심한 고립
감과 그 막막함의 심연에 빠져든다. 혼자 남는 경우는 물론이
려니와 「호텔 니약 따」처럼 둘이 여행하는 경우에도 각각 고
립감에 사로잡힌다. 그 고립감의 절정을 보인 인상적인 소설
이 바로 「물속 골리앗」이다. 20년 전부터 살아온 아파트의 주
택 담보대출을 다 갚았을 즈음 재건축을 위한 철거 명령이 내
려진다. 그때 느닷없이 진짜 집주인을 자처하는 사람이 나타
난다. 이 어처구니없는 문제를 해결하려고 애쓰던 와중에 아
버지는 40미터 높이의 타워크레인에서 추락해 사망한다. 사
건은 실족사로 처리되었지만, 이 사고는 썩 의심스러운 구석
이 많다. 다른 주민들은 모두 이주를 마치고, 갈 곳 없는 주
인공네만 홀로 남겨졌다. 예정대로 단전, 단수 조치가 취해진
다. 그리고 엄청난 큰물이 진다. 길이 끊기고 학교도 갈 수

없다. 아파트 소유권을 빼앗긴 사회경제적 인재(人災)로 고립되었던 주인공네는 설상가상 홍수라는 수재(水災)로 고립이 가중된다.

ⅰ) 자연은 지척에서 흐르고, 꺾이고, 번지고, 넘치며 짐승처럼 울어댔다. 단순하고 압도적인 소리였다. 자연은 망설임이 없었다. 자연은 회의(懷疑)가 없고, 자연은 반성이 없었다. 마치 어떤 책임도 물을 수 없는 거대한 금치산자 같았다. (pp. 94~95)

ⅱ) 그렇게 비가 오는 날에 할 수 있는 일은 거의 없었다. 티브이와 라디오는 나오지 않았고, 양초는 되도록 아껴야 했다. 나는 창밖을 내다보거나 이런저런 몽상에 잠기는 일로 시간을 때웠다. 그러곤 눅눅한 방바닥에 누워 지구의 살갗 위로 번져나가는 무수한 동심원의 무늬를 그려봤다. 〔……〕 우리의 수동성을 허락하고, 우리의 피동성을 명령하며, 우리의 주어 위에 아름다운 파문을 일으키는 동그라미들. 몹시 시끄러운 동그라미들. 그렇게 빗방울이 퍼져가는 모양을 그리다 보면 이상하게 내 안의 어떤 것도 출렁여 세상을 이해할 수 있을 것 같은 기분이 들었다. 하지만 나는 나약한 사춘기 소년에 불과했고, 당장 뭘 이해하고 어떻게 움직여야 하는지조차 모르고 있었다. (p. 95)

고립을 가중시키는 자연에 대해 사춘기 소년이 느끼는 감각은 i)과 같은 것이었다. 회의도 반성도 없는 무책임한 자연의 자연성 앞에서 어린 주인공은 속절없이 타자화되고 만다. ii)에서 보는 것처럼 피동성의 수인이 된 채 몽상의 판타지에 사로잡히는 것이다. 그럼에도 가공할 만한 비는 그치지 않는다. 그렇듯 악화일로 플롯도 그치지 않는다. 당뇨를 앓던 어머니가 약이 다 떨어져 그만 절명하고 만 것이다. 아버지 죽음의 진실을 알아주는 사람들이 아무도 없었는데, 얼마 안 되어 이제 어머니의 죽음을 아는 이가 아무도 없는 고립된 상황에서, 어린 주인공이 홀로 두 죽음을 감당해야 하는 처지에 놓인 것이다. 게다가 그치지 않는 폭우로 고립된 상태에서 말이다. 어쨌든 여길 빠져나가야 한다고 다짐하지만 막막하기 그지없다. "사람들이 우리를 잊은 게 아닐까"(p. 108), 불안의 늪은 깊어만 간다. 할 수 없이 나무 문짝으로 간이배를 만들고 어머니 시신을 거기에 태워 탈출을 시도한다. 물 위에서 허기를 때우려고 먹을거리와 사투를 벌이다가 그만 어머니 시신을 놓치게 된다. 얼마 후 다시 정자나무 뿌리에 단단히 박힌 채 부유하는 어머니 시신을 발견하지만 인양에는 실패한다. 날이 저물자 주인공은 무시무시한 어둠 속에서 물 위로 솟아 있는 타워크레인에 매달리게 된다. 살려달라는 그의 외침은 공허한 메아리에 불과하다. "나는 우주의 고아처럼 어둠 속에 홀로 버려져 있었다. 마치 물에 잠긴 마을이 아닌 태평양 한가운데에 떠 있는 기분이었다"(p. 117). 어린 주인공은 고립감의 절정에서 아득한 광장 공포에 시달리면서 이렇게 흐느낀다. "왜 나를 남겨두신 거냐고. 왜 나만 살려두신 거냐고. 이건 방주가 아니라 형틀이라고. 제발 멈추시라고⋯⋯"(p. 118). 다음 날 다시 막막한 고립의 항해를 계속하던 그는 해 질 녘 한 타워크레인의 꼭대기에서 아버지를 닮은 사람이 앉아 있는 환각을 보고, 그리로 기어 올라간다. 텅 빈 고요만이 오롯한 꼭대기에서 다시 한 번 주인공은 혼자 남겨졌음을, 무섭고 서럽게 확인한다. 거기서 아버지의 죽음을 추체험하면서 파랗게 질린다. 앞으로 어떻게 될지 알 수 없는 막막한 고립의 절정에서, 그럼에도 그는 "누군가 올 거야"라고 중얼거리며 고공의 칼바람을 견딘다.

이렇게 「물속 골리앗」은 자연재해와 인재가 중첩되어 비극적인 고립의 절정을 보이고 있다. 사춘기 어린 소년으로서는 홀로 감당키 어려운 상황이어서 그 비극미가 높은 크레인처럼 고조된다. 그런데 이 소설에서 주인공이 발견한 인상적인 두 나무의 풍경이 있어 주목된다. 하나는 아파트 앞의 고목이고, 다른 하나는 물속 철골 나무이다.

iii) 태풍에 몸을 맡긴 채 쉴 새 없이 흔들리는 고목이었다. 나무는 대낮에도 검은 실루엣을 드리우며 서 있었다. 이국의 신처럼 여러 개의 팔을 뻗은 채, 두 눈을 감고— 그것은 동쪽으로 누웠다 서쪽으로 휘기를 반복했다. 그리고 바람이 불 때마다 포식자를 피하는 물고기 떼처럼 쏴아아 움직였다. 천 개의 잎사귀는 천 개의 방향을 가지고 있었다. 천 개의 방향은 한 개의 의지를 가지고 있었다. 살아남는 것. 나무답게 번식하고 나무답게 죽는 것. 어떻게 죽는 것이 나무다운 삶인지는 알수 없지만, 그런 게 종(種) 내부에 오랫동안 새겨져왔다는 것만은 분명했다. 고목은 장마 내 몸을 틀었다. 끌려가는 건지 버티려는 건지 모를 몸짓이었다. 뿌리가 있는 것은 의당 그래야 한다는 듯, 순응과 저항 사이의 미묘한 춤을 췄다. 그것은 백년 전에도 똑같은 모습으로 서 있었을 터였다. (pp. 85~86)

iv) 물에 잠겨 크기를 가늠하기 어려웠지만 가로로 뻗은 기다란 철골의 길이로 보아 대부분 골리앗크레인이 틀림없었다. 그것은 물속 곳곳에 들쭉날쭉한 높이로 박혀 있었다. 마치 지구상에 살아남은 유일한 생물처럼 가지를 뻗고 물안개 사이로 음산하게 서 있었다. 그것들은 대부분 한쪽 팔이 길었다. 그래서 마치 한쪽 편만 드는 십자가처럼 보였다. 먼 데서도 그보다 더 아득한 수평선 너머로도 타워크레인의 앙상한 실루엣이 드러났다. 세계는 거대한 수중 무덤 같았다. 세상에 이렇게 많은 타워크레인이 있었나 싶을 정도로 잦은 출현이었다. 그리고 그때 나는 비로소 전 국토가 공사 중이었음을 깨달았다. (p. 112) iii)에서 자연의 나무는 천 개의 잎사귀에 천 개의 방향을 가지고 있다고 했다. 그러나 그 천 개의 방향도 모두 "살아남는 것"이라는 한 개의 의지로 귀결된다고 어린 주인공은 생각한다. 고립감의 절정에서 죽음으로 내몰리는 처지를 고려하면 비교적 자연스런 생각으로 받아들여진다. 그 나무는 "순응과 저항"의 자연스런 리듬을 보여준다. 그런데 그 자연의 나무는 결국 살아남으려는 의지를 빼앗긴 채, 폭우에 저항하지 못하고 순응하여 뿌리 뽑히고 물속을 떠다니게 된다. 그 또한 자연의 일이다. 살아남는다는 것은 운명적 과제이다. 그런데 뿌리 뽑히고 물에 잠기고 하여 자연의 나무가 사라진 다음에 인공의 철골 나무만이 물위로 가지를 뻗는다. 골리앗크레인은 마치 지상의 유일한 생물인 것처럼 가지를 뻗고 있다고 했다. 그 인공 나무에는 뿌리가 있는 자연의 나무가 보여주는 순응과 저항의 미묘한 리듬이 없다. 마치 거대한 수중무덤의 표지목처럼 서 있는 그 나무들을 보면서, 어린 주인공은 두 가지를 생각한다. 첫째는 한 쪽 팔이 길어 한 쪽 편만 드는 십자가 같다는 생각이다. 자연과 인간의 일을 공정하게 관리하지 못하고 있다고 여겨지는 절대자에 대한 항의의 시선이다. 둘째는 전 국토가 공사 중이라는 사실의 재인지이다. 크레인은 건설의 도구이다. 자연의 나무를 베고 쓰러뜨린 다음에, 그렇게 자연을 정복한 다음에 인공물을 하늘 높이 지어

올린다. 그런 인공적 조작이 무반성적으로 진행될 때 인간은 자연으로부터 부메랑처럼 역습을 당할 수도 있다. 기후 이변으로 인한 피해를 실제로 경험하고 있으며, 이 소설 속의 큰물 또한 기후 이변의 문제로부터 자유롭지 않을 터이다. 김애란의 「물속 골리앗」은 이런 생태 문제의 심층을 건드리고 있으며, 근원적으로 인간이 어떻게 살아남을 수 있을 것인가, 살아남는다는 것은 무엇인가와 관련된 깊고 넓은 문제의식을 보이고 있다. 자연재해와 인재를 중첩적으로 경험하면서 졸지에 부모를 모두 여의고 우주의 고아가 된 어린 영혼이, 고공의 물속 골리앗 꼭대기에서, 그 고립감의 절정에서, 아득한 광장 공포를 느끼면서 고뇌한 살아남는다는 것의 문제이기에 그 환기력이 참으로 어지간하다.

살아남는다는 운명적 과제와 맞씨름하는 또 다른 모습을 우리는 「서른」에서도 절감한다. 이 소설은 작가가 동세대의 실존적 고민을 담아 심혈을 기울여 쓴 것으로 보인다. 이 작품은 컴퓨터로 활달하게 친 소설이 아니라, 한 땀 한 땀 시대의 비석에 새기듯, 한마디 한마디 고해성사하는 것처럼 가슴에 쓴 소설일 것으로 짐작된다. 「자오선을 지나갈 때」에서 재수를 하던 김애란의 친구들은 이제 어느덧 서른의 나이가 되었다. 그중 어떤 친구들은 취직도 했고, 어떤 친구들은 여전히 막막한 처지임을 우리는 앞에서 확인할 수 있었다. 「서른」의 주인공 수인은 어떠한가.

저는 지난 10년간 여섯 번의 이사를 하고, 열 몇 개의 아르바이트를 하고, 두어 명의 남자를 만났어요. 다만 그랬을 뿐인데. 정말 그게 다인데. 이렇게 청춘이 가버린 것 같아 당황하고 있어요. 그동안 나는 뭐가 변했을까. 그저 좀 씀씀이가 커지고, 사람을 믿지 못하고, 물건 보는 눈만 높아진, 시시한 어른이 돼버린 건 아닌가 불안하기도 하고요. 이십대에는 내가 뭘 하든 그게 다 과정인 것 같았는데, 이제는 모든 게 결과일 따름인 듯해 초조하네요. 언니는 나보다 다섯 살이나 많으니까 제가 겪은 모든 일을 거쳐갔겠죠? 어떤 건 극복도 했을까요? 때로는 추억이 되는 것도 있을까요? 세상에 아무것도 아닌 것은 없는데. 다른 친구들은 무언가 됐거나 되고 있는 중인 것 같은데. 저 혼자만 이도 저도 아닌 채, 아무것도 아닌 것이 되어가고 있는 건 아닐까 불안해져요. 아니, 어쩌면 이미 아무것도 아닌 것보다 더 나쁜 것이 되어 있는지도 모르고요. (pp. 293~94)

군소리를 보탤 필요도 없이 실패의 점철로 이십대를 보냈다고 생각하는, 그래서 "이미 아무것도 아닌 것보다 더 나쁜 것이 되어" 있는지도 모르겠다고 생각하는 서른이다. 대학 졸업 후에도 이렇다 할 직장을 구하지 못한 채 아르바이트를 전전하던 그녀는 어느 날 전혀 "다른 사람"이 되어 있는 자신을 발견하게 된다. "이전에도 채무자. 지금도 채무자. 예나 지금이나 빚을 진 사람이라는 건 똑같은데. 좀더 나쁜 채무자가 되었다고 하는 게 맞을까요"(p. 298). 이렇게 그녀를 결정적으로 악화시킨 인물은 옛 남자친구였다. 「서른」에서 수인의 남자친구는 「너의 여름은 어떠니」에서 미영의 남자 선배보다 훨씬 질이 좋지 않다. 예전에 학원에서 함께 강사를 할 때만 하더라도 나름 정의감이 있는 남자라고 생각했던 그가, '꿈'이라는 말로 유혹하며 "선진국형 신개념 네트워크 마케팅"이라는 비인간적인 다단계 판매 집단에 그녀를 끌어넣은 것이다. 주인공은 거기 가서 보니 예전에는 대학생이 학생운동을 했는데, 지금은 다단계 판매를 한다는 것을 알게 되었다고 고백한다. 그리고 그 과정이 얼마나 끔찍한지 아주 구체적으로 고해한다. "21세기에 그런 일이 벌어지다니 그것도 서울 한복판에서 미래가 창창한 젊은이들에게 일어나다니 안 믿겨지시죠? 근데 그랬어요. 〔……〕 어느 날 정신을 차리고 보니 제가 팔고 있는 게 물건이 아니었더라고요. 제가 팔고 있던 건 사람이었어요, 언니. 그런데도 저는 끝까지 그 일이 결국 '모두에게' 좋은 일이라고 생각하려 애썼어요. 하부 판매원이 늘어나면 늘어날수록 모든 판매원들에게 득이 되는 일. 그러니까 나 역시 그 순환에 기여하고 그 구조를 받쳐주면 나뿐 아니라 모두에게 돌아갈 몫이 커진다고 착각했던 거죠. 그리고 제가 그렇게 단순한 논리에 매료된 건, 피라미드 제일 아래에 있는 사람을 애써 보지 않으려 했기 때문인지도 모르겠어요. 그게 내가 되리라곤 생각지 않았거나. 나만 아니면 된다는 식으로요"(pp. 307~08). 그럼에도 그곳에서 벗어날 방법이 없던 그녀는, 옛 남자친구가 그랬던 것과 똑같은 악행을 저지르고 만다. 자기를 무척 좋아하고 따르던 학원 제자 혜미를 끌어들인 다음 벗어난 것이다. 그러곤 혜미가 청하는 연락이나 도움을 거절했는데, 그만 엄청난 빚에 시달리고 파탄 난 인간관계로 고통스러워하던 혜미가 자살을 기도해 식물인간이 되었다는 소식을 듣고는, 자신이 한 일이 무엇인가에 대해, 자신이 살아남기 위해 어떤 일을 저질렀는가에 대해, 새삼 절감하게 된다. 그래서 서른에 이미 삶의 구체적인 동력을 잃고 말았다고 고백한다. 이십대의 과거가 서른이 된 현재는 물론 미래 시간까지 앗아갔음을 느낀다. "마흔의, 환갑의 나는 어떤 얼굴로 살아가게 될지, 어떤 말을 붙잡고 어떤 믿음을 감당하며 살지 모르겠어요"(p. 317). 그래서 초조하게 "어찌해야 하나"(p. 316) 하고 되뇌던 수인은 이십대의 시작 무렵에 함께했던 언니에게 편지 형식으로 고해를 하게 된다. 혜미에게 사죄하러 가기 위한 전 단계의 고해 내지 자기 단죄에 해당한다.

이십대 태반이 백수라는 이른바 '이태백' 세대의 불우한 풍경을 배경으로 진심 어린 자기반성과 고해성사를 하고 있는 「서른」은 매우 곡진한 어조로 인해 진정성이 느껴진다. 특히 신종 다단계 판매의 피라미드 사슬에 걸려 혹독하게 청춘을 탕진하고 생명을 소진하는 젊은 대학생들의 사회경제적 문제를 사려 깊은 시선으로 조망하면서 시대의 산문정신을 고뇌한 작가의 진지성이 웅숭깊다. 남에게 이용당하고 자신이 살아남기 위해서는 또 남을 위악적으로 이용해야만 하는 현실에서라면 인간관계도 미풍양속도 아무런 의미를 지닐 수 없게 될 것이다. 이런 상황을 구성하면서 작가는 단지 사회구조적 모순을 드러낸다거나, 그 안에서 이전투구하는 인간관계의 난맥상을 그린다거나, 하는 데서 그치지 않는다. 무엇보다, 나는 가혹한 시대의 피해자일 뿐이다, 나는 어쩔 수 없었다, 같은 그 어떤 부류의 면죄부를 위한 알리바이도 대지 않은 채, 자신을 반성적으로 성찰하는 것으로부터 문제의 근원을 전면적으로 재탐사하려는 태도야말로 진정성의 벼리를 알게 한다. 인간과 사회 구조의 양면을 전면적으로 성찰하면서 산문적 탐문을 새로이 하려는 이 「서른」의 상상력과 서사 윤리는, 이 소설집뿐만 아니라 이후의 소설집에 우리가 더 많은 기대를 걸어도 좋을 것이라는 사실을 넓고 깊게 환기한다.


## 4. 보이지 않는 심연과 더불어 앓는 서사 윤리

「호텔 니약 따」로 시작했으니, 그 이야기로 끝을 맺기로 하

자. 이 소설에서 표제가 된 캄보디아의 '니약 따'는 을씨년스러운 분위기를 풍기는 오래된 호텔이다. 다른 데 비해 숙박비가 무척 비싸지만 은지가 이 호텔에 투숙하기를 고집하는 이유가 있었다. 거기서 자면 "주위에 죽은 사람 중 자기가 가장 보고 싶어 하는 사람을 본"(p. 274)다는 것이다. 그날 밤 서윤은 5년 전 돌아가신 할머니를 환각처럼 만나고 서럽게 운다. 생전에 폐지를 모아 자신을 키운 할머니였다. 그런데 꿈속에서 할머니는 손녀도 못 알아본 채 거리에서 폐지를 줍고 있었다. "할머니가 죽어서도 박스를 줍고 계시다는 사실"(p. 281)이 서윤으로 하여금 북받치는 설움에 빠지게 했다. 이 장면에서 작가는 자기 세대를 넘어 다른 세대까지, 더 나아가 현실을 넘어 죽음 이후의 세계까지 포괄해 고뇌하는 시선의 깊이를 보인다. 장편 『두근두근 내 인생』에서 열일곱에 여든의 신체 나이로 서둘러 늙을 수밖에 없었던 아름이의 인생 압축 프로그램과 임사 체험 이야기를 통해 삶의 전 영역을 포괄하려는 의지적 상상 행위를 펼친 김애란이었다. 그렇다는 것은 대개 『달려라, 아비』(창비, 2005) 『침이 고인다』 시절 김애란이 다룬 세계, 그러니까 주로 십대 후반에서 이십대에 이르기까지의 인물들이 겪는 세계와 존재론을 다루었던 점을 떠올리게 한다. 작가가 서른 즈음에 「서른」이라는 소설을 썼거니와, 이제 김애란은 더 이상 청소년기를 탈주하는 젊은 작가가 아닌 것이다. 서윤의 할머니 꿈 모티프는, 그러니까 김

애란의 서사 세계의 확대, 심화 양상과 동궤를 이룬다. 「그곳에 밤 여기에 노래」에서 삼십대 후반 용대가 등장하고, 「하루의 축」에서 오십대 기옥 씨가 등장하는 것도 「호텔 니약 따」에서의 상상적 체험과 상호 연관되는 것이 아닐까 짐작한다.

물론 외적으로 서사 세계가 확대되고 인물군이 다양해지고 폭이 넓어지고 하는 데서 그치는 것이 아니다. 외적인 세계의 확대는 내면의 심화와 더불어 서사의 체적을 주밀하게 한다. 무엇보다 현실과 동시대인들의 고통의 구체적 세목을 함께 앓는 서사 윤리를 작가가 내면화하고 있다는 사실을 주목하고 싶다. 김애란은 장편에서 서둘러 인생을 통과할 수밖에 없었던 아이―노인을 통해서, 타인을 배려하고 상처를 치유하고 마음을 감싸 안는 서사 윤리를 환기한 바 있다. "어른이 되는 시간이란 게/결국 실망에 익숙해지는 과정을 말하는 것이겠지만/글이란 게 그걸 꼭 안아주는 것은 아닐지라도/보다 '잘' 실망할 수 있게 만들어주는 무엇인지도 모르겠어"(『두근두근 내 인생』, pp. 260~61). 거기서 아름이는 예전에 중생이 아프니 나도 아프다고 했던 유마힐(維摩詰) 거사의 법문처럼, 네가 나의 슬픔이라 기쁘다는 메시지를 역설한 바 있다. 타인의 슬픔을 나의 것으로 받아들이고 함께 더불어 아파하는 마음은 '서른'을 넘기면서 작가가 새롭게 다잡아 심화한 서사 윤리가 아닐까 싶다. 이를테면 소설 「서른」에서 이런 마음이 그렇지 않을까. "사실 오늘 언니가 8년 동안 임용이 안

됐었단 얘기를 들었을 때 가슴이 먹먹했어요. 8년. 8년이라
니. 괄호 속에 갇힌 물음표처럼 칸에 갇혀 조금씩 시들어갔을
언니의 스물넷, 스물다섯, 스물여섯…… 서른하나가 가늠이
안 됐거든요. 합격자 발표를 기다리는 동안 마음속에 생기는
온갖 기대와 암시, 긴장과 비관에 대해서라면 저도 꽤 아는
데. 자식 노릇, 애인 노릇 등 온갖 '도리'들을 미뤄오다 잃게
된 관계들에 대해서도 전혀 모르는 바는 아닌데. 좁고 캄캄한
칸에서 오답 속에 고개를 묻은 채, 혼자 나이 먹어갔을 언니
의 청춘을 생각하니 마음이 아팠어요"(p. 292~93). 타인의
고통에 대해 함께 아파하기와 자기에 대한 진정한 반성을 동
시에 수행하는 인물이 바로 김애란의 서른이었다. 서른의 기
품이고 품격이었다. 그리고 그것은 「호텔 니약 따」에서 할머
니에 대한 진정한 애도 작업을 수행하면서 타인에 대한 관심
을 확산했던 것과도 연계된다.

그와 같은 애도와 더불어 함께 아파하기를 통해, 막막한 심
연을 성찰하려고 한 서사적 수고의 결과가 바로 세번째 소설
집 『비행운』이다. 앞에서 함께했던 것처럼 이 소설집에서 '비
행운'은 셋이다. 그 하나는 비행운(飛行雲)을 보며 새로운 삶
을 꿈꾸는 동경의 형식이요, 둘째는 잠시의 형상일 뿐 이내
무화되는 비행운의 모습처럼 그 어떤 동경을 향한 실천적 움
직임도 의미 있는 궤적을 산출하지 못한다는 비루한 존재론
적 전락 혹은 비존재감의 형식이요, 그 셋째는 행복을 동경하

는 주체들에게 끊임없이 가해지는 비행운(非幸運)의 연쇄가 암시하는 불우한 상처와 그 아픔을 함께 아파하기의 형식이다. 본래 추락하는 것에는 날개가 없다지만, 함께 아파하기를 통해서라면 새로운 날개를 달 수 있을지도 모른다고 김애란은 생각하는 것 같다. 악화일로 플롯을 통한 구체적 비행운(非幸運) 탐색의 열정도 인상적이지만, 특히 이 소설집에서 세 편의 소설적 성취는 매우 눈부시다. 두 번의 장례식과 한 번의 혹독한 침례 의식으로 고립감의 절정을 극화하면서 현존재의 불안한 상황을 구체적으로 검증한「물속 골리앗」, 신생의 가능성이 현실에서 얼마나 고통스러울 수밖에 없는가를 인상적으로 그린「벌레들」, 그리고 고해를 통한 반성 및 타인의 아픔을 제 것으로 함께 앓기는 성숙한 성찰의 벼리를 보인「서른」등 세 편이 그것들이다. 여기에 적은 것과 적지 않은 더 많은 이유들까지 더하면, 성숙한 삼십대 작가로서 김애란의 면모를 가늠해볼 수 있을 터이다.「노크하지 않는 집」으로 제1회 대산대학문학상으로 등단했던 2002년의 대학생 작가 시절과는 매우 다른 모습이다. 그 시절에는 생각이 많았는데 이제는 사려 깊은 구체적 체험이 많아진 게 무엇보다 미덥다. 요컨대 김애란은 행복에 대한 욕망이 하염없이 지연되는 비행운(非幸運)의 현실을 정직하게 성찰한다. 그것을 지연시키는 대타자의 향락을 분석하고, 그로 인한 주체의 불안과 고통을 함께 아파하고자 한다. 특히 악화일로의 존재상을 극적으로 서사화하면서, 비극적인 것에 몰입하고 공감하고 치유에 이를 수 있게 할 수 있는 책임감 있는 서사 윤리를 궁리한다. 그 과정에서 보인 동시대의 상징적 윤리 감각도 어지간할 뿐만 아니라, 신자유주의 체제 강화 이후의 사회경제적 현실 문제, 계급별로 구별 짓는 취향과 아비투스의 문제에 이르기까지 서사적 문제의식이 다각적이고 예리하다. 무엇보다 진정한 소통이 어려운 우리 시대의 산문적 지형을 자기 스타일로 혁파하면서, 가장 감동적이면서도 의미심장한 이야기로 진정한 소통의 자장을 넓고 깊게 하고 있는 점이야말로 김애란 소설의 최대의 미덕이다. 끝으로 행복을 기다리느라 지겨웠던, 행복을 기다리는 동안 비행운(非幸運)과 맞씨름하느라 힘들었을, 「호텔 니약 따」의 경민에게, 그리고 그의 막막한 친구들에게 한마디 들려주고 싶다. 그동안 너무 막막하고 힘들었지? 그러면 김애란 소설을 천천히 읽어봐. 깊은 위로가 될 거야. 새롭게 역동하는 비행운(飛行雲)을 일으킬 수 있을지도 모르고. 행운을 빌어!

무언가 나를 지나갔는데 그게 뭔지 모르겠다.
당신도 보았느냐고
손가락을 들어 하늘을 가리키지만
그것은 이미 그곳에 없다.

무언가 나를 지나갔는데 그게 뭔지 몰라서
이름을 짓는다.
여러 개의 문장을 길게 이어서
누구도 한 번에 부를 수 없는 이름을.
기어코 다 부르고 난 뒤에도 여전히 알 수 없어
한 번 더 불러보게 만드는 그런 이름을.

나는 그게 소설의 구실 중 하나였으면 좋겠다.

「서른」의 한 장면은 내 가족, Y의 일기에서 시작되었다.
그녀에게 고마움을 전한다.

2012년 여름, 김애란

**수록 작품 발표 지면**

너의 여름은 어떠니   『문학동네』 2009년 여름호

벌레들   테마소설집『서울, 어느 날 소설이 되다』(도서출판 강, 2008)

물속 골리앗   『자음과모음』 2010년 여름호

그곳에 밤 여기에 노래   『문학과사회』 2009년 봄호

큐티클   『현대문학』 2008년 8월호

호텔 니약 따   『현대문학』 2011년 1월호

하루의 축   〈문장웹진〉 2012년 4월호

서른   『문예중앙』 2011년 겨울호